PFALZ KRIMI 5

Meinrad Braun, geboren 1953, ist Psychotherapeut. Er ist verheiratet, hat zwei Kinder und lebt in Mannheim. Er schrieb bisher drei Kriminalromane mit der Titelfigur des Psychiaters Sebastian Sailer. Der erste, »Das Schwedengrab«, erschien bereits im Emons Verlag.
Weitere Titel des Autors: »Casa dei Nani« (Erzählung, 2005, Verlag der Autoren); »Winterreise« (Roman, 2006, Axel Dielmann Verlag).

Dieses Buch ist ein Roman. Handlungen und Personen sind frei erfunden. Ähnlichkeiten mit lebenden oder toten Personen sind rein zufällig.

MEINRAD BRAUN

FÜRCHTEN LERNEN

PFALZ KRIMI

Emons Verlag

Umschlagzeichnung: Heribert Stragholz
Druck und Bindung: Clausen & Bosse GmbH, Leck
Printed in Germany 2007
ISBN 978-3-89705-516-2

Unser Newsletter informiert Sie
regelmäßig über Neues von emons:
Kostenlos bestellen unter
www.emons-verlag.de

Ein Lämmlein geht und trägt die Schuld

Aus einem Passionschoral von Paul Gerhardt (1647)

1

Scharf. Scharf muss die Klinge sein. Sie braucht den Stein.

Stein und Stahl, Stein und Stahl tanzen, Stein und Stahl. Fiedel und Flöte spielen auf. Fiedel und Flöte. Stein auf Stahl. Tanzen auf abgewetzten Dielen, tanzen zu zweit im Halbdunkel des Schlachtraums. Stahl und Stein. Ins Wasser, noch einmal. Jetzt blitzt die Klinge in der nassen Hand. Graue Tropfen auf dem ledernen Schurz.

Weiß im Dunkeln. Wartet das Lamm.

Der Stahl wieder am Stein. Singt so hell. Buchfinken zwitschern vor dem Fensterladen. Antworten andere von fern aus der Tiefe des Waldes. Draußen steht die Hitze auf den dichten Ranken, tausend schwarze Beeren hängen daran. Der Wald ist kühl. Er wartet. Flüstert. Die hohen Kiefern beschatten das Dach. Eine Fliege summt zornig, sie kann nicht hinaus.

Das Lamm atmet.

Die Klinge hat zu Ende gesungen. Streicht am Riemen. Fettiges Leder, englisch-rot. Den Faden nehmen. Viermal hin und her. Die Hand des Metzgers. Schwarze klobige Nägel. Dreht das Heft, die Schneide weist zum Daumen.

Das Lamm atmet.

Messerbreit sticht Licht durch den geschlossenen Laden, zeigt auf den Hacktisch, zerhauen wie die Oberfläche der Welt, ein Beil hineingeschlagen. Eine dünne Wand aus leuchtendem Staub weist auf die Schüssel am Boden, blaues Emaille, blau wie der Himmel, schwarze Sprünge darin, heimliche Zeichen. Zeigt auf das krause Fell, so unschuldig weiß. Auf die Füße, den Strick.

Da, ein Blitz! Das Messer ist durch das Licht gegangen, Finger Gottes.

Die Hand fasst an die Kehle, an das warme Leben, wie es pulsiert, wie üppig, wie schön! Krauses Haar, fest das Fell, darunter die weiche Haut.

Ein kurzer, seidiger Riss. Der Schnitt. Scharf.

Ein Seufzen vielleicht. Kein Laut sonst. Das Blut, das unreine, prallt auf das Blech wie Milch aus dem Euter, füllt die Schüssel. Bebt im Griff des Metzgers, das Lamm. Scharren die gebundenen Füße, sehen die Augen ihn an. Die Augen. Ihn an.

***

Der Schöpfer wollte den Zahn nicht fassen. Sailer nahm die Brille ab, um besser sehen zu können. Dann drückte er noch einmal auf den Repetierhebel. Das Schlagwerk lief an, der Schöpfer drehte sich, erfasste den ersten Zahn des Rechens, dann den zweiten, den dritten. Beim vierten rutschte der Rechen ab und schnellte zurück in die Ausgangsposition. Sailer starrte auf das hilflos arbeitende Schlagwerk, das erneut versuchte, den Stundenschlag zu absolvieren, so lange, bis die Feder abgelaufen war. Nach ein paar Sekunden ließ er den Atem aus den Lungen, den er unwillkürlich angehalten hatte. Seine Arme und sein Oberkörper entspannten sich.

Er stellte die Uhr vorsichtig auf den Tisch. Erst nachdenken, sagte er zu sich. Du hast Zeit. Auf dem Küchentisch stand neben Einmachgläsern, in denen Messingzahnräder und blinkende Stahlteile aufbewahrt wurden, ein von Schraubendrehern und kleinen Zangen belagertes Rotweinglas. Sailer nahm einen Schluck. Er ließ das Aroma langsam durch die Nase ausströmen. Die Flasche hatte ein paar Tage offen gestanden, und der Wein hatte Leben entwickelt.

Das Öl. Es war das Öl. Er hätte den Einfallhebel beim Zusammenbauen nicht ölen dürfen. Aus einer Blechdose nahm er zwei Wattestäbchen und tauchte eines davon in eine Flasche mit Waschbenzin. Vorsichtig ließ er einen Tropfen Benzin über die stählerne Kralle des Einfallhebels rinnen und fing ihn darunter mit einem trockenen Wattestäbchen auf. Das entsprach nicht den Regeln der Uhrmacherkunst, aber Sailer scheute den Aufwand, die Teile abzubauen und zu entfetten. Vielleicht ging es auch so. Er legte die Wattestäbchen auf den Tisch, nahm sie aber sofort wieder weg, als er sah, dass sich ein Benzinfleck auf der Holzplatte des Küchentischs auszubreiten begann. Die Zeitung lag noch zusammengefaltet am anderen Ende des Tisches. Sie hätte die Abendbrotlektüre sein sollen, er hatte aber keine Lust gehabt, darin zu lesen. Ich habe überhaupt, dachte er, immer weniger Lust, Zeitung zu lesen, je älter ich werde. Flüchtig nahm er die Schlagzeile wahr. »Rentenbetrug?« Vielleicht wurde es allmählich Zeit, sich mit dem Thema näher zu befassen. Er legte die nach Benzin riechenden Stäbchen auf das Papier und ließ das Schlagwerk ablaufen. Diesmal klappte es. Der Einfallhebel hielt die Rechenzähne auf, der Schöpfer konnte den Rechen weiterbefördern, und der Mechanismus tat wieder, was er seit zweihundert Jahren zu tun gewohnt war. Er schlug erst viermal, die Viertelstunden, dann zehnmal, die zehnte Stunde.

Sailer war zufrieden, dass es so einfach gewesen war. Gerade an der Kadratur hätte er ungern etwas verändert. Die alten Wiener Uhrmacher hatten ausgezeichnete Uhren gebaut, die wurden nicht dadurch besser, dass ein Amateur daran bog oder feilte. Andererseits, wenn es notwendig gewesen wäre. Einen Einfallhebel herzustellen, das hätte er sich schon zugetraut. Aus feinem Stahl, die Politur auf die anderen Teile abgestimmt. Man brauchte Behutsamkeit und Sorgfalt, Respekt vor so einer alten Maschine aus der Postkutschenzeit. Auch vor den längst gestorbenen Uhrmachern, die ihre Signaturen auf der Rückseite der Messingplatine hinterlassen hatten. Eines fernen Tages würde vielleicht einer die alte Wienerin hier wieder öffnen und kritisch auf die eingesetzten Lagerbuchsen blicken, erkennen, wo er ein paar Radzähne eingelötet hatte. Der sollte nicht den Kopf darüber schütteln, dachte Sailer und amüsierte sich über seinen posthumen Ehrgeiz. Für heute jedenfalls war Schluss.

Er trank noch einen Schluck Wein. Den Tisch abräumen, ein Buch aussuchen. Die Werkstatt, in der er schlief, war ein Provisorium. Wenn Sailer keine Lust hatte, die dreißig Kilometer nach Mannheim zu fahren, schlief er hier, im Hinterzimmer seiner Praxis, in der Teeküche, wie er das Zimmerchen offiziell getauft hatte. Ein alter, fleckiger Küchentisch stand darin und eine Campingliege, ein alter Küchenschrank. Das passte zu seinem Leben. Ein Provisorium, in das man nicht gern jemanden hineinführt.

Um das Wattestäbchen auf der Zeitung hatte sich ein brillenförmiger Benzinfleck ausgebreitet. Das Benzin färbte die Druckbuchstaben dunkler, sodass sie stärker hervortraten.

»Junge Frau vermisst«. Sailer zog die Zeitung zu sich heran, las: »Seit drei Tagen wird Friederike Haas vermisst. Sie ist zwanzig Jahre alt, hat blonde, halblang geschnittene Haare und trug zuletzt ein rotes Sweatshirt, Jeans und rote Nike-Turnschuhe. Die Polizei bittet um sachdienliche Hinweise.«

Das Passbild zeigte Friederike. Sailer hätte sie darauf nicht erkannt. Sie schaute verdrossen zur Seite und schürzte die Lippen zu einer Schnute. Die allerdings kam Sailer sofort vertraut vor, denn er hatte sie schon ein paarmal zu sehen bekommen.

Er griff nach dem Weinglas. Sein Herz pochte heftig, und wie immer seit einigen Jahren, wenn es das tat, mischte sich ein feines Stechen in der linken Brustseite ein, der Stich einer Schnake, die sich jedes Mal dieselbe Stelle aussuchte, tief drinnen in seiner Brust, wo sie unerreichbar war.

Friederike. Ihr blasses Gesicht mit dem Rahmen blonder, strähniger Haare, die Sommersprossen, die sich in den Sommermonaten auf ihre Nase setzten. Friederike konnte nicht sprechen und nichts hören. Als wenn das nicht genügt hätte, hatte sie, seitdem sie sechzehn war, Angstzustände entwickelt, mit, so Sailers Ansicht, realem Hintergrund, denn im Bauernhof der »Brücke« gehorchte das Zusammenleben rauen Regeln, allen Bemühungen der Betreuer zum Trotz. Friederike war hübsch und zart, und sie war allem, was mit Sexualität zu tun hatte, so abgeneigt, wie man es nur sein kann, wenn man die Natur eines achtjährigen Kindes besitzt. Ein Bauernhof mit einem Dutzend Menschen bietet Raum für vieles, den Triebstau der Heimbewohner noch nicht einmal mitgerechnet.

Sailer las weiter. »Die junge Frau wurde zuletzt gesehen, als sie am Donnerstag um sechzehn Uhr den Birkenhof der »Brücke« verließ. Die Fahndung läuft bereits. Friederike ist gehörlos und minderbegabt, möglicherweise kann sie sich nicht orientieren.«

Wahrscheinlich wieder ausgerissen, dachte Sailer. Friederike war schon ein paarmal weggelaufen. Nie zu ihrer Mutter nach

Wachenheim, das wäre auch ein gutes Stück Weg gewesen, sie ging meistens in den Wald, aus dem sie abends in der Regel wieder auftauchte. Nur diesmal anscheinend nicht. Vielleicht hatte sie sich ernsthaft verlaufen. Westlich von Bad Dürkheim begann immerhin das größte Waldgebiet Deutschlands, der Birkenhof lag einige Kilometer weit darin.

Friederike kam alle vierzehn Tage in die Sprechstunde. Der Kleinbus der »Brücke«, der die Lebensmittel zum Verkauf nach Dürkheim brachte, nahm sie mit in die Stadt. Im Sommer ging sie anschließend mit den Betreuern noch ein Eis essen im »Venezia«, bevor sie wieder hinausfuhren ins Leininger Tal. Friederikes Behandlung bei Sailer entsprach keinen festen Vorgaben. Sie mochte es, wenn Sailer mit ihr sprach, obwohl sie vieles vermutlich nicht verstand. Sie las leidlich von seinen Lippen ab, Sailer hatte aber den Eindruck, dass es ihr nicht auf die Bedeutung der Wörter ankam, sondern auf seine Miene und seine Laune. Sie genoss es, dass sich jemand zwanzig Minuten lang ausschließlich um sie bemühte. Die Gehörlosensprache benutzte sie nicht, sie fuchtelte meist planlos in der Luft herum. Manchmal sang er ihr etwas vor, wenn ihm nichts mehr einfiel, damit brachte er sie regelmäßig zum Lachen. Da Sailer von sich annahm, dass er nicht singen konnte, glich er das nämlich mit bestimmten Grimassen aus, die Friederike sehr komisch fand. Dann zeigte sie die unbefangene Fröhlichkeit, zu der sie fähig war und die ihrem erwachsenen Gesicht einen seltsamen Zauber gab, als wäre sie die schöne Bewohnerin einer anderen, glücklicheren Welt. Und sie malte ihm Bilder. Schöne, bunte Bilder aus einer Kinderwelt, in der der Wald die Hauptrolle spielte. Immer wieder der Wald. Und die Tiere, die darin lebten. Rehe, Hasen, Eichhörnchen.

Jetzt hätte Sailer gern geraucht, aber das Stechen in seiner Brust, das inzwischen wieder nachgelassen hatte, wohl aber in den Kulissen seiner Gedankenwelt einen festen Platz einnahm, bremste seinen Zigarrenkonsum rigoros. Also nicht. Stattdessen schnaufte er ein paarmal und verließ den Küchentisch, ohne das Werkzeug und das halb zerlegte Uhrwerk eines Blickes zu würdigen. Ihm war eingefallen, dass das letzte Bild, das ihm Friederike geschenkt hatte, keine Rehe oder Hasen dargestellt hatte. Sailer schloss die Tür zur Praxis auf und machte Licht.

Der Schreibtisch zeigte ihm das übliche Sortiment von Papierstapeln, angeordnet in der Reihenfolge der Unlust, mit der er sich daran würde machen müssen. Er zog die Schublade mit den Hängeordnern auf und kramte Friederikes Akte heraus, klappte sie auf. Zuletzt war sie vor einer Woche bei ihm gewesen. Er suchte die entsprechende Notiz. »Motorisch sehr unruhig«, las er. »Affektiv angespannt, hilflos, deutlich depressiv verstimmt.« Sailer griff in die Papptasche im Deckel der Akte, wo er Friederikes Bilder verwahrte, und zog den kleinen Stapel heraus. Das oberste Bild legte er auf seinen Schreibtisch, unter den Lichtkreis der Lampe.

Es zeigte einen düsteren Kiefernwald. Friederike konnte erstaunlich gut zeichnen, sie war ohne Weiteres in der Lage, die heimischen Schwarzkiefern so abzubilden, dass man sie sofort erkannte. Unter den Wipfeln der Kiefern, die sie wie dunkelgrüne Wolken gemalt hatte, herrschte Dunkelheit, die Stämme wuchsen schief aus einem Waldboden, der von grauem Nebel eingehüllt schien. Aus diesem dunklen Nebel leuchteten zwei gelbe Augen heraus. Am rechten Bildrand war eine Art Hexenhaus zu sehen, von Hecken überwuchert, davor stand ein Mädchen und starrte zu den gelben Augen hinüber. Rotkäppchen?, hatte Sailer sie gefragt, als sie ihm das Bild gereicht hatte, langsam, damit Friederike von seinen Lippen lesen konnte. Er hatte es auch in Großbuchstaben auf das Blatt geschrieben, ohne große Hoffnung, dass Friederike es hätte entziffern können. Sie hatte bloß ihre Schnute gemacht und zur Seite geblickt, genickt hatte sie nicht. Daraufhin hatte er das Bild ohne weiteren Kommentar dankend angenommen. Friederike verschenkte ihre Bilder meistens am Schluss der Sprechstunde. Sie legte sie einfach auf den Tisch, ehe sie ging.

Sailer sah sich das Blatt noch einmal genau an. Die gelben Augen erschienen ihm, als gehörten sie keinem Einzelwesen, sondern dem Wald selbst, obwohl sie tierischer Natur waren mit ihren schwarzen Pupillenschlitzen, wie Katzen sie besitzen.

Sie gaben dem Bild etwas Bedrohliches, aber auch etwas Lockendes. Vorausgesetzt, man war nicht Rotkäppchen, dachte Sailer. Er ließ das Bild auf dem Schreibtisch liegen und suchte sein Kabinett auf, um sich schlafen zu legen.

***

Das Fleisch wird rein und süß. Weil das unreine Blut fort ist. Wenn das Messer scharf ist, tut es kaum weh. Er hat sich selbst eines gemacht aus einer alten Feile. Bloß eine Spanne lang ist es. Das verbiegt sich nicht, und es ist so scharf wie ein Rasiermesser.

Das Lamm hängt draußen am Brett. An zwei starken Nägeln, durch die Flechsen gestochen. Das Fell, das feste krause Fell muss jetzt herunter, dazu braucht er kein Messer. Mit dem Daumen fährt er hinein, teilt die dünnen Hüllen zwischen Haut und Fleisch, drückt nach. Es gibt ein platzendes Geräusch, wenn die Haut sich löst, sich herabziehen lässt. Man spürt noch die Lebenswärme, die dazwischen liegt. Das Leben entweicht, und der Tod hat sich darum gelegt wie ein schwarzer Mantel, sie sind so dicht beieinander, dass sie sich beinahe gleichen. Tod und Leben.

Preisgegeben nun die sauber verpackten, rotbraunen Muskeln, weißen Bänder und straffen, harten Sehnen. Weiß schimmert das feste Gebäude der Knochen hindurch. Wärme steckt darin, das Fleisch ist wärmer als die spätsommerliche Luft. Man muss sein Gesicht auf das eben noch unsichtbar gewesene Innere legen. Den Dunst riechen, der daraus aufsteigt. Den würzigen Geruch der rosafarbenen Därme, den rostigen der fleckigbraunen Lunge, den hitzigen der schokoladenfarbenen sauberen Leber. Sie müssen heraus, die Innereien und in die Schüssel, verderben schnell. Nebeneinander glänzen Herz, Nieren, Leber und Lunge. Noch feucht in der Sonne, gereinigt vom Blut. Rosa und braun, hellrot. Blasig, zart, feucht. Schon ein paar Minuten im Licht machen sie stumpf und blind.

Nun muss es vollends herunter, das Fell. Über die Schultern, wie ein straff sitzendes Kleid. Es klingt, als reiße es, aber es ist fester, als man glaubt. Die Vorderbeine mit den Gelenken hindurchdrücken, rechts, dann links, dann die Haut bis zu den Klauen herabziehen.

Er langt nach dem Beil, das schlägt mit hartem Knacken die Knochen durch. Ein scharfer Schnitt durch den Kragen, da rollt sich eine Mütze aus Haut über den Schädel und gibt ihn frei. Noch einmal das Messer. Den Kopf sauber machen. Die Augen und Ohren gehören nicht dran.

Die kriegt der Fritz. Der wartet schon, hechelt. Die Ohren spitz gestellt. Und bellt leise, jault. Ja, Fritz, mein Guter. Du bist mein Guter. Da! Nimm!

Sagt der Hans. Sagt der Dieter: Wenn man wenigstens Fritz heißen könnte. Aber Hans-Dieter? Was hast du wieder gemacht, Hans-Dieter, du dumme Einfalt? Wer denn jetzt? Fragt der Dieter den Hans. Hans oder Dieter? Die Eltern konnten sich nicht entscheiden, erklärt es ihm der Dieter, das konnten sie noch nie. Also zwei Namen, anstelle eines Bruders. Ein Kind macht ja schon genug Unruhe im Haus, wozu da noch ein zweites. Hans-Dieter. Hans und Dieter.

Mein guter Bub, hat die Oma gesagt, als sie noch lebte, mein armer Hans. Immer nur Hans. Die Oma. Und hat gesungen, die schönen Lieder aus der Kirche. Tot, im Grab ist sie, Knochen und Erde darum, lange schon. Der dumme Hans und der stille Dieter. Sich dafür zu entscheiden, das hat lange gebraucht, bis nach der Schule. Seitdem ist man Hans und Dieter, mal der eine und mal der andere, das ist besser so. Und der Fritz. Da konnte man einmal selber taufen. Und nannte ihn Fritz. Das spritzt, ist munter und lebendig, wie ein Hund sein soll. Und tapfer; der alte Fritz schließlich! Deutsch auch. Ein Schäferhund muss einen Namen haben, der zu ihm passt.

Aber Hans-Dieter. Ein Name zum Hänseln. Der dumme Hans, der grobe Klotz, der Traumhansel. Ist besser, seitdem der Dieter da ist. Der hält mehr aus als der Hans. Lass gut sein, Hans, sagt er oft. Sei still. Außerdem – hier draußen hänselt ja niemand. Wo der dumme Hans zu Hause ist, im Wald eben. Der Dieter, der muss jeden Tag mit den Eltern zurechtkommen. Mit den Jungwinzern auch, in der Genossenschaft, die hinter seinem breiten Rücken feixen. Lass gut sein, Hans, sei still. Der Dieter steht dann da und lächelt sein blondes Riesenlächeln, zeigt die schiefen Zähne, die nie eine Zahnspange spendiert bekamen, und wartet. So kommt der Dieter zurecht. Schließlich lassen sie ihn in Ruhe. Zurechtkommen muss man.

Mit den Eltern zum Beispiel. Da gilt es, sich die Vorwurfsliste des Tages anzuhören. Depp und Arschloch, blödes. Stille Einfalt, du! Kannst nicht für fünf Pfennig denken? Die Eltern sind noch nicht in der Eurozeit angekommen, wenn sie schimpfen, tun sie es mit dem guten alten Geld. Dich sollt man ins Heim stecken, schreit die Mutter. Ihre flinke Hand lauert immer. Du blödes Stück, wart nur, du kommst wieder auf die Landeck, da binden sie dich ans Bett und spritzen dich ruhig, wie schon einmal. Der Vater sitzt daneben und starrt ihn an, stumm. Eine magere Mumie. Tutanchamun. Aber er ist nicht tot wie der Pharao, er lebt noch, er ist bloß gehbehindert und einbalsamiert mit saurem Hass. Viel alter, bitterer Tod ist in ihm. Und schuld ist der Dieter. Lass gut sein, Hans. Der Mann im Rollstuhl sieht sowieso nicht wie der Vater vom Dieter aus und nicht wie der vom Hans. Ein Findelkind gewesen? Wer weiß, meint der Dieter, vielleicht. Es ist ja sowieso alles gelogen, was geredet wird, das gäbe doch einen eigenen Sinn, wenn auch er hineingelogen worden wäre zu diesen beiden alten Leuten. Manchmal verwandelt sich die Mutter in eine riesige Kröte und hüpft durch das Haus, der Vater klammert sich ledern und braun auf ihrem Rücken fest. Aber dem Dieter macht das nichts aus, der kommt zurecht, der kann schweigen. Bis der Vater auf seinem Rollstuhl über den Hof davonfährt, ohne dass er ein einziges Wort gesagt hätte. Tutanchamun rollt in sein Steingrab zurück, und die Mutter wälzt ihre zwei quecksilbrigen Zentner wieder schimpfend in die Küche.

Dann fährt man in den Wingert und hat zu schaffen. Was heißt da Wingert, korrigiert ihn der Dieter: In das, was davon übrig geblieben ist. Hat für die Genossenschaft zu arbeiten. Reben schneiden. Die Geize ab auf sechs Blätter zurück, den Haupttrieb kürzen, aber die Zapfen lassen und die Ruten anbinden. Merk dir's. Für jeden Arbeitsschritt hat der Dieter, damals war er noch der Hans-Dieter, am jungen Trieb muss man veredeln, sagt die Mutter, hat er also ein paar Ohrfeigen bekommen, bis es saß. Jetzt sitzt es.

Abends in den Wald zu den Schafen. Scheißviecher, die stinken, und du stinkst auch danach. Komm mir nicht in die Stube mit deinem Schafsgestank. Aber das Geld für das Lammfleisch, das beste, das man hier bekommen kann, das stinkt nicht, man liefert ihr das meiste davon ab. Der Dieter braucht nicht viel, und der Hans lebt ohne Geld. Hier draußen gibt es jedenfalls keine Reben und keine Winzergenossenschaft, keinen Feuerwehrabend, keine Mädchen, die ihre frechen, glänzenden Augen verdrehen, bis man wegsehen muss und nur noch schweigen kann. Der Vater kann nicht mehr in den Wald, und die Mutter will nicht, sie hat genug zu tun, und mit denen will sie nicht auch noch Arbeit haben, mit den Dreckviechern.

Der Wald. Ist einfach da und wartet darauf, was geschieht. Es geschieht immer etwas. Der Wald hat das Leben und hat den Tod. Wer hat dich aufgebaut so hoch dort oben, geht es im Lied, oder war es anders? Ein hohes Haus, ein heiliges. Das einzige.

Im Wald ist die Libelle. Ein graues, ekliges Wasserwesen kommt aus dem Wasserfass herausgekrochen und setzt sich an den Rand, starrt einen an mit Augen, die so leer sind, dass sie einen in den Schlaf verfolgen möchten, dann quält sich ein neues Tier aus der Larve hinaus, gebiert sich selbst eine Stunde lang. Das sitzt grün und still auf der leeren Haut und pumpt die Klümpchen an seinem Leib Zug um Zug auf, bis sie zu gläsernen Flügeln werden. Das Licht macht das grüne Wesen turmalingrün und stahlblau. So eine Elfe möchte man einmal werden können und bleibt doch ein grobes Stück Mensch. Im Wald ist auch der tote Dachs am Rand der Lichtung. Auf einmal liegt er da und ist bereits aufgedunsen in der Hitze. Aufgeblasen von unsäglichem Gestank, ein Geruch wie kein anderer, vor dem man sich die Nase zuhalten muss, wenn man sich die Totenkäfer ansehen will, wie sie durch die Haare im Fell kriechen, und die gelben Maden, die aus seinem offenen Rachen wimmeln. Bald sitzen jeden Tag Schwärme von golden und grün glänzenden Fliegen auf dem üppig verwesenden Kadaver, so viele, dass sie ein leises Brausen zustande bringen, wenn sie sich in die Luft erheben. Nach Wochen erst fängt der Leib an, sich zu öffnen, und mit dem Zerfall kommen die Ameisen und fressen ihn ab, bis nur noch die weißen, blanken Knochen im Gras liegen. So geht es allen.

Der Wald sorgt nicht, er vergeudet mit leichter Hand wie ein großer König. Aus seinem Dunkel, vor allem dann, strömt etwas heraus, das könnte furchtbar sein, aber es ist ein beständiges zusicherndes Wispern, ist das, was wirklich ist. Das Leben, das man so führt, das ist ein Trugbild, es besteht nur aus Lügen. Das weiß der Hans inzwischen so sicher wie nichts anderes. Der Wald aber hält Einkehr mit ihm, wenn er hier draußen ist. Er ist voller Bedeutsamkeiten. Von ihm kommt alle Angst, und dorthin geht sie, alle Zweifel laufen wie ein Rudel Rehe zwischen den grauen Stämmen davon.

Auch die Stumme kommt aus dem Wald. Kann lachen und weinen, aber nicht reden. Sie weiß, warum sie kommt. Sie kommt wegen der Frau auf dem schwarzen Pferd, sie hat sie gemalt. Der Frau mit den blonden Haaren, die hinter ihr herwehen, wenn sie reitet. Mit ihren grauen Vogelaugen, die erbarmungslos um sich blicken und den Hans nicht sehen können, zum Glück nicht. Die Vogelfrau ist zur rechten Zeit gekommen. Ein paar Wochen vor dem Fest. Und dann steht auf einmal die Stumme da, und der Fritz wedelt mit dem Schwanz vor ihr, die Schafe fürchten sie nicht, und auch der Hans fürchtet sie nicht.

Sie ist ein Zeichen, Hans, sagt der Dieter. Endlich ein Zeichen, wo man schon Jahre verzweifelt. Man muss wissen, wann ein Zeichen ein Zeichen ist. Zuerst die Vogelfrau und dann die Stumme, das sind solche Zeichen. Nicht so wie die Wichtel, die sind immer da, manchmal zeigen sie sich und sehen gerade so aus, wie in den Märchenbüchern, alte grämliche Leutchen in braunem Filz. Kaum hat man hingeschaut, verwandeln sie sich wieder rasch in Baumstrünke und Fliegenpilze, schließen ihre besorgten Augen und brummen nur noch leise Töne, so leise, dass man sie kaum hören kann.

Da ist sie, die Erdhütte. Der Hans bleibt stehen. Schon zwanzig Jahre alt, man sieht sie kaum noch, man sollte sie auch nie sehen. Rumpelstilzchens Haus, tief eingegraben in den Hang, ein festes Gitter aus Stangen und Zweigen über die Höhle gelegt, die Erde wieder daraufgehoben. Judaspfennig und Brombeeren siedeln dort. Im Winter nicht zu kalt, im Sommer nicht zu heiß. Eine Hütte, wie die Indianer sie bauen, das kann man in Büchern lesen. Nun wachsen die Brombeerhecken mannshoch darauf. Eine niedrige Tür aus Brettern, versteckt unter den Ranken. Heimlichkeiten. Ach wie gut. Niemand weiß. Nur Wald ringsum, selbst der Pferch weitab.

Der Hans horcht. Es rührt sich nichts darin.

Es ist Zeit. Dieses Jahr, beim Fest, sagt der Dieter. Wenn alle feiern. Der Dieter muss ja zu Hause zurechtkommen. Wie soll ich zurechtkommen, wenn du mir nicht hilfst, Hans. Es kann doch nicht so weitergehen! All die Jahre. Ganz verzweifelt kann er da werden. Schließlich hat der Hans eingesehen, dass es jetzt sein muss. Dieses Mal, wenn Wurstmarkt ist. Die Zeichen stehen dafür, und der Wald wartet nicht, er kennt keine Zeit.

Die Sonne steht über den Kiefern, es riecht mild nach Harz. Eine große Hummel surrt vorbei. In der Ferne ein Rumpeln. Gewitterwolken hängen über der Haardt. In der Hütte ist es still, seit einer Weile.

Es ist Zeit. Hans steht auf und geht hinüber.

2

Das Wildschwein hatte seine kleinen, funkelnden Satyraugen auf ihn geheftet. Sie starrten ihn unverwandt an, eingestanzt in das zottige Fell, das sich wie eine Fußmatte über den keilförmig vorgestreckten Schädel zog. Der Rüssel mit den zwei nackten, obszön behaarten Löchern zielte genau auf Sailers Nase.

»Ich kann nichts dafür«, sagte der bedauernd zu den Glasaugen und stach seine Gabel in das Fleischstück, das er gerade abgeschnitten hatte. »Außerdem ist es Rinderfilet.« Die Wildschweintrophäe an der Wand wurde von Rehgehörnen umringt, dazwischen winkte ein verstaubtes Eichhörnchen einem ausgestopften Auerhahn zu, der in Balzhaltung auf seinem Holzbrett erstarrt war.

»Einmal Jäger«, sagte die Bedienung zum Nachbartisch hinüber, »und noch einen kalten Kaffee. Bring ich dir, Schorsch.« Schorsch, der Sailer den Rücken zuwandte, ließ gerade die halbe Gaststube wissen, dass er noch heute Nacht losfahren müsste, bis Schneverdingen, und dass ihm von alkoholfreiem Bier regelmäßig schlecht würde. Sailer sah auf sein Weizenbier und nahm noch ein paar Pommes frites auf die Gabel.

»Du machst überhaupt nichts gut mit Tempolimit, Jochen«, erklärte Schorsch dem ganzen Lokal mit Stentorstimme. »Überhaupt nichts. Weißt du eigentlich, dass manche Autos sogar mehr Sprit brauchen, wenn sie langsam gefahren werden? Und dass das noch mehr Staus gibt? Wenn du mich fragst, das bringt gar nix, Jochen.« Von Jochen war keine Frage zu hören gewesen, er sagte auch jetzt nichts. Trotzdem fuhr Schorsch mit seiner Überzeugungsarbeit fort. »Also Jochen, wenn ich zum Beispiel mit dem Omega Hundertsechzig fahr ...«

Da kam die Bedienung mit dem Jägerschnitzel, und Schorsch verschob einstweilen seinen Beitrag zur Energiedebatte.

Sailer steckte mit seinen Gedanken noch im vorigen Tag. Die Wanderung gestern war gründlich ins Wasser gefallen. Man kann aber nicht immer alte Uhren reparieren, davon wird man einschichtig, eine Beschäftigung, die hinter den Ofen passt. Wandern also. Sailers Wandersamstag hatte mit Sonnenschein und klarem Frühlicht angefangen, am späten Nachmittag gab es dann ein Gewitter. Kurz vor dem Drachenfels hatte der Regen ihn eingeholt. Er hatte sich untergestellt, einen Blitzspruch gemurmelt, »... die Buche, die suche«, ein anderer war ihm nicht eingefallen, er stand ohnehin unter einer Tanne, die in dem Spruch nicht vorkommt. Als der Regen nachgelassen hatte, war er drei Stunden über sandige Waldwege gegangen, unter triefenden Kiefern hindurch, er war niemandem mehr begegnet. Alle Wanderer hatten sich in den Waldgasthäusern verkrochen, saßen vor ihrem Schoppen, aßen Leberknödel mit Sauerkraut. Sailer war trotzig weitergetappt, wollte sich den Tag nun ganz verderben lassen, möglicherweise weil die Wochenenden ihm häufig eine gewisse Leere bewusst machten, die er nicht zu füllen wusste. Vielleicht auch deshalb, weil es ihm nicht unangenehm gewesen war, durch den einsam gewordenen Wald zu wandern. Feine Tropfen schwebten zwischen den Bäumen, zu leicht, um zu Regen zu werden, ein feuchtes Gespinst, das sich über sein Gesicht gelegt hatte, über den Hut, die Jacke, und Sailers Brillengläser eintrübte. Der Wald hatte sich in einen Schwamm verwandelt, sog die Feuchtigkeit ins Moos und in den lockeren torfigen Boden hinein, troff an allen Ecken und roch wie ein nasses riesiges Tier. Sailers Schuhe hatten langsam, aber sicher die Nässe in sich aufgenommen. So lange war er halb blind durch den nassen Wald gestapft, bis ihm bewusst geworden war, wie nass seine Füße waren. Schließlich hatte er sein Auto erreicht, das unten im Tal wie ein toter Käfer vom Vorjahr mit erblindetem blauem Lackpanzer zwischen den nassen, schweren Wiesen auf ihn gewartet hatte.

Heute Mittag war er hierhergekommen, weil er warmen Slivovitz trinken wollte und überhaupt Boden unter die Füße kriegen musste. Das Wochenende war noch nicht vorüber. Die »Kesselschmiede« war ein guter Ort, um Boden unter die Füße zu bekommen.

»Noch ein Weizen, der Herr?« Sailer nickte. Die Bedienung verschwand durch die offene Schiebetür. Sailer warf einen Blick in die Wirtsstube, vorbei an Jochens breitem Fernfahrerrücken. Die Unterhaltung hatte wieder an Lautstärke abgenommen, die Gäste redeten hier nicht viel, sie aßen lieber tüchtig. Ab und zu klingelte irgendwo in der Wirtsstube ein Handy, dann wurde es wieder lauter. Sailer sah nur Männer mit Bauch, sich selbst eingeschlossen. Dick zu sein war hier nichts Ehrenrühriges.

Die beiden Kunststoffschweine, die auf einer Holzkonsole am Raumteiler posierten, bekräftigten diese Einstellung durch ihre fröhliche Miene. Ihre Leiber waren vom Zigarettenrauch gebräunt, als hätte man sie gebraten, zeigten nur noch Spuren vom vertrauten Rosa. Zwischen ihnen hockte ein Mops, ebenfalls aus Kunststoff, und blickte vertrauensvoll zu dem Schwein an seiner Rechten auf, das eine Klaue zum Gruß in die Gaststube hinein erhoben hatte. Sogar den Faltenwurf der Schweinehaut hatte der unbekannte Künstler, der die Gussform gestaltet hatte, gekonnt dargestellt. Nachsichtig lächelten die beiden Tiere auf die Gäste hinunter.
Sailer kannte die lustigen Schweine aus den Metzgereien seiner Kinderzeit. Manchmal hatten sie rotkarierte Metzgerschürzen getragen, was sie unanständig nackt hatte aussehen lassen. Fehlt nur noch, dass sie sich selbst das Messer an die Kehle setzen, um zu beweisen, wie harmlos es ist, geschlachtet zu werden, dachte Sailer. Über den Schweinchen befand sich ein Holzgestell, darin versprach ein Schild: »Hausgeraucht! Zwei Euro.« Ein übrig gebliebenes Pärchen Hartwürste hing daran, von der Sorte, die man hier »Landjäger« nannte. Sie machten einen sehr geräucherten Eindruck, sicher hatte der Kneipendunst sein Quantum dazu beigetragen. Das Thema »Wurst« schien Sailer damit zu lieblos abgehandelt. Hatte doch der Dreiklang »Woi, Worscht un Weck« in der Pfalz Tradition. Mancherorts wurde man von Puristen schon schief angesehen, wenn man Senf zur Wurst aß. Fast so schlimm, wie Bier in einer Weinstube zu trinken.

Ein Hubschrauber näherte sich mit lautem Klopfen, flog niedrig über das Gebäude hinweg. Dabei fiel Sailer der Wurstmarkt wieder ein, der am nächsten Freitag begann. Es würde wieder laut werden um ihn. Instinktiv griff er nach dem Rest Slivovitz, der sich noch im Glas befand, und kippte ihn hinunter. Wurstmarkt bedeutete, seine Praxis war für zehn Tage so gut wie blockiert vom Jahrmarktsgedudel, und die psychotherapeutischen Sitzungen wurden zwangsweise von den Sprechern der Fahrgeschäfte kommentiert, was mitunter spaßige Effekte hatte, wenn zum Beispiel ein Hundertwattlautsprecher dröhnte: »Noch einmal, hopp, hopp, zweimal gaaanz sanft, aber jetzt hallo! Runter mit euch zehn Meter im freien Fall.«

»Ein Weizen, der Herr. Zum Wohlsein.«

Er hätte ja zumachen können, aber nun war es zu spät, die Termine alle abzusagen. Seitdem er ohne Helferin arbeitete, musste er seine Schlampereien immer selbst ausbaden. Bei den paar Patienten, die er behandelte, lohnte es sich eigentlich nicht, jemanden zu beschäftigen.

Wann endet deine Frühpensionierung eigentlich?, hörte er Walther fragen. Walther Marquardt, der als Allgemeinmediziner Arbeitstage von zehn Stunden normal fand. Er befinde sich in einem Stadium der Latenz und warte auf die Entfaltung, antwortete Sailer auf solche Fragen. Entfaltung, Sebastian, haha, eher Einfalt, hatte Walther Marquardt geantwortet. Du kannst dich nach dreißig Jahren Psychiatrie nicht auf die faule Haut legen. Von irgendwas musst du schließlich deine Rente finanzieren.

Das Bier weckte ihn auf. Sailer wischte sich den Schaum von der Oberlippe und trank das Glas in langen Zügen vollends aus. Stellte es ab und schob den Teller zurück. Das Rinderfilet war gut gewesen. Auf die Zigarre verzichtete er. Hier drin war sie eigentlich überflüssig. Die Luft enthielt genug Teer und Nikotin, um einem Atemzug das Prädikat »Leichtrauchen« zu verleihen. Ob Friederike schon wieder im Birkenhof war? Zu ihren Eltern nach Wachenheim ging sie nie, wenn sie ausriss. Bisher war sie, soviel er wusste, immer zum Hof zurückgekommen. Eigentlich anzunehmen, dass sie im Wald ganz gut zurechtkommt, dachte Sailer.

»Zahlen, bitte.« Als er seinen Hut holen ging, stellte Sailer mit einem raschen Blick fest, dass er niemanden in der Gaststätte kannte. Wenn man seine Praxis in einer kleinen Stadt hat, begegnet man an jeder zweiten Ecke jemandem, dessen Intimitäten man kennt. Aber Sailers Klientel verkehrte ohnehin nicht in der »Kesselschmiede«.

»Wiedersehen.« Er nickte dem Wildschwein noch einmal zu und setzte seinen Hut auf, der noch klamm von Nässe war.

Als er die »Kesselschmiede« verließ, beschien die Sonne den Wurstmarktplatz davor. Hier war man seit Tagen dabei, die Attraktionen aufzubauen. Das Riesenrad war bereits zum Halbkreis angewachsen, die Achterbahn ausgepackt und zusammengeschraubt. Ein Feldlager aus Lastwagen, Wohnwagen und Buden breitete sich auf dem großen Platz aus. Schwere Tieflader standen dazwischen. Das große Fass am Rand des Platzes, in das eine ganze Gaststätte hineinpasste, fiel in diesen zwei Wochen kaum mehr auf. Der größte Parkplatz der Region war dabei, sich in das größte Weinfest der Welt zu verwandeln. Alles groß, dachte Sailer, vor allem der Durst. Wenn das Wetter gut war, würden in den nächsten zehn Tagen viele tausend Liter Wein durch die Kehlen der Besucher rinnen. Heute am Sonntag stand die Riesenbaustelle still.

Sailer beschloss, Karin anzurufen. Nun wurde ihm auch klar, dass er eben dieser Idee seit gestern ausgewichen war. Sie hatten sich eine Weile nicht gesehen, und ihre Beziehung – konnte man das eigentlich so nennen? ihre Beziehung also – entschied er sich nun doch – war in einem Stadium, in dem mehr daraus werden konnte, und da spielte es ja immer eine Rolle, wer mit wem tanzte. An diesem schönen Spätsommertag jedenfalls mit der Aussicht auf einen sonnigen Nachmittag fiel es ihm nicht schwer, die Aufforderung zum Tanz auszusprechen.

Als er die Praxis aufgeschlossen hatte und seinen Schreibtisch aufsuchte, lag Friederikes Zeichnung noch da. Er warf einen Blick darauf und nahm das Telefon mit in seine Klause hinüber, wo er es gemütlicher fand. Füllte die alte Espressokanne und stellte sie auf den Herd. Dann tippte er Karins Nummer ein.

»Nein, du störst nicht«, hörte er sie sagen. »Ich bin allein, so wie du wahrscheinlich auch. Sonst würdest du nicht am Sonntag um diese Zeit anrufen.« Karin lachte.

Sie muss immer einen Zug voraus sein, oder einen Hieb, wenn's darauf ankommt, dachte Sailer und war in diesem Moment froh darüber, ihr an seinem Küchentisch voller Werkzeug und altem Uhrenschrott nicht leibhaftig gegenüberzusitzen. Das Rotweinglas von gestern Abend hatte heute früh Gesellschaft von einer Kaffeetasse bekommen. Die kürzeste Zusammenfassung seines Daseins als Stillleben. Er sah wieder weg.

»Hast du eigentlich heute schon die Nachrichten gehört?«

Karin machte eine Pause, und Sailer hörte, wie sie den Rauch ihrer Zigarette vor sich hin blies. Sailer meinte, ihn zu riechen. Er litt erneut an seinem Verzicht. Keine Zigarre mehr dieses Jahr, so lautete das Gelübde.

»Bei euch ist ja einiges los in Bad Dürkheim. Man hat eine Leiche gefunden. Im Wald oberhalb der Stadt bei der Heidenmauer. Eine junge Frau, die seit Tagen schon vermisst wurde. Heute früh haben Spaziergänger sie entdeckt. Ziemlich grausige Geschichte. Sie soll zerstückelt worden sein.«

Sailer hatte das Gefühl, der Atem fehle ihm und er habe keinen Platz mehr in der Brust, um einzuatmen.

»Bist du noch da? Sebastian?«

»Ja«, brachte er heraus und räusperte sich, um verständlich sprechen zu können. »Weißt du den Namen?« Sailer merkte, dass er die Tischkante gepackt hielt, als wäre sie eine Rettungsboje.

»Einen Namen haben sie nicht gesagt, nur dass sie zwanzig Jahre alt war und bei der ›Brücke‹ arbeitete.«

»Friederike«, sagte Sailer. Er hatte das Gefühl, der Raum um ihn würde ganz klein, nachdem er ihren Namen ausgesprochen hatte. Hinter ihm brodelte es. Er ließ den Tisch los, an dem er sich festgehalten hatte, ging mit dem Telefon am Ohr zum Herd und stellte ihn aus. Ihm war, als sähe er sich selbst zu, wie man einen Automaten beobachtet, der unsinnige Handlungen ausführt. Er musste sich dazu zwingen, die Espressokanne ordentlich am Kunststoffhenkel anzufassen, um sich nicht daran zu verbrennen, und sah seinen Fingern dabei zu, wie sie zitterten.

»Kennst du die etwa?«, hörte er Karin fragen.

»Sie war meine Patientin.« Sailer ging mit der Espressokanne zum Küchentisch und stellte sie langsam darauf. »Ich habe gestern in der ›Rheinpfalz‹ gelesen, dass sie vermisst wird. Sie ist früher schon ein paarmal weggelaufen. Sie lebt auf dem Birkenhof, der gehört zur ›Brücke‹.«

»Was hat sie bei dir gemacht?«

»Sie hatte Panikattacken. Kam schwer zurecht auf dem Hof.« Sailer hatte noch immer das Gefühl, der Boden schwanke unter seinen Füßen. Er bekam schlecht Luft. Die Espressokanne stand vor ihm auf dem Küchentisch, er hatte den Untersatz vergessen und sah nun zu, wie sich auf der Tischplatte ein schwarzer Rand um den heißen Kannenboden bildete, ohne dass er sich in der Lage sah, die Kanne wegzustellen.

»Ich habe ihr Medikamente gegeben. Mit ihr geredet.« Er schluckte. »Sag mal«, setzte er hinzu und bemerkte, wie seine Stimme bebte, »was heißt zerstückelt?«

»Dazu haben sie weiter nichts gesagt. Nur dieses Wort. Zerstückelt. Hör mal, Sebastian, ich würde gerne herkommen, ist das in Ordnung?«

»Sicher.«

Als er Karins Wagen in den Hinterhof seiner Praxis einbiegen hörte, saß Sailer noch immer mit Friederikes Akte auf den Knien vor dem Schreibtisch. Sein Radio hatte er nicht eingeschaltet, obwohl er es deswegen aus der Teeküche mit in die Praxis genommen hatte. Er wollte die Nachrichten nicht hören, ihm war nicht danach. Er stand auf und öffnete ihr die Tür.

»Das nimmt dich ziemlich mit, oder?« Karin war in der Tür stehen geblieben und musterte ihn mit einem raschen Blick, ehe sie sich auf einen der beiden Ledersessel im Sprechzimmer setzte.

»Das kannst du dir ja denken.« Sailer warf die Akte auf den Tisch.

Karin nickte. »Darf ich rauchen?«

Sailer machte eine entsprechende Bewegung. Während sie sich eine Zigarette anzündete, schwieg er. Karin blies den Rauch von sich und sah auf den Schreibtisch.

»Du hast ihre Akte noch einmal durchgesehen?«

»Jedes Wort.«

»Steht irgendwas drin, was weiterhilft?«

Sailer schüttelte den Kopf. »Nichts. Die Medikamente, die ich ihr verschrieben habe, waren harmlos, sie hat sie außerdem gut vertragen. Ein einfaches Beruhigungsmittel. Man könnte sich auch nichts damit antun. Es gibt nur das hier.« Er drehte den Schreibtischsessel, griff nach Friederikes Bild und reichte es Karin hinüber.

Sie zog die Brauen hoch, als sie es sich ansah. »Rotkäppchen«, sagte sie leise. »Und der Wolf.«

»Der Wolf, ja. Vielleicht.«

Karin sah zu ihm hinüber. »Hast du eine Ahnung? Ich meine, um was für einen Wolf es sich hier handeln könnte?«

»Das habe ich mich die ganze Zeit gefragt, die du gebraucht hast, um aus Heidelberg hierherzufahren.« Sailer schüttelte den Kopf. »Ich habe nicht die geringste Idee. Friederike war beim letzten Mal wieder unruhig, antriebig und ängstlich, aber was heißt das schon. Da gibt es viele Möglichkeiten. Und sie kann ja nicht reden. Auf alle Fälle muss ich mit der Polizei sprechen.«

»Das solltest du tun. Was für Gründe gab es für sie, unruhig zu sein?«

»Nun, sie arbeitete auf dem Birkenhof, dem Bauernhof der ›Brücke‹. Der liegt draußen im Pfälzer Wald, vielleicht fünfzehn Kilometer von hier entfernt. Es sind ein Dutzend Bewohner dort mit ihren Betreuern. Die machen ökologischen Landbau, Demeter-Qualität, des Beste vom Besten. Das Fleisch und die anderen Produkte gehen weg wie warme Semmeln. Friederike kam immer zu mir mit dem Bus, der die Sachen hierher nach Dürkheim bringt, wenn sie einen Termin bei mir hatte. Die ›Brücke‹ baut sogar Wein an. Ein Musterprojekt. Aber für eine junge Frau geht es nicht ohne Spannungen dort ab. Friederike ist, ich meine – sie war – hübsch. Und sie hatte die Natur eines Kindes, sie war körperlich eine Frau, seelisch aber ein Kind.«

»Hat man sie bedrängt? Auf dem Hof, meine ich.«

Sailer zuckte die Achseln. »Das hielt sich sicher im Rahmen, soweit es die offenkundigen Ereignisse anbetrifft. Ich habe mit den Betreuern mal darüber gesprochen. Die achten auf so etwas. Aber da gibt es natürlich Blicke, Berührungen, Zoten, ist ja klar. Die Bewohner sind zum Teil impulsgestört, übersensitiv, reizbar, das kann schon ein emotionales Chaos werden ab und zu. Zum Glück gibt es den Wald.«

»Wieso den Wald?«

»Na, sie ist immer wieder ausgerissen, für einen Tag höchstens. Abends war sie dann wieder da. Sie kannte sich wohl ganz gut aus in der Gegend. Dort hinten kann man ziemlich weit kommen, ohne eine Ansiedlung zu treffen. Deshalb habe ich mich auch gestern gewundert, dass sie sich angeblich verlaufen haben soll. Als ich die Meldung in der Zeitung gelesen habe.«

Karin nickte und stand auf. »Komm, wir gehen nach draußen. Du kannst ja morgen noch zur Polizei gehen. Vielleicht hilft auch dir der Wald ein bisschen. Nur zur Heidenmauer sollten wir nicht gehen. Ich habe vorhin im Auto das Radio an gehabt. Dort oben findet eine Art Volkslauf statt. Sämtliche Wanderer haben anscheinend einen Abstecher zum Tatort gemacht. Die Polizei sendet schon verzweifelte Aufrufe, man solle nicht dorthin gehen. Sie haben alles abgesperrt.«

»Den ganzen Berg?« Sailer war am Ausgang zum Hinterhof stehen geblieben und schloss die Praxistür ab.

»Was heißt, den ganzen Berg? Wie groß ist denn diese Heidenmauer?«

»Ich erzähl's dir im Wagen. Fahren wir ins Leininger Tal. Ich zeig dir dort mal den Hof.«

Sailer ging um seinen alten Mercedes herum und öffnete, um Karin einsteigen zu lassen, teils aus altmodischer Höflichkeit, teils deshalb, weil die Scharniere an den Türen des himmelblauen Monstrums schon ziemlich ausgeleiert waren. Als er am Steuer saß und den Hebel zog, um den Motor vorzuglühen, hörten sie einen Hubschrauber über der Praxis knattern.

»Die Polizei?«

»Das nehme ich an.« Karin kurbelte das Fenster herunter und guckte hinaus, während Sailer den vor sich hin nagelnden Wagen aus dem Hinterhof hinausfuhr. Als sie auf dem Wurstmarktplatz an den bereits aufgebauten Buden vorbeifuhren, sahen sie den Hubschrauber in einer Entfernung von ein paar hundert Metern über einem Berg stehen.

Sailer wies mit dem Daumen über seine linke Schulter. »Da oben ist sie, die Heidenmauer. Oberhalb des Stadtzentrums. Der Hubschrauber steht gerade darüber.«

»Wann fängt der Wurstmarkt eigentlich an?«

»Am nächsten Wochenende. Und dauert bis zum übernächsten. Das größte und wahrscheinlich das längste Weinfest der Welt.«

Sailer hatte den Platz überquert und verließ am Kreisel die Weinstraße. Am Haardtrand entlang fuhren sie durch die Weinberge hinauf Richtung Leistadt. Das Klopfen des Hubschraubers blieb hinter ihnen zurück. Sailer versuchte, sich auf das Fahren zu konzentrieren, sein Gehirn lief auf Hochtouren, trotzdem fiel es ihm schwer, einen klaren Gedanken zu fassen. Vielleicht half es, zu reden.

»Die Heidenmauer war einmal eine keltische Stadt«, erzählte er. »Sie ist etwa zweieinhalbtausend Jahre alt. Wahrscheinlich die älteste Siedlung hier weit und breit. Ein pfälzisches Troja, wenn man so will. Die Ansiedlung innerhalb der Mauer muss ziemlich groß gewesen sein, ich glaube der Ringwall hat einen Dreiviertelkilometer Durchmesser. Da haben einige hundert, vielleicht mehr als tausend Personen gelebt. Für damalige Zeiten war das viel Volk.«

»Wir gehen da mal hin, ja? Wenn der Rummel sich verlaufen hat, meine ich.«

»Ist ohnehin ein beliebtes Ausflugsziel. Die Gegend ist übrigens voller Ausflugsziele.« Reden half, egal über was. »Es gibt einen Kriemhildenstuhl«, zählte er auf. »Einen Siegfriedsbrunnen, den Teufelsstein und den Drachenfels«, fuhr er fort. »Die Pfalz war schon immer gut germanisch. Ich habe mal irgendwo gelesen, dass man in der Nazizeit bei der Heidenmauer germanische Runen entdeckt haben wollte und damit die armen Kelten gleich zu Frühgermanen gemacht hat. Sogar gegraben hat man dort eine Weile im Auftrag von Himmlers Ahnenerbe. Seitdem wurde, glaube ich, nicht mehr viel ausgegraben. Die ganze keltische Hinterlassenschaft steckt also noch im Wald unter der Erde.«

Gut, dass sie gekommen war und ihn ablenkte, ihn erzählen ließ. So elend er sich fühlte, es gab nichts, gar nichts, was er tun konnte. Sie hatten Leistadt erreicht und bogen ab Richtung Höningen. Jetzt fuhren sie durch dichten Wald. Sailers Diesel mühte sich den Berg hinauf, die Sonne schickte Blitze durch die breiten Wipfel der Kiefern zu der schmalen Straße herunter. Karin rauchte, hatte dabei höflich das Fenster halb heruntergedreht. Auf der Bergkuppe angelangt, passierten sie einen ausgedehnten Parkplatz voller Autos. Eine Gruppe Wanderer in Bundhosen, viele mit Walkingstöcken ausgerüstet, wartete darauf, die Straße überqueren zu können.

»Hier ist aber auch einiges los«, bemerkte Karin.

»Ja, hier ist das Forsthaus Lindemannsruhe und der Bismarckturm. Du kennst wahrscheinlich den hiesigen Wanderstil nicht. Man wandert zu Ausflugslokalen. Das sind meistens sogenannte Forsthäuser. Haben schöne Namen wie Saupferch oder Kehrdichannichts oder Schaudichnichtum. Wie im Märchen. Einen Förster gibt's da zwar nicht, aber einen Schoppen und Bratwürste oder Leberknödel mit Saumagen. Man bedient sich selbst, an schönen Tagen wartet man gern eine halbe Stunde, bis man dran ist. Das Wandern ist hier gesellig, keine einsame Angelegenheit wie sonst in der deutschen Romantik. Aber du wanderst ja nicht, sonst würde ich dich in die Regeln hier einführen. Bist du wenigstens zu Hause im Wienerwald gewandert, früher, meine ich?«

Das brachte ihm einen Blick von ihr ein. »Früher«, betonte Karin, »früher, als ich noch in Wien gelebt habe, da bin ich zum Tanzen gegangen. Zum Wandern gingen vielleicht meine Eltern. Oder meine Großeltern«, fügte sie hinzu.

Kurz hinter Höningen verließ Sailer die Landstraße und stellte den Wagen auf einem Feldweg ab. Sie stiegen aus. Die Straße führte durch Wiesen, deren Grün vom morgendlichen Regen aufgefrischt worden war, ins Tal hinunter, wo sie von Birken gesäumt in den Kiefernwäldern verschwand.

»Lass uns hier ein Stück gehen«, schlug Sailer vor. »Am Birkenhof kommen wir nachher ohnehin vorbei, wenn wir den Rundweg über Grünstadt zurück nehmen. Hast du ordentliche Schuhe an?«

Karin legte ihre Ferse mit einer eleganten Bewegung auf die Stoßstange des Wagens. »Ziemlich hohe Absätze und keine Hufeisen dran, wie du siehst, dafür habe ich Mut. Du willst also wandern, stimmt's?«

»Spazieren gehen«, brummte er. »Wandern würde ich dazu nicht sagen.«

Sie gingen am Waldrand entlang und rochen den Duft nach Harz, das die warme Sonne aus den Kiefern austreten ließ. Vom Innern des Waldes her kam Kühle, von den Wiesen drang das Summen und Zirpen der Insekten herüber. Im Gegenlicht glitzerten lange Silberfäden an den Grashalmen, von einem kaum wahrnehmbaren Wind gekämmt.

»Was bringt jemanden dazu, ein so armes Ding umzubringen?«, fing Sailer an.

Karin schwieg eine Weile und sah beim Gehen auf ihre roten Pumps, die sie vorsichtig zwischen die Wurzeln auf dem Weg setzte. »Gerade das vielleicht«, sagte sie dann. »Dass sie das war, ein armes Ding. Für Mord gibt es viele Motive, die reichen von Hass bis zu Mitleid. Wer das getan hat, hat sich das Mädchen entweder ausgesucht, oder sie ist ihm in einem unglücklichen Moment über den Weg gelaufen. Ich würde das Erstere annehmen. Dem Bild nach, das sie dir gemalt hat, kannte sie den Täter bereits.«

Aus dem Wald zwitscherten die Buchfinken, ein paar Meisen zickten aus den Büschen am Waldrand dazu. Ganz von fern meinte man, noch immer den Hubschrauber zu hören.

»Was verbinden die Leute hier eigentlich mit dieser Heidenmauer?«, fragte Karin schließlich nach einer Weile, nachdem Sailer ihre Vermutung nicht kommentiert hatte.

»Das weiß ich auch nicht. Ich glaube, jeder macht daraus, was ihm passt; nachdem man wenig darüber weiß, außer dem, was ich dir erzählt habe. Ab und zu wird es ein paar Schatzgräber geben, die darin buddeln, es gab die Nazis mit ihrem Germanenwahn, vielleicht tummeln sich auch die hiesigen Rechtsradikalen nachts da oben mal bei einer Sonnwendfeier, die sind ja auch nicht wählerisch im Mythologisieren. Ach ja, sogar Cooper hat sich dafür interessiert.«

»Welcher Cooper? James Fenimore? Der den Lederstrumpf geschrieben hat?«

»Genau der. Der war einer der ersten Touristen hier, logierte übrigens seinerzeit in der Weinstube Bachmayer in Bad Dürkheim, wohin ich dich in besseren Zeiten gern mal zum Essen ausführen würde. Also Cooper wanderte auch hier, sah die Heidenmauer und schrieb sofort einen Roman darüber, der in der Keltenzeit spielt. Wie der hieß, habe ich vergessen, jedenfalls wurde er nicht so berühmt wie der Rest von Coopers Werk. Aber zu deiner Frage: Die Heidenmauer ist den meisten Leuten hier ziemlich egal. Da ist nicht viel zu sehen, bloß ein langer, hoher grasbewachsener Wall mitten im Wald und eine schöne Aussicht ins Rheintal hinunter. Nicht mal eine richtige Ritterburg steht dort, und von denen gibt es schließlich genügend hier.«

»Irgendeine Bedeutung hat es bestimmt, dass sie dort gefunden wurde. So wie das Bild, das sie dir geschenkt hat. Sie konnte gut malen. Die unheimlichen Augen darauf.«

»Es ist anders als die übrigen Bilder. Ich habe sie mir vorhin alle noch mal angesehen, es sind zusammen vielleicht ein Dutzend. Auf denen ist zwar auch immer der Wald zu sehen, Tiere sind auch darauf, aber die Bilder spiegeln andere Gefühle. Es sind zu Papier gebrachte Wünsche nach Geborgenheit, Sicherheit.« Sailer merkte, wie es ihm wieder eng im Hals wurde.

Karin warf ihm einen Blick zu. »Dieses Bild mit den Augen darauf«, sagte sie dann, »drückt für mich Angst aus, aber auch etwas anderes, etwas Lockendes, Begehrliches. Ich weiß nicht, wovon es ausgeht, ob von diesen Augen oder von ihr selbst, die das gemalt hat.« Sie blieb stehen. »Unheimlich. Der Wald hier beschäftigt mich. Lass uns umkehren, ich brauche etwas Zeit, um meine unbewussten Quellen anzuzapfen. Vielleicht träume ich heute Nacht was. Mein alter Lehranalytiker, der Otto Kaczynsky, sprach immer von der Weisheit des Unbewussten und glaubte selbst fest daran. Der hat nichts Wichtiges entschieden, bevor er darüber geschlafen hat. Mach eine Farbkopie von dem Bild, ehe du es morgen der Polizei übergibst.«

Sie kehrten zum Wagen zurück und fuhren ins Leininger Tal hinunter. Dort passierten sie auch den Birkenhof, einen großen Bauernhof, an dem nichts weiter auffiel, außer dass er von so vielen Autos belagert wurde, dass sie in zwei Reihen auf den Wiesen geparkt worden waren. Darunter befand sich auch ein Sendewagen des Rundfunks, dessen Schiebetür offen stand und den Blick auf technisches Gerät freigab, ein paar Kabel waren Richtung Hofeingang ausgerollt worden. Vor dem Hofladen, wo sonst Gemüse und Wurst verkauft wurde, drängelten sich die Leute. Sailer fuhr langsam vorbei. Ein paar Kühe standen hinter dem Hof auf der Weide.

»Willst du mal reinhören?«, fragte Karin, die Hand am Radioknopf.

Sailer schüttelte den Kopf. »Ich bin noch nicht so weit«, sagte er.

***

Der Sonntag ist der siebte Tag. Sieben ist wie drei, und dann beginnt alles wieder von vorn. Und ein heiliger Tag. Der heilige Sonntag. Tausend Leute. Der Dieter meint, mindestens tausend. Sie sind alle gekommen, weil sie dabei sein wollen. Stehen im Wald, in Gruppen zusammen, reden miteinander, ganz leise. Das Fernsehen ist da mit Kameras und Leuten, die Mikrofone an Stangen herumtragen. Aufnahmen für das Regionalprogramm heute Abend. Ein Hubschrauber fliegt über ihnen, lärmt. Kreist dicht über den Wipfeln der Kiefern, hämmert heran, dreht wieder ab, taumelt über den Bäumen, zerzaust ihre Wipfel, als suche die Riesenlibelle etwas, ohne es zu finden.

Schließlich das weiß-rote Band, die Absperrung. Man muss damit rechnen, dass sie alle filmen, die dort sind. Das macht nichts, es sind so viele da, dass er sicher nicht aufgefallen ist, und außerdem – er gehört ja dazu, gerade er.

So viele Leute zusammen sind eigentlich unangenehm, aber mit dem Fritz gibt es immer einen Abstand, der Fritz macht Eindruck an seiner kurzen aus Lederriemen geflochtenen Leine. Die allein sagt schon: Vorsicht! Der ist scharf, braucht eine straffe Führung. Kurze, knappe Worte sagt er bei solchen Gelegenheiten zu dem Hund, die sollen allen mitteilen, dass er ihn im Griff hat. Er hat seine Bundhosen angezogen und ein kariertes Hemd, Wanderschuhe, weil das alle anhaben an solchen Tagen.

Der große Wall aus bemoosten Steinen, die Heidenmauer. Von Bäumen bewachsen, uralt. Darunter eine ganze Stadt, nie gesehen. Der Wald hat sie sich zurückgeholt, sie gehört ihm, ist wieder Landschaft geworden in zweitausend Jahren. Aber die Zeit spielt keine Rolle. Wenn es um das geht, was wichtig ist, spielt die Zeit keine Rolle, dann ist immer noch wahr, was auch damals wahr gewesen ist.

Man kann nicht dorthin, wo die Stelle ist, am Kriemhildenstuhl, genau über der Stadt. Das haben sie alles abgesperrt. Die scharfe Kante, von der aus man hinabschauen kann, wo man alles vor sich hat wie auf einem großen Tablett. Dürkheim drunten, die breite Rheinebene dahinter, durchzogen von grauen Straßenbändern, auf denen die winzigen Autos hin und her rollen. In der Ferne die großen Städte mit den Würfeln der Hochhäuser, den Schornsteinen und der grauen Dunsthaube aus Dreck, die darüber schwebt, bis hin zum hellen Fleck des Schrießheimer Steinbruchs, ganz hinten, dort wo der Blick an der braunen Kante des Odenwalds endet.

Vom Kriemhildenstuhl aus kann man den Wurstmarktplatz gut sehen. Das Riesenrad, so klein von da oben wie ein Spielzeug, und die Fahrgeschäfte, die die Leute anziehen werden von nah und fern. Das größte Weinfest der Welt wird dort aufgebaut, schon stehen die Schubkarchstände der Dürkheimer Winzer, das Gerüst für das große Bierzelt. Die Stangen der Achterbahn liegen wie ein Haufen Mikadostäbchen übereinander. Der Hans-Dieter hat immer Angst gehabt vor der lauten Musik und den vielen Leuten. Was hast du denn, du dummer Kerl? Ist doch lustig! Andere Kinder freuen sich, und der heult und zieht einen weg vom Platz. Verdirbt einem den letzten Spaß, das blöde Kind, das ist doch nicht klar im Kopf. Wird trotzdem hineingezogen in den brodelnden Lärm zu den heulenden, krachenden Vergnügungen, unter die ausgelassenen Leute mit ihren verzerrten Gesichtern und den gierigen Augen, die ihn herumschubsen, Weindunst ausatmen, hinein zu dem Kichern der Mädchen, das der Hans-Dieter wie nichts sonst fürchtet, die Mädchen kichern nirgends so wie auf Weinfesten. So lernt man alles fürchten, was ein Fest ist.

Die Leute können so abgrundtief lügen. Sie behaupten, sie lieben die Feste und fürchten sich nicht dabei. Wo bei einem Fest plötzlich alles möglich wird, kein Schutz mehr ist. Man kann verzweifeln daran, dass die Leute sich nicht richtig fürchten können. Bis man begriffen hat, dass sie zu verlogen dazu sind. Sie können es einfach nicht, sie haben bloß manchmal ein bisschen Angst. Dass sie ihr Geld verlieren, ihre Arbeit oder ihre Frau. Oder ihr Leben.

Nun sind sie alle hierhergekommen, haben die Wanderwege verlassen, um an der Heidenmauer zu stehen und dem Tod näher zu sein. Ob sie lernen wollen, sich zu fürchten? Er schaut in ihre Gesichter, ganz unauffällig, als suche er jemanden, während er mit dem Fritz vorbeigeht. Die Gesichter sehen aus wie immer, sie sehen aus, als gingen sie zum Einkaufen, noch nicht einmal so, als hätten sie Angst. Die gleichen Leute werden bald auf dem Wurstmarkt da unten feiern. Eine Million Liter Wein und mehr wird dieses Jahr wieder getrunken werden, wenn das Wetter gut ist.

Gestern stand hier eine einzige Flasche Wein. Dornfelder Rotwein, rot wie Blut. Die hat jetzt die Polizei. Ein Opfer, das muss ein Zeichen sein für alle. Einst war der Wurstmarkt eine Wallfahrt zum Erzengel Michael. Heute Nachmittag, hier oben, das ist wieder eine Wallfahrt.

Das haben sie natürlich nicht verstanden, man kann es auch nicht verstehen, weil es um Zeichen geht. Ein Zeichen, das muss gesetzt werden, und die Menge im Wald, die murmelnde Menge der bedeutsam blickenden Menschen gibt ihm recht. Es geschehen Zeichen und Wunder. Es musste doch etwas geschehen, schon lange. Das, was in ihm ist, will ans Licht, das Unwirkliche, was ihn zweifeln lässt an allem. Die Gewissheit, dass alles versinken muss im grauen Meer der Furcht. Dass die Welt am Zerbrechen ist. Die Vogelfrau ist ein Wunder, sie kommt in den Wald, ihre lauten Schreie sind für ihn bestimmt, ihr nackter Leib, der sich krümmt, wenn sie sich schänden lässt hinter den Haselnusshecken. So lange bis er endlich verstanden hat.

Nun ist es geschehen, und zwar im Wald, weil der Wald die einzige wahre Kirche ist und weil er es für alle getan hat, für alle die, die heute am Sonntag hier stehen. Weil alles, alles nur ein Witz ist, eine einzige Lüge und Gemeinheit, deswegen muss so etwas geschehen, etwas das die Gewissheit ans Licht bringt. Eine solche Gewissheit kann man nur fürchten, niemand kann sie aussprechen. Sie liegt ganz tief, so tief, dass nur das Fleisch sie kennt.

Wie wohl ihm ist. Es war nicht leicht. Wäre sie nicht gekommen, die Stumme, er hätte nicht gewusst, wie. Die Vogelfrau hat sie geschickt, und sie kam, weil sie die Richtige war. Sie hat euch beide erwählt, die Vogelfrau. Die Stumme und den dummen Hans, sagt der Dieter.

Auch für die Polizei hat er es getan, die jetzt herausfinden muss, wer es gemacht hat. Einen Moment lang kommt ihm, wie er am Absperrband steht, die Idee, mutig zu sein, einfach hinzugehen und zu sagen: Ich bin's gewesen. Denn das Band gilt ja nicht für ihn, nur für die anderen, für die Zuschauer. Aber das würde bedeuten, dass man ihn in die Psychiatrie stecken würde, wie schon einmal, in die Landeck, und zwar für lange Zeit, meint der Dieter. Die Polizei muss solche Dinge auf ihre Weise regeln, sagt er. Die ist dafür da, dass die Wahrheit nicht ans Licht kommt, weil die Lüge alles beherrscht und die Gemeinheit, auch die Polizei.

Also geht er nun wieder zurück, zwischen den Leuten durch, die ein Stück zur Seite weichen, nachdem sie einen Blick auf den Fritz geworfen haben, der straff an der Leine geht. Er schaut niemanden mehr an, nur ab und zu sagt er dem Fritz ein Wort oder zwei, damit der sich benimmt.

3

Sailer erwachte um acht, eine Stunde später als sonst. Die Morgenzeitung, die im Briefkasten steckte, sah er sich eine Weile an, dann erst nahm er sie heraus. Er konnte den Tatsachen wohl nicht mehr ausweichen.

Auf der ersten Seite las er, man habe Friederike Haas am Sonntag unbekleidet, mit durchschnittener Kehle aufgefunden. Alle ihre Organe seien entfernt worden. Ob man von einem Sexualverbrechen ausgehen müsse, sei noch nicht eindeutig klar. Neben der Leiche habe eine volle und zugekorkte Flasche Wein ohne Etikett gestanden. Nach ersten Erkenntnissen sei sie vermutlich am Samstagnachmittag ums Leben gekommen. Bei dem Fundort an der Heidenmauer handle es sich vermutlich nicht um den Tatort, da dort kein Blut gefunden worden sei. Die Polizei gebe im Moment noch keine weiteren Informationen an die Öffentlichkeit. Es folgten ein paar Angaben über den Birkenhof, wo sie gelebt hatte. Die Leiche sei in die Mainzer Gerichtsmedizin gebracht worden, wo sie derzeit untersucht werde.

Ohne einen Gedanken an das Frühstück rief Sailer gleich bei der Polizei an. Nachdem er längere Zeit die kleine Nachtmusik gehört hatte, bekam er schließlich Anschluss beim zuständigen Kommissariat der Ludwigshafener Kriminalpolizei. Er erfuhr, die Leitung des Falles habe Oberkommissar Federer, aber der spreche gerade. Kommissar Federer sprach ziemlich lange, es dauerte mit mehreren Anläufen und einiger Nachtmusik insgesamt eine halbe Stunde, bis Sailer ihn am Apparat hatte.

Auf seine Mitteilung hin, er habe etwas Wichtiges zu dem Mordfall an der Heidenmauer beizutragen, sagte Federer nur:

»So. Haben Sie.«

Sailer hörte den Unterton wohl heraus, mochte sich aber nicht darauf einlassen. Er hatte sich vorgenommen, alle Behördendemut aufzubringen, zu der er imstande war, und nahm sich zusammen, Friederike zuliebe, dachte er.

Das habe er allerdings, etwas beizutragen, sagte er zu Federer. Er bitte um einen Termin, weil er das Ganze gern persönlich erzählen wolle, die Ermordete sei eine Patientin von ihm gewesen.

»Herr Doktor Sailer, so war doch Ihr Name, ja? Was glauben Sie, wie viele Leute mir in den letzten zwei Tagen was Wichtiges zu diesem Mordfall mitteilen wollten? Und wie viel Zeit es braucht, denen zuzuhören? Schätzungsweise zweihundert waren das bisher. Aber natürlich gehen wir jedem Hinweis aus der Bevölkerung nach, klar tun wir das. Von mir aus können Sie vorbeikommen, ich lasse Ihnen einen Termin geben, wir sind ja die Polizei, Herr Sailer, wir müssen uns alles anhören, was den Leuten einfällt, wenn was Interessantes passiert.« Im Hintergrund rief jemand etwas. Ein Telefon klingelte. Von Federer war ein gedämpftes Knurren zu hören, es klang wie ein langer Fluch bei zugehaltener Sprechmuschel. Dann sagte er, für Sailer wieder vernehmbar: »Aber vielleicht geht's ja auch jetzt gleich am Telefon, in konzentrierter Form, meine ich, wo wir beide schon mal zusammen reden. Bitte!«

Er behandle die junge Frau seit drei Jahren in seiner Praxis, berichtete Sailer, und er konzentriere sich jetzt einmal darauf, mitzuteilen, dass sie ihm vor einer Woche ein bemerkenswertes Bild gemalt habe, das möglicherweise für die Ermittlungen von Bedeutung sei.

»Ein Bild«, sagte Federer. »Gemalt. Aha.« Was auf dem Bild denn zu sehen sei.

Sailer begann, das Bild zu beschreiben, dann unterbrach er sich. »Herr Federer, ich merke schon, ich habe keine gute Zeit erwischt. Ich werde Ihnen das Bild zuschicken, und wenn Sie Fragen dazu haben, lassen Sie mich das wissen. Ich lege meine Visitenkarte dazu.«

»Nun seien Sie nicht gleich beleidigt«, sagte Federer um keine Spur freundlicher, er schien eher zufrieden, dass Sailers Stimmungspegel sich dem seinen anzunähern begann. »Sie können sich nicht vorstellen, was hier los ist. Diese ausgeblutete Leiche macht das halbe Land hysterisch. Machen Sie es ruhig so, wie Sie gesagt haben. Wir melden uns dann bei Ihnen.«

»In Ordnung. Wiederhören.«

Am anderen Ende wurde aufgelegt.

Sailer legte den Hörer auf den Tisch und starrte so konzentriert darauf, als wäre das Telefon eine Tretmine. Erst jetzt kehrte das, was er in der Zeitung gelesen hatte, zu ihm zurück.

Er überlegte, ob es ihm helfen würde, wenn er sich einen Kaffee machte, aber er blieb einfach sitzen und starrte auf die Tischplatte. Von draußen drangen die Geräusche vom Wurstmarktplatz an sein Ohr, das Brummen der an- und abfahrenden Lastwagen, hell klingende, langsame Hammerschläge, die Rufe der Arbeiter. Nichts Endgültigeres gab es als den Tod. Die größtmögliche Gewalt, die erfahrbar war. Der Tod brach ein ins Leben wie ein Raubtier in eine Herde, nahm sein Opfer, und das Leben ging weiter, unbekümmert, die Lücke schloss sich wieder.

Die Organe entfernt. Die Kehle durchgeschnitten. Eine Flasche Wein. Er hätte nicht anrufen sollen. Es half niemandem. Friederike nicht mehr, und ihm half es auch nicht.

Ein perverser Psychopath, ein Monster. Jemand, der irgendeine wahnsinnige Botschaft mitteilen wollte, womöglich bloß einen besonders makaberen Scherz veranstaltet hatte. Der hatte sie geschlachtet wie ein Tier. Sailer schüttelte den Kopf. Weil sie so ein armes Ding war. Weil sie bereits ein Opfer war. Weil sie so unschuldig war, wie man es nur sein konnte. Er stand auf und füllte seine Espressokanne, schraubte sie zu und stellte sie auf die Kochplatte. Er fühlte sich hilflos und traurig. Nicht zornig, der Zorn brauchte noch Zeit.

Um neun würde der erste Patient erscheinen. Um in einen Zustand zu kommen, in dem er arbeiten konnte, brachte er die Rituale des Montagmorgens hinter sich, rasierte sich sorgfältig die grauen Stoppeln, als käme es heute besonders darauf an, und trank nebenbei den ersten Kaffee. Holte sich zwei Croissants vom Bäcker an der Ecke und aß sie zum zweiten Kaffee. Damit schaffte er es, um Viertel vor neun in der Praxis aufzutauchen, die Außentür aufzuschließen und seinen Kalender durchzusehen, um festzustellen, dass Jean Menzel heute als Erster kam. Ausgerechnet Menzel, dessen Psyche empfindlich war wie ein rohes Ei.

»Sie konnte mich nicht sehen.«

Menzel schloss für einen Moment die Augen. Er atmete hörbar. Das Sprechen machte ihm Mühe. Ich erlaube mir, Sie alles zu fragen, hatte Sailer Menzel vor drei Wochen zu Beginn der Therapie angekündigt. Sie müssen nicht antworten, aber fragen werde ich.

»Aber Sie, Sie konnten sie genau sehen.«

»Ja, natürlich. Das Fenster war sogar offen. Sie stand vor dem Spiegel und zog sich aus.« Menzels französischer Akzent war nicht zu überhören, aber so wie manches andere versuchte er, ihn zu verstecken, indem er seine Redeweise mit pfälzischen Brocken färbte.

»Wo waren Sie?«

»Auf der Wiese gegenüber.«

»Wo genau standen Sie?« Das ist ein richtiges Verhör, dachte Sailer.

Menzel schluckte. Seine Stimme änderte sich, klang gepresst, leiser. »Ich stand an der Hecke, das heißt, eigentlich war ich drin. In der Hecke, die an das Grundstück angrenzt.«

»Wie haben Sie sich da gefühlt? In der Hecke?«

»Ich war aufgeregt.« Der Mann machte eine Pause. »Ja, ich war sehr aufgeregt.«

»Sie meinen erregt, sexuell erregt?«

»Ich weiß nicht genau. Ich glaube schon, warten Sie.« Sailer hörte Menzel wieder schwer atmen. »Es war beides. Beides zusammen war ich. Erregt und aufgeregt.«

»Hatten Sie auch Angst?«

»Ja, ziemlich. Ich hatte eine Menge Angst.«

»Spannend«, kommentierte Sailer. »Eigentlich keine angenehme Situation, in einer Gartenhecke zu stehen, heimlich zu einem Fenster hinaufzuschauen und Angst zu haben«, fuhr er fort. »Die Schnaken nicht zu vergessen. Hatten Sie ein Mückenmittel mit?« Er wollte Menzel eine Pause gönnen und sich selbst daran erinnern, dass das hier kein Verhör war.

»Nein, in dieser Situation ...« Menzels Atem ging etwas leichter. »Mücken gibt es da oben viele, wie Sie schon sagen«, er lächelte, »ich sprühe mich lieber vorher ein, dann ist es nicht so schlimm.«

Menzel ließ sich etwas tiefer in den Sessel sinken, entspannte sich. Er war korrekt gekleidet, wie immer, trug sogar eine Krawatte, trotz des warmen Wetters. In der ersten Stunde hatte er Sailer mitgeteilt, er lege Wert auf eine gepflegte Erscheinung. Er sah gut aus, Mitte dreißig, ein dunkler Typ, markantes Gesicht mit kräftigen Augenbrauen, blauen Augen, das Haar etwas gelichtet. Er hat etwas von einem Butler, dachte Sailer. Nur die lange Narbe an der rechten Wange passte schlecht zu diesem Eindruck. Außer Sailer wussten nicht viele Menschen, woher Menzel sie hatte.

»Wovor genau hatten Sie eigentlich Angst?«, fing Sailer wieder an.

»Warten Sie.« Menzel räusperte sich. »Ich denke mal nach.« Wieder war er nach vorn gerutscht. Seine rechte Hand mit dem auffälligen Siegelring daran klammerte sich an die Sessellehne, die andere hatte er vor dem Mund gespreizt, der Ringfinger suchte die Antwort zwischen Unterlippe und Kinn. Ganz in der Nähe befand sich eine kleine Warze. Wenn der Finger an der Warze ist, wird er sprechen, dachte Sailer. Der Finger berührte die Warze, und Menzel sagte:

»Ich kann Ihnen das nicht genau sagen. Wenn ich es mir recht überlege, dann kann ich das nicht trennen; die Anspannung oder, wie Sie sagen, die Angst und das andere.«

»Wissen Sie, dass Sie eine interessante Warze am Kinn haben, Herr Menzel?«, sagte Sailer. »Jedes Mal, wenn Sie die mit dem Finger berühren, sagen Sie etwas Wichtiges.«

Menzel sah überrascht seinen linken Ringfinger an, dann zu Sailer hinüber. Nach einer kleinen Pause lächelte er.

»Ein wenig wie beichten, oder?«, nahm Sailer den Faden wieder auf. »Sind Sie katholisch?«

»Ja. Das heißt, ich war es.« Menzel hatte sich wieder entspannt und lehnte sich zurück. »Ich habe mit der Kirche nichts mehr zu tun. Bin zu viel malträtiert worden. Ich habe Ihnen ja schon erzählt, wie es bei uns zu Hause war. Nach außen hin frömmeln, und hinter verschlossenen Türen hat mich mein Vater jeden Sonntag durchgeprügelt. Sie können sich das nicht vorstellen, oder?«

»Ich bin nicht sicher, ob ich das kann«, erwiderte Sailer. »Ich weiß nur, dass manche Menschen sich den Himmel verdienen wollen, indem sie sich das Leben zur Hölle machen.«

Menzel erwiderte zuerst nichts darauf. Er sah zu Boden und schien nachzudenken. Sailer wartete. Als Menzel ihm das Gesicht wieder zuwandte, hatte sich sein Ausdruck verändert.

»Ich sitze eben in den Hecken rum, das ist alles«, sagte Menzel. »Das wissen Sie doch. Und lasse mich nicht erwischen. Die Sachen damals haben mir gereicht. Jugendknast in Metz, das ist kein Zuckerschlecken. Ich fasse keine Frau mehr an. Was meinen Sie eigentlich mit Himmel und Hölle?«, fragte er dann.

»Das möchte ich jetzt nicht erklären. Erzählen Sie mir lieber von Frau Hetzel. Das ist doch die Frau, die Sie letzte Woche beobachtet haben.«

»Was soll ich denn über sie sagen?«

»Sie kennen sie ja aus dem Krankenhaus. Sie arbeitet, soviel ich weiß, in der Verwaltung, oder nicht?«

»Ja, sicher.«

»Sie ist hübsch, nicht wahr?«

»Ja.«

Sailer schwieg eine Weile. »Ja?«

»Es fällt mir schwer, darüber zu sprechen.«

»Was gefällt Ihnen am besten an ihr?«

»Jetzt im Sommer trägt sie oft solche Blusen ...«

»Sie meinen, sie hat einen hübschen Busen?«

»Ja, obwohl sie eigentlich sehr schlank ist.«

»Ein schöner Anblick, so ein ansehnlicher Busen«, stellte Sailer fest. »Wie schade, dass Frau Hetzel keine Ahnung davon hat, dass Sie ihren Busen so reizvoll finden.« Er bemerkte, dass Menzel sich im Sessel wieder halb aufgerichtet hatte.

»Das geht nicht.«

Sailer sah ihn an. »Was? Was geht nicht?«

»Ich würde nicht wollen, dass sie das erfährt.«

»Dass Sie in ihrer Gartenhecke stehen oder dass Sie sie attraktiv finden?«

»Beides.«

»Das dachte ich mir fast. Sie könnte Ihr Interesse womöglich erwidern.«

Menzel schwieg. Sailer ließ das Schweigen eine Weile bestehen, er fand, es war ein gutes Schweigen. Dann fand er es angebracht, ein neues Fenster zu öffnen.

»Als Krankenpfleger sehen Sie viele Frauen nackt, oder nicht?«

»Das ist etwas anderes.«

»Das denke ich zwar auch, aber können Sie mir erklären, was anders ist? Es sind sicher auch hübsche Frauen darunter.«

»Das schon.« Menzel sah ihn nicht an. »Das ist dienstlich. Also ich meine, es ist eine völlig andere Atmosphäre, die Leute wissen ja, dass ich Pfleger bin, und die Kollegen, die Ärzte, also ...«

»Ein Busen ist dort sozusagen kein Busen?«

Menzel lächelte nicht. Sailer verbot sich im Stillen weitere Ironien.

»Es geht nicht, wenn sie einverstanden sind, die Leute.«

In Sailers Miene lag eine Frage.

»Ich meine, wenn die Frau einverstanden ist, dass ich sie nackt sehe, das erregt mich nicht«, erklärte Menzel. »Früher war das was anderes. Aber das wissen Sie ja. Und inzwischen – ich muss es eben heimlich tun.«

Sailer nickte. Früher war Menzel als Gelegenheitszuhälter und Dealer im lothringischen Grenzgebiet unterwegs gewesen. Als man ihn im Jugendgefängnis in Metz untersuchte, war seine Leber schon in einem Zustand, der ihm auf Lebenszeit keinen Alkohol mehr erlauben würde. Menzel hatte die Konsequenzen gezogen und war ausgestiegen. Aus dem Zuhältergeschäft und aus dem Drogenmilieu. Aber es stellte sich heraus, dass er sich Frauen nicht auf normale Weise nähern konnte. Besser gesagt, er ging ihnen aus dem Weg, was nicht immer leicht war, denn ab und zu warf eine Frau einen Blick auf ihn.

»Im Krankenhaus gibt es ja einige Kolleginnen. Da sind attraktive Frauen dabei«, stellte Sailer fest.

»In der Klinik, ja, das geht nicht.« Menzel schüttelte den Kopf. »Ich halte mich da raus.«

Das war untertrieben. Menzel hatte sich, wie Sailer wohl wusste, schon im Gebäude versteckt, um nach Dienstschluss einer gewissen Tanja nicht begegnen zu müssen, die versucht hatte, ihn abzupassen.

»Internet ist einfacher, nicht wahr?«

Menzel starrte wütend an Sailer vorbei. Vorsicht, dachte er, provozier ihn nicht zu sehr.

»Im Ernst«, fügte Sailer an, »es ist doch einfacher, ins Internet zu gehen und sich dort alles Mögliche anzusehen, als sich in einen Garten zu schleichen. Aber«, beeilte er sich, anzufügen, »da fehlt das wirkliche Leben. Im Netz, oder?«

Und die Gefahr, dachte er. Den letzten Satz ließ er eine Weile wirken, wie einen Teebeutel, der ziehen muss. Als kleiner Junge hatte er, fiel ihm dabei ein, auf einem Schemel stehend, durch das dunstbeschlagene Fenster der Waschküche gestarrt, um einen Blick auf die Frauen zu erhaschen, die am Waschtag dort drin badeten. Drei, vier Jungen von zehn Jahren, sie hatten sich Wunderdinge über das berichtet, was sie drinnen sahen. Sailer wusste genau, dass er gar nichts gesehen hatte, das Fenster war von innen beschlagen gewesen. Aber er hatte, ebenso wie die anderen, sachverständige Kommentare über die Frauen in der Waschküche abgegeben, besonders über Annette Hecht, die Favoritin der anwesenden Späher, siebzehn war die damals gewesen und gut entwickelt. Jetzt musste sie fast siebzig sein. Schade, dass das Fenster so undurchsichtig gewesen war, dachte Sailer. Es gibt Momente, die kommen nicht wieder.

»Was macht Frauen so gefährlich, Herr Menzel?« Sailer wandte seine Aufmerksamkeit wieder Menzel zu, der ihn feindselig anstarrte. Eine versuchte Vergewaltigung hatte sich damals strafverschärfend ausgewirkt. Die Frau hatte sich gewehrt, und Menzel hatte eine zersplitterte Colaflasche abbekommen. Das hat er vielleicht vorhin gemeint, dachte Sailer, als er sagte, es habe ihm gereicht. Die Narbe war fünf Zentimeter lang. Die Frau musste ordentlich zugeschlagen haben, außerdem hatte sie ihn für immer gezeichnet. Menzel antwortete noch immer nicht. Er brütete vor sich hin, die Arme vor der Brust verschränkt. Bei einem gewissen Pegel Aggressivität wurde er zugänglicher, wenn es zu viel wurde, war es vorbei. Es war heute das zweite Mal, dass Sailer ihn dazu ermutigte, von seinen heimlichen Beobachtungen zu berichten. So konkret wie möglich.

Ob er nicht auch etwas verliert, wenn die Behandlung Erfolg hat, dachte Sailer, während sein Blick auf Menzels Narbe lag, die sich rot verfärbt hatte. Das Begehren war nun einmal ein scheues Nachtwesen. Schwer zu fangen und nicht zu zähmen. Und ein vernünftiges Leben ohne Ängste konnte ziemlich langweilig sein. An diesem Punkt seiner Überlegungen ritt Sailer plötzlich der Teufel. Er überlegte nicht lange.

»Finden Sie eigentlich behinderte Frauen anziehend?«

Sailer konnte genau sehen, wie Menzel sich veränderte. Seine Augen weiteten sich für einen Moment, die Hände griffen fester um die Stuhllehne, und er richtete sich auf, als säße er auf dem Sitz eines Jahrmarktkarussells. Seine Fingerknöchel waren weiß geworden.

»Ich – was soll diese Frage?«

Nun war es also doch ein Verhör geworden. Und der Pegel überschritten. Zum Teufel, wieso hatte er das jetzt gesagt?

»Entschuldigen Sie, das ist mir so herausgerutscht. Es hätte – nun ja, es hätte eine gewisse Logik. Manchmal sage ich etwas, was mir einfällt, ohne gründlich darüber nachzudenken. Es war dumm von mir, Sie das zu fragen.«

Wieso entschuldige ich mich eigentlich, dachte Sailer. Das macht es nur noch schlimmer. Er war einfach nicht konzentriert, veranstaltete hier Verhöre, dabei schob sich Friederike dauernd zwischen seine Gedanken, und nun hatte er etwas gesagt, was sich nicht mehr aus der Welt schaffen ließ.

Der vor sich hin brütende Menzel tat ihm leid, er wirkte noch immer so erschrocken, als würde er gleich dem Haftrichter vorgeführt. Sailer ging noch einen Schritt nach vorne, in der Hoffnung, die Situation ließe sich dadurch entspannen. »Wissen Sie, ich habe an eine Patientin von mir gedacht, die mich sehr beschäftigt. Da ist mir die Frage eben einfach aus dem Mund gefallen.«

Menzel reagierte nicht auf seine Eröffnung. Zu spät. Wenn

das Kind im Brunnen war, musste man es wohl erst einmal drin lassen. Sailer gab auf. Da sagte Menzel, als hätte er das bemerkt:

»Ich könnte Ihre Frage auch gar nicht beantworten, Doktor Sailer. Ich habe noch nicht darüber nachgedacht, ob mich behinderte Frauen interessieren.«

Menzel starrte ihn zornig an. Die Narbe in seinem Gesicht leuchtete rötlich. Die Geschichte war für heute verfahren. Sailer beendete die Sitzung.

Eine Stunde danach klingelte Sailer an der Praxistür von Dr. Bender, seinem Zahnarzt. Er hasste Zahnärzte. Bei allem, was mit Zähnen zu tun hatte, konnte es nur darum gehen, dem körperlichen Verfall noch einmal einen Aufschub abzuringen. Einen befristeten Aufschub natürlich nur.

»Herr Sailer. Wegen dem Implantat, nicht wahr?«, fragte die Sprechstundenhilfe, die ein gelbes Trikot mit dem Praxislogo und dem Aufdruck »Team Bender« trug. Doktor Bender hatte vermutlich vor einiger Zeit eine der Praxisschulungen absolviert, die Ärzten zeigen, wie man seine Praxis professionell auf die Höhe der Zeit bringt.

Sailers umherstreifender Blick erfasste, während er wartete, auch sofort ein großes Foto, betitelt »Praxisteam«, auf dem sämtliche fünf Helferinnen Bender und seine Frau, die mit in der Praxis tätig war, umringten und gemeinsam in die Kamera strahlten. Alle trugen ein gelbes Trikot, auch die beiden Ärzte. Sie sahen darin einer aufgekratzten Raumpflegertruppe verteufelt ähnlich.

»Genau. Wegen dem Implantat«, echote Sailer, fünf Sekunden verspätet. Bereits zu apathisch, um Widerstand zu leisten, und sei es nur grammatikalischen. Er ließ sich ins Sprechzimmer bitten, wo er in einem Sessel versank und sich eine Zeitschrift von dem Tischchen zog, auf dem sie fächerförmig auslagen. Als er sich dabei ertappte, wie er ziellos Seiten umblätterte, hielt er an und zwang sich zum Lesen. Es handelte sich um einen Artikel, der europäischen Golfplätzen Sterne verlieh. Halb in Trance, versuchte sich Sailer eine Vorstellung davon zu verschaffen, was einen guten Golfplatz auszeichnete. Egal, was das für ein Blödsinn ist, dachte er, konzentrier dich jetzt! Er erfuhr, dass es maximal sieben Sterne gab. Die volle Zahl erlangten aber nur zwei der geprüften Anlagen, eine davon lag im »idyllischen Waldviertel«, wie es hieß. Während Sailer noch überlegte, wo das liegen mochte, kam Bender herein.

»Herr Sailer, ich grüße Sie.« Bender trug bloß einen normalen weißen Kittel, zum Glück kein gelbes Trikot. »Na, dann kommen Sie mal mit, heute ist ja der große Tag.«

Sailer kam auf die Beine und folgte dem munter vor sich hin redenden Bender ins Sprechzimmer, wo die Helferin Sailer flachlegte, ihm das Lätzchen umhängte und versicherte, dass der gerade wieder verschwundene Bender sofort mit dem Implantat beginnen werde. Dann verschwand sie ebenfalls durch die Glastür. Sailer starrte zur Decke auf eine dort befestigte Großaufnahme von Meeressand in zigfacher Vergrößerung, es sah aus wie eine Schutthalde. In einer Ecke lag eine winzige Muschel. Nun fiel es ihm ein. Das Waldviertel lag in Österreich. Leise Klaviermusik umspülte ihn, ein poppiger Klassikmix, sollte vermutlich schmerzreduzierend wirken. Sailers Gedächtnis, das nun wieder arbeitete, teilte ihm mit, dass er die Antibiotika, die ihm Bender vor vierzehn Tagen mitgegeben hatte, nicht genommen hatte. Außerdem hatte er gefrühstückt, auch das gegen ärztlichen Rat.

Als er das unverkennbare Sirren des Bohrers im Nachbarzimmer vernahm, zuckte er zusammen. Der Bohrer ging noch zweimal auf volle Drehzahl, dann herrschte lastendes Schweigen drüben, das andauerte, bis Bender es durchbrach, indem er zur Tür hereinkam und den liegenden Sailer überflüssigerweise erneut mit Handschlag begrüßte.

»Dann gehen wir mal dran, oder?«, versetzte Bender munter.

Wie ihm aufgetragen, öffnete Sailer den Mund, und Bender, der seinen Mundschutz vor die Nase geschoben hatte, begann mit gummibehandschuhten Fingern Sailers Oberkiefer zu betasten.

»Machen Sie schon mal ein Foto, Saskia.« Bender schwang seinen Hocker nach links, um Saskia Platz zu machen, die mit einer großen Kamera vor Sailers Gesicht auftauchte und sich seiner Nase näherte. Währenddessen hatten Benders gummiummantelte Finger Sailers Oberkiefer nicht losgelassen. Ein Blitz zwang Sailer, die Augen zuzukneifen. Als er sie wieder öffnete, sah er Bender auf das Display der Kamera starren, das Saskia ihm vor das Gesicht hielt.

»Okay«, sagte er. »Gut so. Schon die neuesten Nachrichten von unserem Pfälzer Ripper gehört, Herr Sailer?«, wandte sich Bender wieder Sailers Mundhöhle zu. »Den Kopf bisschen mehr überstrecken, Saskia. Ich brauch vielleicht nachher den Meißel.«

Sailers Kopf wurde tiefer gekurbelt, währenddessen tauchte Benders Hand mit der ersten Spritze vor seinen Augen auf, kurz darauf spürte er den Einstich im Gaumen.

»Die Presse spekuliert rum, wie immer, die Polizei hält sich bedeckt. Der Kerl legt es ja offensichtlich darauf an, Quote zu machen, der hätte sich keinen besseren Zeitpunkt aussuchen können als jetzt, kurz vor dem Wurstmarkt. Ich würde mich nicht wundern – bisschen weiter auf bitte und zu mir, ja, so –, also ich würde mich nicht wundern, wenn der schon Botschaften an die Polizei geschickt hätte, anstatt bloß so eine Flasche Wein neben die Leiche zu legen. Die Sorte haben sie übrigens nicht verraten, haha. Makaber, nicht wahr?«

Ein schmerzhafter Stich am Gaumendach. Bender setzte die nächste Betäubungsspritze. »Also, bei dem Vierer, den wir da ersetzen wollen, Herr Sailer, ich habe mir das Röntgenbild vorhin noch mal angesehen – da ist wenig Holz dahinter. Ich will sagen, die Kieferhöhle ist ziemlich leer. Wenig Knochen drin. Wir müssen da etwas bovines Material reinfüttern, sonst ist nicht genug für die Schraube da, verstehen Sie? Sie haben das Infoblättchen ja durchgelesen, davon gehe ich jetzt mal aus.«

Sailer brummte etwas Zustimmendes zwischen Benders Fingern hindurch. Bender setzte noch zwei Spritzen, dann verließ er den Raum mit dem Versprechen, in fünf Minuten werde er anfangen.

Während sich Sailers Mundhöhle in ein aufgeblasenes Gummiboot verwandelte, überlegte er, wie er die Geschichte mit

Menzel wieder einrenken sollte. Er wusste noch immer nicht, was ihn auf die Idee gebracht hatte, diese verfängliche Frage zu stellen. Der Sailer'sche Haken wahrscheinlich. So nannte er seine Neigung, plötzlichen Eingebungen zu folgen, die meistens ganz und gar unvernünftig waren, sich aber manchmal im Nachhinein als sinnvoll erwiesen hatten. Deswegen gewöhnte er sich das auch nicht ab, obwohl er zuweilen damit ordentlich aneckte. So wie heute früh bei Menzel. Sailer schnaufte.

»Alles in Ordnung?«, kam es prompt von links hinten, wo die Helferin ein leises Klirren verursachte, vermutlich sortierte sie die Instrumente für den Eingriff.

»Alles bestens«, murmelte Sailer.

Vielleicht aber auch einfach nur Gedankenlosigkeit ohne jeden späteren Nährwert. Sailer war weit davon entfernt, Menzel für einen Mörder zu halten, Menzel aber würde das sehr wohl annehmen können, vorausgesetzt, es war inzwischen allgemein bekannt, dass Friederike behindert gewesen war.

Bender erschien, er sah aus wie Sauerbruch in einem Film aus den Fünfzigern, die Gummihandschuhe feierlich vor der Brust gekreuzt, neben ihm tauchte Saskia wieder auf, beide schoben mit einer entschlossenen Bewegung ihre Mundschutze über die Nasen hoch. Saskia ging links von Sailer in Position. Sailer öffnete unaufgefordert den Mund. Bender griff nach dem Messer.

»Spüren Sie das?«

Sailer schloss die Augen und brummte eine Verneinung. Er fühlte den Druck des Skalpells, das seine Mundschleimhaut zu zerschneiden begann. Der Sauger röchelte. Saskia zog heftig am Haken, der in Sailers Mundwinkel hing. Er vermied es, in Benders blaue Augen zu sehen, die abwechselnd konzentriert in seine Mundhöhle hinein starrten und wieder Blickkontakt mit ihm herzustellen suchten, als versichere sich Bender Sailers unbedingter Ergebenheit. Sailer versuchte, nicht auf das Gurgeln zu hören, mit dem der Sauger sein Blut in den Ausguss beförderte, das Gurgeln schwoll immer wieder an und verebbte für eine Weile. Er wollte stattdessen einen beruhigenden Blick auf das Bild mit dem Meeressand an der Decke erhaschen, aber

Benders Stirn lag dazwischen, Sailer bemerkte viele winzige Schweißtröpfchen, die sich darauf gebildet hatten. Er gab es auf und schloss die Augen. Verfluchte noch einmal feierlich den Tag, an dem er sich von Bender den Backenzahn hatte ziehen lassen, für den er nun Ersatz bekommen sollte. Verrückt, sich eine Schraube in den Schädel drehen zu lassen. Der Zahn hätte drin bleiben können, kaputt oder nicht. Für eine Sekunde sah Sailer seinen vergilbten, ausgetrockneten Schädel auf einem Regal zwischen vielen anderen ebenso mürben Exemplaren stehen, kleine Klebezettel daran. Auf einem stand Sailer, Sebastian, im Oberkiefer blitzte eine unversehrte Edelstahlschraube.

Dann öffnete er die Augen wieder. Bender stützte sich mit den Fingern der Linken an seinem Gaumen ab, das Skalpell tauchte in Sailers Blickfeld auf, er versuchte, nicht auf das Blut zu sehen, das daran klebte.

»Könnte in der Sitzung heute gehen«, brummte Bender. Das Skalpell verschwand wieder in Sailers Mundhöhle. »Aber vielleicht brauchen wir noch einen Termin, das kann ich erst sehen, wenn ich das da richtig offen habe. Habe ich Ihnen eigentlich mal auf den Fotos gezeigt, wie der Operationssitus aussieht? Damit Sie das beurteilen können? Saskia, haben wir die Bilder vom Vortrag neulich griffbereit?«

Sailer gab abwehrende Töne von sich, er wollte keinesfalls jetzt Fotos von geöffneten Kieferhöhlen sehen.

»Na gut, es gibt sicher Interessanteres«, gab Bender auf. Er nahm eine Art langen Nagel vom Tablett und einen zierlichen Edelstahlhammer. Sailer schloss wieder die Augen.

»Haben Sie sich mal mit der Geschichte des Original-Rippers befasst? Das war 1888 im East End von London. Der hat innerhalb von ein paar Wochen vier oder fünf Prostituierten die Kehle durchgeschnitten, praktisch direkt unter den Augen der Polizei. Und ihnen die Organe entfernt wie unser Kandidat hier. Zur gleichen Zeit lief angeblich im Theater dort das Theaterstück von Dr. Jekyll und Mr. Hyde. Muss sich stimulierend auf ihn ausgewirkt haben. Man hat ihn nie gekriegt. Ein bisschen weiter nach links, Saskia.«

In Sailers Kopf klickte es laut, als ihm Bender mit ein paar entschlossenen Schlägen die Kieferhöhle aufmeißelte. Sailer versuchte, konzentriert daran zu denken, dass er in einer Stunde wieder draußen sein würde. Er hielt die Augen weiter fest geschlossen.

»Was sagen Sie eigentlich als Psychiater zu solchen Geschichten?« Benders Finger verließen Sailers Mundhöhle. Der Sauger gurgelte größere Mengen Blut heraus. Sailer wagte einen Blick. Bender hatte sich zurückgelehnt und die Hände ineinander verschränkt. Seine Gummihandschuhe waren von roten Spritzern übersät, ein paar saßen auf dem Mundschutz. Die blauen Augen fixierten Sailer. Um die Winkel herum zeigten ein paar Fältchen, dass er unter dem Mundschutz gerade lächelte.

Sailer wiegte den Kopf hin und her und gab einen dumpfen Ton von sich, er hoffte, das werde Bender ausreichen. Dazu schloss er die Augen wieder.

»Na ja. Sie sollten jetzt vielleicht lieber nicht reden«, sagte Bender. »Aber wenn Sie mich fragen, der Kerl macht weiter. Das war erst der Anfang. Wer so was tut, der kann nicht mehr damit aufhören. So arbeiten Serienmörder. Sieht übrigens gar nicht so schlecht aus, der Knochen hier. Die Schraube kann heute schon rein.«

4

Es war tatsächlich Friederike. Sie saß auf dem Ledersessel in der Ecke mit der Lampe, dort, wo sie immer gesessen hatte. Sailer wunderte sich, dass sie in seinem Sprechzimmer saß, als wäre nichts passiert, er fühlte sich grenzenlos erleichtert. Gleichzeitig wusste er, sie war doch tot. Er wollte etwas sagen, brachte aber kein Wort heraus, als wäre plötzlich er der Stumme und nicht Friederike. Friederike schien es nicht zu stören, dass sie tot war. Sie zuckte bloß die Achseln, als habe sie mitbekommen, dass ihre Anwesenheit ihm Rätsel aufgab, und machte ihre übliche Schnute, dann nahm sie ein Stück Papier, das vor ihr auf dem Tischchen gelegen hatte, und griff nach Sailers Kugelschreiber. Damit fing sie an, etwas auf das Papier zu malen. Sailer versuchte, einen Blick darauf zu werfen, aber sie deckte das Blatt mit der Hand ab, sah auf und lachte ihr wunderbares Lachen, schüttelte den Kopf.

Sailer lehnte sich zurück. Während er ihr dabei zusah, wie sie hinter vorgehaltener Hand weitermalte, fiel ihm auf, dass sie heute ein Halsband trug, eines der dünnen fein gesponnenen Bänder, wie sie junge Mädchen eine Zeitlang zu tragen pflegten, ein schmales dünnes Netzwerk, das den Hals dicht umschloss. Auf irgendeinem Wurstmarkt hatte es die einmal zu kaufen gegeben, er wusste nicht mehr, ob es auf dem letzten oder auf dem vorletzten gewesen war. Als Sailer sich ein wenig vorbeugte, um das Muster zu erkennen, begriff er plötzlich und wollte nicht mehr hinsehen, aber er entdeckte ihn doch, den furchtbaren, verkrusteten Schnitt auf ihrer weißen Haut, von einem Ohr zum anderen reichend, sah ihn deutlich in dem Moment, als Friederike aufstand und ihm das Blatt über den Tisch hinweg zureichte. Er nahm es entgegen, starr vor Schrecken, und da war ihr Gesicht nur noch ein blasser Fleck, ihre Hand machte eine Geste, als verabschiede sie sich, und zerfloss dann ebenso, wie alles an ihr sich rasch auflöste.

Er hörte noch ihre Schritte auf dem Teppich, wie sie sich

durch das Sprechzimmer entfernten, dann war das Zimmer leer. Nur das Blatt war noch da. Er betrachtete es und erkannte ein gezeichnetes Schaf. Noch etwas hatte sie gezeichnet. Einen seltsamen Raum mit einer Gewölbedecke. Das Schaf war ganz gut getroffen, Friederike verstand sich ja ohnehin darauf, Tiere zu zeichnen, aber das Gewölbe wollte Sailer nicht einleuchten, obwohl es ihn sofort an etwas erinnerte. Es wirkte wie ein alter Weinkeller, eine Stiege mit Geländer führte hinab, durch ein kleines Fenster fiel Licht herein. Aber er wusste genau, dass es sich nicht um einen Weinkeller handelte. Er hatte diesen Raum schon gesehen, aber er kam einfach nicht darauf, was es war. Er war ebenfalls gut gezeichnet, die Perspektive und der fast dunkle Raum mit dem einfallenden Licht gut getroffen. Sailer hielt sich das Blatt dicht vor die Augen, da begann es genauso zu verschwimmen wie zuvor Friederike und verschwand.

Sailer erwachte. Im Oberkiefer pulsierten Schmerzen im Takt seines Herzschlags. Er wälzte sich vom Bett herunter und griff nach der Packung Schmerztabletten, die Bender ihm mitgegeben hatte. Die Leuchtziffern am Wecker zeigten halb vier Uhr morgens. Er griff an seine Backe. Ordentlich angeschwollen. Noch ehe er zum Kühlschrank tappte, um die Kompresse herauszuholen, die darin bereitlag, holte er sich ein Blatt Papier vom Schreibtisch und versuchte, nachzuzeichnen, was er im Traum gesehen hatte. Das Schaf geriet ihm wie eine Darstellung des christlichen Opferlamms, obwohl es im Traum nicht so gewirkt hatte. Und das Gewölbe, das er zustande brachte, war eindeutig ein Keller, es hätte einer der Weinkeller sein können, die unter vielen alten Häusern in der Pfalz zu finden waren. Sailer bemühte sich, die Details, die in seinem Traumgedächtnis bereits zu verblassen begannen, aufs Papier zu bringen. Es glückte ihm nicht, seine Zeichnung sah stümperhaft aus, wie er fand, verglichen mit der geträumten. Die Stiege mit dem Geländer daran, rechts im Hintergrund ein Fenster, aus dem Licht in den Keller hereinfiel. Besonders dieses Detail erinnerte ihn auch jetzt wieder an etwas, aber sein Gedächtnis gab nichts preis.

Schließlich legte er das Blatt auf den Tisch und holte die Kompresse aus dem Eisfach, in das er sie gestern gelegt hatte. Eigentlich, fiel ihm der Rat der Sprechstundenhilfe ein, hätte er das Ding gleich benutzen müssen, aber er wollte, nachdem er Benders Praxis verlassen hatte, einfach nichts mehr von dem Thema wissen, und da hatte ja die Betäubung noch gewirkt. Du willst eben leiden, Sebastian, sagte er sich, das stimmte vielleicht, tröstete aber wenig. Er drückte sich die eiskalte Kompresse auf die geschwollene Backe und ging zurück ins Bett, wo er darauf wartete, dass das Schmerzmittel das wütende Pochen in seinem Oberkiefer in Watte packen würde.

***

»Guten Morgen, Sebastian.«

Sailer musste sich den Hörer ein Stück von der Backe weghalten, es tat höllisch weh, wenn er mit irgendetwas darankam. Er brummte etwas, was mit »dicke Backe« endete.

»Ach, du warst beim Zahnarzt? Dein Implantat etwa?«

»Ja. Leider.«

»Hat es denn nicht geklappt?«

»Doch. Aber ich habe ziemliche Schmerzen.« Das Reden ging besser, als er zuerst gedacht hatte. Er mümmelte ein wenig. Nur den Hörer durfte er nicht an die Wange bringen.

»Ich mache einen Krankenbesuch, in Ordnung?« In Karins Stimme klang echte weibliche Fürsorge mit. Ein lang entbehrter Ton, für den Sailer ausgesprochen empfänglich war. Zugeben würde er es allerdings nicht.

»Wäre schön.«

»Gut. Heute Nachmittag könnte ich. Ich mache meine Praxis zu. Es kommt ohnehin nur ein einziger Patient, dem kann ich noch absagen. Das passt, oder?«

»Natürlich. Ich freu mich, wenn du kommst.«

Anschließend nahm er zwei Schmerztabletten, sich daran erinnernd, dass Bender bei der Verabschiedung gemeint hatte, er solle nicht den Helden spielen, die paar Schmerzmittel, die er brauchen werde, könne seine Leber schon noch verkraften. Dann trank er einen Kaffee, gegen Benders Rat, der ihm für die nächsten vierzehn Tage Kaffee und Alkohol verboten hatte. »Nichts da rein tun, was reizt, Herr Sailer, in den Mund«, hatte Bender gepredigt. »Und schon gar nicht, solange die Nähte noch nicht verheilt sind. Vor allem: Keine Zigarren! Ihr Kollege Freud hat sich bekanntlich ein Zungenkarzinom zusammengeschmaucht. Also nicht vergessen, Rauchen ist streng verboten, bis alles da drin wieder zu ist.« An dieses Verbot würde er sich halten, aber nur an dieses. Ansonsten an den Rat seines verstorbenen Vaters: Höre nie auf Ärzte. Und der war einundneunzig geworden.

Bis Karin eintraf, hatte er sogar Kuchen von der Bäckerei besorgt und im Sprechzimmer eine provisorische Kaffeetafel hergerichtet. Dabei leitete ihn der Gedanke, dass weibliche Fürsorge leicht in Mitleid umkippen konnte, und da Mitleid auch Verachtung enthielt, wollte er auf keinen Fall bemitleidet werden, eine Möglichkeit, die angesichts seiner Provisorien hinter der Praxis nicht so fern lag, und wenn die geschwollene Backe jetzt noch dazu kam, wurde es vielleicht kritisch. Schmerzgeplagt, aber aufrecht wollte er Karin begegnen.

Sie kam um zwei Uhr. Die graublonden Haare aufgesteckt, in einem eleganten sommerlichen Kleid, einen Hauch Parfum um sich. Einen Moment dachte er: Die hat sich in der Adresse vertan. Dann freute er sich. Sie bemitleidete ihn nicht, behielt aber ein Maß an Fürsorge, das er gut vertragen konnte.

Als er in seine Teeküche ging, um den Kaffee zu holen, folgte sie ihm, stellte sich an den Küchentisch und beugte sich über die dort ausgebreiteten Uhrenteile.

»Hier sitzt du also immer und paffst deine Zigarren«, stellte sie fest. Sie schnüffelte in die Luft, während sie die Zahnräder und Platinen musterte. »Du solltest Pfeife rauchen, das riecht wenigstens angenehm.«

»Ich bin doch kein Räuchermännchen. Ich rauche nur für mich und meine Lunge, nicht unterm Weihnachtsbaum«, brummte er. Setzte versöhnlich dazu: »In der Regel, zumindest.«

Sie hustete bekräftigend. »Und was ist das da? Baust du eine Bombe?«

Er verdrehte die Augen. »Eine Uhr.«

»Sieht ja schlimm aus. Kriegst du das alles wieder zusammen?«

»Wahrscheinlich. Wenn du es nicht durcheinanderbringst, schon.«

Sie legte den polierten Stundenzeiger, den sie in die Hand genommen hatte, wieder auf den Tisch.

»Ja, ja. Ich mach schon nichts kaputt. Das hier sieht ganz neu aus. Hübsch. Ein Zeiger, nicht?«

Ergeben gab er Auskunft: »Ich habe ihn diese Woche gemacht.«

»Du hast was? Du willst doch nicht sagen, dass du eine Woche lang an diesem Zeiger rumgemacht hast? Kannst du so was nicht im Geschäft kaufen?«

»Sollen wir hier in der Küche bleiben oder rübergehen?« Sailer hatte immer noch die Tassen in der Hand. Er wollte jetzt nicht noch erklären, weshalb er sich nicht eine Küchenuhr für zehn Euro kaufen wolle.

»Du bist mir einer, Sebastian, also wirklich.« In gespielter Entrüstung, leicht den Kopf schüttelnd kam sie um den Küchentisch herum. In ihren Augen funkelte es.

»Lass uns in die Praxis gehen.«

Als sie auf seiner Höhe war, boxte er sie gegen den Oberarm, nicht fest, aber mit vorgestrecktem Mittelfingerknöchel.

»Au! Das gibt einen blauen Fleck!«

»Um so besser. Pass auf! Die Tassen!« Er hielt sie schützend vor sich gestreckt.

»Ich hatte einen merkwürdigen Traum«, verriet er ihr, als sie das erste Stück Kuchen gegessen hatten.

»Den werde ich gleich analysieren, mein Lieber. Aber sag mal, was ich dich noch fragen wollte: Wohnst du jetzt auf Dauer hier hinter deiner Praxis? Du hast deine Wohnung in Mannheim doch noch, oder nicht?«

»Habe ich noch.« Vorsicht, dachte er, jetzt bloß kein Mitleid wecken. »Ich bin ganz gern mal für ein paar Tage hier, weißt du.«

»Du Armer. Sicher fällt dir in Mannheim die Decke auf den Kopf.« Sie streifte ihn mit einem Blick und lächelte. »Das wird ungemütlich, wenn der Wurstmarkt losbricht, fürchte ich. Dann musst du in Mannheim vielleicht mal aufräumen. Putzen und solche Sachen, meine ich.«

»Dann hab ich immer noch die Mühle«, versetzte er trotzig.

»Stimmt, die Mühle«, sagte sie mit hochgezogenen Brauen. »Ist die jetzt fertig?«, fragte sie scheinheilig.

»Fast«, meinte Sailer einsilbig und unterstrich mit einem Blick, dass er sich weitere Nachfragen verbat.

»Entschuldige. Ich weiß, du hast zu tun. Aber dein Traum. Ich darf doch?«, fragte sie, nahm ihre Zigaretten aus der Handtasche und klopfte sich eine heraus.

»Mein Zahnarzt sagt, Nikotin ist Gift für ein Implantat«, sagte Sailer dumpf.

»Nicht beim Passivrauchen«, versetzte Karin. »Und küssen müssen wir uns ja nicht, ich meine, du bist ja ohnehin zurzeit –«

»Nicht dazu imstande«, ergänzte er. »Stimmt.«

»Du wolltest mir einen Traum erzählen«, erinnerte sie ihn.

Sailer stand auf und holte die Zeichnung, die er angefertigt hatte. Während Karin sie sich ansah, erzählte er ihr seinen Traum von Friederike.

»Sie ist also noch einmal zu dir gekommen.« Karin legte nachdenklich das Blatt auf den Tisch zurück. »Und hat dir einen Hinweis gegeben.«

»Du hast mir doch von der Weisheit des Unbewussten erzählt neulich, weißt du noch? Auf unserem Spaziergang im Leininger Tal.«

Karin nickte. »Genau. Gut, dass du das gleich aufgezeichnet hast. Kannst du denn damit was anfangen?«

Sailer zuckte die Achseln. »Wenig«, gab er zu. »Das Lamm, na ja, das mag ein Opferlamm sein. Liegt ja auf der Hand. Aber dieses Gewölbe, das beschäftigt mich. Mir ist, als hätte ich es schon mal gesehen. Bloß auf meiner Zeichnung hier ist es schon wieder anders als im Traum.«

»Ich bin ziemlich sicher, dass du etwas im Kopf hast, was mit Friederikes Tod zu tun hat. Wenn du träumst, hast du Zugriff auf alles, was du jemals gesehen oder gehört hast. Dagegen ist ein Polizeiarchiv nichts.«

Sie zog an ihrer Zigarette und fuhr mit dem Zeigefinger über das Bild, das sie wieder in die Hand genommen hatte.

»Es gibt verschiedene Möglichkeiten«, sagte sie dann. »Es könnten Symbole für etwas sein, das wäre das Naheliegendste, es könnten aber auch konkrete Bilder sein, Bilder von Dingen und Orten, die irgendwo existieren. Oder es ist ein Rebus.«

»Ein Rebus?«

»Ein Silbenrätsel. Lammkeller zum Beispiel. Ein Gasthaus, was weiß ich.«

Sailer dachte nach. »Kenne ich nicht«, entschied er dann. »Ich kenne keinen Lammkeller.«

»Na ja, nicht immer ist es so einfach. Das mit dem Rebus ist nur so eine Idee. Psychoanalytikerinnen leiden an Deutungssucht, wie du ja weißt. Wann hast du übrigens den Termin bei der Polizei?«

»Morgen. Dieser Kommissar Federer war am Telefon nicht eben begeistert.«

Karin lachte. »Das kann ich mir denken. Der Mord ist bei euch in der Pfalz der Renner in den Medien. Wird bestimmt mit Anrufen bombardiert, dieser Kommissar.«

»Kann sein. Möglicherweise auch von Doktor Bender.« Sailer deutete auf seine Backe.

»Von deinem Zahnarzt?«

»Der hat mir, während ich mich nicht wehren konnte, die Geschichte von Jack the Ripper zu erzählen versucht. Und meinte, es würde bald noch mehr Morde geben, wie damals in London. Vielleicht teilt er das auch der Polizei mit. Dieser Federer hätte bestimmt seine Freude an ihm.«

»Da liegt er vielleicht gar nicht so verkehrt, dein Zahnarzt.«

»Vielleicht. Aber was kann die Polizei schon tun, außer den Täter zu ermitteln?«

»Soviel ich darüber weiß, töten Serienmörder rasch hintereinander, wenn sie einmal damit angefangen haben. Bis man sie erwischt, oder eben auch nicht, wie damals den Ripper. Oder die Ripper«, setzte sie hinzu.

»Wieso die? Waren das mehrere?«

»Möglich. Wenn man sich die Fakten ansieht, und das habe ich auch irgendwann mal getan – nicht bloß dein Zahnarzt interessiert sich für berühmte Kriminalfälle –, also dann kann man schon auf die Idee kommen, dass es mehrere waren. Es gab ja auch eine Reihe Verdächtige, bis hinauf in die besten Kreise. Die Gentlemen betreffend, die damals im East End von London auf Abenteuersuche waren. Vielleicht haben die noch einen letzten Kick gesucht, nachdem sie schon alles ausprobiert hatten.«

»Prostituierte abschlachten.«

»In England passiert das immer mal wieder. Wieso nicht auch hier?«

»Du vergisst anscheinend, dass Friederike so wenig eine Prostituierte war, wie man es nur sein kann.«

»Richtig. Sie war so unschuldig, wie man es nur sein kann. Da gibt es einen Zusammenhang. Zwischen schuldig und unschuldig. Beides zieht eine gewisse Aufmerksamkeit auf sich. Es sind ja am häufigsten unschuldige Opfer, in erster Linie Kinder, die Sexualstraftätern zum Opfer fallen.«

»Die können sich auch am wenigsten zur Wehr setzen.«

»Womit wir wieder bei Friederike wären, die nicht einmal reden konnte. Der Täter hat kaum etwas riskiert. Er konnte in aller Ruhe mit ihr Kontakt aufnehmen. Und sie irgendwohin locken, wo er ungestört war.«

***

»Bitte, nehmen Sie Platz.« Federer wies auf den Stuhl vor seinem Schreibtisch. Er hatte sich nicht erhoben, als Sailer das Zimmer betreten hatte. Das Kommissariat hatte ihm einen Termin angeboten, nachdem Friederikes Zeichnung eingetroffen war. Sailer setzte sich. Er bekam Gelegenheit, sich einen Eindruck von Federer zu machen, solange der noch immer etwas in einer Akte studieren musste. Der Kommissar war hager, hatte eine komplette Glatze und eine Hakennase, was ihm einen Ausdruck verlieh, den Sailer nach sekundenlangem Überlegen den traurigen Geiern in Walt Disneys Dschungelbuch zuordnen konnte. Einem davon. Welchem, wusste er allerdings nicht mehr. Federer sah übernächtigt aus. Eine Kaffeetasse und ein voller Aschenbecher unterstrichen das.

»Wollen Sie einen Kaffee?«, fragte Federer in ziemlich rhetorischem Tonfall und sah von seiner Akte auf.

»Danke, nein.«

»Was ist denn mit Ihrer Backe? Zahnschmerzen?«

»Ein Implantat. Gestern bekommen.«

»Na gut.« Federer ließ offen, was daran gut sein sollte. Er nahm einen Stift zur Hand und bat Sailer, er möge berichten. »Sie haben gesagt, die Ermordete war bei Ihnen in Behandlung. Was für eine Behandlung war das?«

Sailer berichtete, was er für notwendig hielt, um Federer einen Eindruck davon zu vermitteln. Das Mienenspiel des Kommissars ließ erkennen, dass er zu den Menschen gehörte, die ein grundsätzliches Misstrauen gegenüber allen empfanden, die sich mit der Psyche anderer befassten.

»Also Sie haben ihr Beruhigungsmittel verschrieben und ihr Geschichten erzählt, obwohl sie Sie nicht hören konnte, und sie hat Bilder gemalt. Bezahlt das die Krankenkasse?«, fasste Federer Sailers Ausführungen zusammen.

Sailer rief sich innerlich zur Ordnung und bestätigte, ruhig bleibend, dass die Krankenkasse derlei in der Tat bezahle, weil auch die Krankenkasse Wert darauf lege, dass Psychiater Beziehungen zu ihren Patienten aufbauten. Sein Oberkiefer fing wieder an, wehzutun. Das Schmerzmittel verlor seine Wirkung. Eine blinkende Edelstahlschraube drehte sich langsam in Sailers Bewusstsein hinein. Er versuchte, sie wieder zu vergessen.

»Beziehungen«, sagte Federer gerade in einem Ton, als spreche er das Wort »Betrügereien« aus. »So.«

Sailer, fest entschlossen, sich nicht provozieren zu lassen, sagte dazu nichts, sah Federer aber weiterhin an. Das brachte den wider Erwarten zum Lachen.

»Schon gut, Herr Doktor«, sagte er und nahm sich eine Zigarette. Sailer lehnte die angebotene ab. »Kommt ja langsam aus der Mode«, sagte Federer, »das Rauchen, meine ich. Also vertragen wir uns. Ich kann jeden Hinweis gebrauchen. Wenn Sie etwas wissen oder denken, Sie wüssten etwas von Bedeutung, sagen Sie's mir.«

»Einen Kaffee«, sagte Sailer, »könnte ich jetzt tatsächlich vertragen. Wenn's keine Umstände macht, meine ich.« Er habe im Grunde nur dieses Bild, erzählte er dann und wies auf Federers Schreibtisch, wo er Friederikes Zeichnung in der aufgeklappten Akte entdeckt hatte.

»Das hat sie mir gegeben, eine Woche bevor sie umgekommen ist.«

Federer sah auf das Bild. Sailer hatte entschieden, ihm nichts über seinen Traum zu erzählen. Er war nicht sicher, wie viel Kredit für Irrationales Federer ihm einräumen würde. Vielleicht ging der ja bloß nach der Methode »Zuckerbrot und Peitsche« vor. Der Kommissar legte das Blatt, das er kurz in die Hand genommen hatte, wieder vor sich auf den Tisch und kratzte sich das Kinn.

»Was denken Sie sich zu dem Bild?«, fragte er dann.

»Ich vermute, dass sie ihrem Mörder vorher schon einmal begegnet ist. Und zwar im Wald. Dafür steht ja auch das Rotkäppchenmotiv.«

»Komische Augen«, sagte Federer.

»Halb Tier, halb Mensch«, sagte Sailer.

Dazu gab Federer keinen Kommentar. »Hatte sie Bekannte, Freunde? Einen Freund?«, fragte er.

»Soviel ich weiß, niemand außer den Leuten in der ›Brücke‹. Und dort war sie, glaube ich, ziemlich isoliert.« Sailer überlegte, ob er Friederikes Bedrängnisse auf dem Birkenhof ansprechen sollte, aber er entschied, damit zu warten. Federer würde selbst darauf kommen. Er hatte sicher bereits mit den Betreuern gesprochen.

»Ihre Eltern? Kannten Sie die?«

»Nein. Die leben getrennt. Die Mutter lebt in Wachenheim. Sie hatte wenig Kontakt mit Friederike. Wo der Vater lebt, weiß ich nicht. Ich habe ein-, zweimal mit der Mutter telefoniert, dabei hatte ich den Eindruck, sie hat selbst genug mit sich zu tun.«

»Das heißt was?«

»Sorgen. Sie war nicht kooperativ. Es ging mir seinerzeit darum, dass ich wissen wollte, ob und wo ihre Tochter die Gehörlosensprache gelernt hat. Ich hatte den Eindruck, die Mutter hatte Schuldgefühle, weil sie sich nicht um Friederike kümmern konnte. Es waren zwei Telefonate von je zwei Minuten, vielleicht ein Jahr ist das her.«

»Wie kam sie zu Ihnen?«

»Die Leute von der ›Brücke‹ haben mich gefragt, ob ich Friederike behandeln könnte. Sie hatte Angstzustände.«

»Wovor hatte sie Angst? Ließ sich das klären?«

»Ich glaube schon. Friederike war geistig ein Kind und körperlich eine Frau. Sie konnte mit der Nähe zu anderen, vor allem zu Männern, nicht umgehen. Sie hat gespürt, dass sie sexuelles Begehren auslöste, und das hat ihr Angst gemacht, weil sie es nicht verstand.«

»Wurde sie bedrängt?«

»Ich glaube nicht. Ich kann das natürlich nicht mit Sicherheit sagen, aber ich gehe davon aus, dass auf dem Hof alles im Rahmen läuft. Ich glaube nicht, dass es dort zu Übergriffen gekommen ist. Das spricht natürlich nicht gegen ihre Angst.«

»Und außerhalb? Hatte sie da Kontakte?«

»Nicht dass ich wüsste. Die Gruppe ist immer beisammen. Man geht ein Eis essen, ins Schwimmbad. Gemeinsam wandern. Allerdings –«

»Ja?« Federer sah aus einer Wolke Zigarettenrauch heraus wie ein magerer indischer Yogi.

»Sie hatte die Angewohnheit, wegzulaufen.«

»Davon habe ich gehört. Was wissen Sie darüber?«

Sailer lächelte. Federer hatte nicht nur davon gehört. Dieser Punkt bildete den Kern der Ermittlungen. »Nicht viel. Nur dass sie abends immer wieder auf dem Hof aufgetaucht ist. Bis zum letzten Wochenende.«

»Letzte Frage«, sagte Federer und warf Sailer einen Blick zu. »Ich muss das fragen. Wo waren Sie am letzten Samstagnachmittag?«

»Ich war wandern.«

Federer machte ein Gesicht, als hätte er etwas Schlechtes gegessen.

»Allein?«

»Allein. Ich habe meinen Wagen am Naturfreundehaus Eppental stehen gelassen und bin Richtung Drachenfels gewandert. Am Spätnachmittag geriet ich in ein Gewitter und bin umgekehrt.«

Federer nickte. »Wandern. Muss schön sein. An diesem Nachmittag waren wahrscheinlich ein paar hundert, vielleicht sogar tausend Personen im fraglichen Gebiet unterwegs, unter anderem Sie. Haben Sie eine Ahnung, was das für die Ermittlungen bedeutet?« Federer sah Sailer mit einem sehr magenkrank aussehenden Gesicht an.

»Es macht sie nicht leichter, nehme ich an.«

»Exakt«, bestätigte Federer. »Nicht leichter. Sie können gehen, Herr Sailer. Wenn wir Sie brauchen, melden wir uns bei Ihnen.«

5

Auf dem Wurstmarktplatz vor Sailers Praxis waren die Bauten der großen Fahrgeschäfte inzwischen weitgehend fertiggestellt. Das große Bierzelt und die mit Leinwand bedachten Schubkarchstände bildeten ein Dorf, durch das bereits Scharen von Leuten strömten, um bei den letzten Handgriffen zuzusehen und dabei eine Wurst oder eine Tüte gebrannte Mandeln zu essen, die man hier und dort bereits kaufen konnte. Sailers Patienten, die keinen Parkplatz mehr fanden, kamen ständig zu spät in die Praxis, sodass er viel Zeit zum Teetrinken und zur Vorbereitung seiner Flucht gefunden hatte. Er hatte kurzerhand alle Termine für den morgigen Donnerstag abgesagt. Sein Kopf, in dem sich inzwischen außer Rätseln auch noch eine Schraube befand, brauchte Stille und Ruhe.

Am Freitag würde der Wurstmarkt offiziell beginnen. Sailer bahnte sich um die Mittagsstunde seinen Weg von der Praxis durch die vielen Neugierigen, die den großen Platz bevölkerten. Er ging an den alten Buden mit ihren glanzlackierten Fassaden vorüber, darauf die Ikonen einer längst vergangenen Werbewelt. Smarte Agenten, kühl blickende Busenwunder und die unausrottbaren Wesen aus Walt Disneys Wunderwelt hatten hier noch ihren Auftritt, man konnte so eine Bude ja nicht alle Jahre neu lackieren. Eigentlich, dachte Sailer, während er am Gestänge der Achterbahn vorbeischritt und James Bond einen Blick zuwarf, ist das Ganze längst ein Museum. Ein Museum von Vergnügungen, die unmittelbar zu haben waren. Mit allen fünf Sinnen ergänzte er, als ihm eine Wolke Bratfettgeruch schier den Atem verschlug.

Sailer hatte den Wurstmarkt zwanzigmal und mehr erlebt. Hatte anfangs noch dabeigesessen, hatte, in einem Schubkarch sitzend mit einigen anderen aus den enormen Gläsern mit den eingeschliffenen Mulden, den Duppen, getrunken, den Gläsern, die es schwer machten, die getrunkene Menge noch einzuschätzen. Schließlich war er dazu übergegangen, dem Vergnügen, das ihm von Jahr zu Jahr lauter und kreischender vorkam, aus dem Weg zu gehen, so wie heute. Das letzte Mal waren über eine halbe Million Besucher hier gewesen, dieses Jahr würden es nicht weniger sein.

Sein Wagen stand an der großen Saline, die mit ihrem zweihundertfünfzig Meter langen Gradierbau aus dicken Balken, der einst der Salzgewinnung gedient hatte, inzwischen zum historischen Bauwerk und Besucherziel geworden war. In diesen Tagen beschattete sie einen der Parkplätze. Sie wirkte wie eine Burg, die dem bevorstehenden Ansturm der Autos auf den Festplatz eine Grenze setzen wollte, ihre Tore aber für die Passanten geöffnet hielt. Ein-, zweimal war die alte Saline schon von Brandstiftern angezündet worden, vielleicht um die Feststimmung noch zu steigern. Das hölzerne Bauwerk mit dem breiten Dach brannte wie Zunder, da brauchte es nicht viel.

Sailer startete den Motor und schaukelte auf ächzenden Federn über den schlaglochübersäten Weg aus dem Parkplatz hinaus. Als er auf Schleichwegen Bad Dürkheim verlassen hatte, traf er auf die Bundesstraße, passierte den üblichen Stau, der sich auf der Gegenfahrbahn bereits gebildet hatte, und bog nach Süden ab, wo ihn die Autobahn erwartete, auf der er das krumme Elsass und schließlich seine Mühle erreichen würde.

Ein paar rote Eichenblätter hatten sich in den ausgefahrenen Rinnen der Straße gesammelt. Flugblätter, mit denen der Herbst sich ankündigte. Sie wirbelten hoch und fingen Feuer an den schräg stehenden Sonnenstrahlen, wenn das blaue Ungetüm vorbeibrummte. Sailer sang leisen Unsinn vor sich hin, während er das Bärental hinabfuhr. Die ersten Bäume, ausgesucht nach einem unbekannten System, begannen sich schon zu verfärben. Wieso ging das so schnell? Die Kastanien blühten, er sah zum zweiten Mal hin, da fielen sie schon aus ihren Hülsen.

Bücher, Geräuchertes und ordentliches Brot lagen hinten im Wagen. Käse und Wein wurden vor Ort gekauft, in den Vogesen. Vielleicht noch einen Pflaumenschnaps dazu und einen Gugelhupf. Wenn Karin tatsächlich kam, würde sie beides zu schätzen wissen. Sailer schaltete in den dritten Gang herunter, um die Bremsen zu schonen. Der Motor machte dabei ein Geräusch wie eine Kiste Nägel auf dem Leiterwagen. Dreihunderttausend Kilometer schiebt er das alte Auto nun schon über die Straße, den Zweitonnenbrocken, dachte Sailer gerührt. Mal sehen, wer zuerst den Geist aufgibt, du oder ich. Er kurbelte den Wagen mit erheblichem Kraftaufwand um die lang gezogene Kehre: Du, entschied er dann zufrieden, tätschelte das abgegriffene Lenkrad und leierte das Fenster herunter, um die warme Luft hereinzulassen.

Lesen, im Wald sitzen und in die Bäume sehen. Dann die Wasserleitungen in der Küche löten, damit die lausige Kanisterkultur endlich aufhörte. Morgen vielleicht den zweiten Zeiger für die alte Wiener Uhr aussägen und feilen. Und die Akte. Erst hatte er sie gar nicht mitnehmen wollen. Das Bärental stand für eine andere Seite seines Lebens, in der kamen Patienten nicht vor. Aber das, was zwischen den beiden Pappdeckeln auf dem Nebensitz auf ihn wartete, hatte nichts mit Arbeit zu tun. Friederike störte noch immer seine Ruhe. Sollte Karin wirklich kommen, kann sie mich vielleicht davon überzeugen, dass ich spinne, dachte er. Er sah sie vor sich, die hübschen Fältchen in ihren Augenwinkeln, die Zungenspitze lauerte zwischen den Zähnen. Karin traf oft den Punkt, wich selten zurück. Schlange, dachte er zärtlich.

Sein Blick in den Spiegel zu Hause war nicht bloß Routine gewesen diesmal. Er hatte das Gesicht, das ihn aus dem beleuchteten Rahmen des Badezimmerspiegels ansah, mit Karins Augen zu sehen versucht: Grobe, lange Nase, Backen mit Fleisch daran, die rechte bereits wieder so weit abgeschwollen, dass es kaum mehr auffiel. Brauen, die seit Langem zu wuchern begonnen hatten. Runder Schädel mit grauen Stoppeln. Die grauen Augen im Faltenversteck. Schlau, misstrauisch und spöttisch. Auch freundlich? Ja, doch. Freundlich auch. Aber kein feines Gesicht. Bis auf den Mund. Du hast einen schönen Mund, hatte sie einmal behauptet. So, so, hatte er zu seinem Spiegelbild gesagt und ihn spöttisch verzogen. Immerhin lag eine seiner besseren Hosen im Gepäck, ein gebügeltes Hemd, von dem er schnell noch die Papierbanderole der Wäscherei abgerissen hatte. Nicht zu eigenbrötlerisch herumlaufen. Frauen hatten andere Vorstellungen von Kontemplation.

Der Münsterkäse schmeckte verboten gut. Er hatte ihn schon mal probieren müssen. Natürlich nicht, ohne eine Flasche Roten dazu aufzumachen. Es roch gut hier. Jedes Mal, wenn er hier war, roch es gut. Nach erkaltetem Holzfeuer, Moder und verstorbenen Käfern. Eine Prise Mäusedreck darin. Während er an dem langen Küchentisch saß und kaute, betrachtete Sailer die nackten Rohre, die sich um die Spüle wanden und mit ihren offenen Mündungen drohend auf ihn zeigten. Um ihnen auszuweichen, klappte er die Akte auf.

Ein Stapel Formulare, Abrechnungen. Hier, das Erstgespräch, von Hand geschrieben. Seine breite, kaum lesbare Schrift. »Friederike Haas, neunzehn, misstrauisch-distanziert, passiv. Kein Blickkontakt, betont kindlich. Fremdanamnese durch Betreuerin, Frau Rawe.«

Er blätterte weiter. Da kam das Spiel, das sie gespielt hatten. Mit Mensch-ärgere-dich-nicht-Männchen. Friederike hatte die Leute auf dem Hof auf einem Blatt Papier aufgestellt und ihre Gefühle dazu gemalt. Sailer hatte die jeweilige Konstellation mit Bleistiftkringeln festgehalten. Blitze, Regen, Wolken hatte sie zwischen die Figürchen gemalt. Für Streit, Ärger, Trauer. Dazu die Tiere, die Hühner, die Kaninchen, die Kühe, die Schafe. Am Rand den Wald.

Die Schafe. Sailer sah sich die Schafe auf den Bildern an. Sie glichen in keiner Weise dem, das er selbst nach seinem Traum gezeichnet hatte. Er legte die Blätter auf den Tisch und trank einen Schluck Wein. Möglicherweise waren es aber doch diese Schafe hier auf den Bildern gewesen und nichts sonst, wovon er geträumt hatte. Seine Eingebungen mochten zwar ab und zu von Bedeutung sein, aber das wäre doch die einfachste Erklärung. Und das Gewölbe – nun, das stellte einfach ein Symbol dar für Grab, für Tod. Ob einem wohl die Intuition im Lauf des Lebens verloren ging, langsam, aber sicher, so wie die Haare? Es blieb ein Zweifel. Da war etwas, was sich nicht vernünftig wegerklären lassen wollte.

Er holte die Kopie von Friederikes letzter Zeichnung aus der Akte, legte das Blatt auf den Tisch und strich es glatt. Die Waldlichtung, ein heller grüner Fleck, von Bäumen umgeben, dahinter Finsternis. Die schwarzen Wipfel der Kiefern reichten so hoch, dass man nicht wusste, ob es Tag oder Nacht war auf dem Bild. Am Rand der Lichtung mit dem Rücken zum Betrachter das Mädchen. Wo sie hinschaute, über die Lichtung, auf der anderen Seite leuchteten im Dunkel die zwei gelben Augen, schwarze Schlitze die Pupillen darin, kein Tierkörper war im Waldesdunkel zu erkennen. Rotkäppchen? Einen Korb hatte das Mädchen nicht bei sich, aber die Szene war eindeutig. Es konnte nur Rotkäppchen sein. Er sah sich das Bild nochmals an. Was ihn wieder überraschte, war Friederikes zeichnerisches Können. Die Szene und die Perspektive waren gekonnt gestaltet. Das Mädchen stand da wie aus Holz, mit steif nach unten gestreckten Armen. Gebannt schien es dort hinüber zu starren, wo die gelben Augen aus der Finsternis heraus leuchteten.

Sailer legte das Bild in die Akte zurück und klappte sie zu. Sonnenstrahlen standen balkenbreit im Zimmer, wie mit dem Lineal an die Kanten der offen stehenden Fenster gesetzt. Sailer hörte sich tief und seufzend ausatmen. Er stand auf und ging nach draußen. Käse, Brot und Gugelhupf mussten jetzt ordentlich untergebracht werden. Und zwar in seiner Freiluftspeisekammer, einem Häuschen auf einem Pfahl, wohl dem einzigen Ort im Umkreis von einigen hundert Hektar, der mäusesicher war. Ein Glück, dachte er, dass Mäuse keine Weinflaschen öffnen können.

Der Knall, mit dem er den Kofferraumdeckel zuschlug, hallte durch den Wald. Danach kehre die Stille zurück wie der glatte Spiegel auf einem Teich, wenn man einen Stein hineingeworfen hat. Sailer ging zu dem Pfahlhaus hinüber und prüfte, sich auf den Zehenspitzen reckend, sorgfältig den Boden seiner Speisekammer, wohin er vor Wochen eine Brotrinde als Lockmittel gelegt hatte. Keine Mäuseköttel. Also war die Festung unerstürmt geblieben. Nachdem er die Sachen hineingeräumt hatte, setzte er sich mit seinem Weinglas auf die Bank am Eingang, mitten in einen Sonnenfleck. Nahm einen Schluck. Vereinzelt meldeten sich die Stimmen der Vögel, verloren sich in der Ferne im Wald. Der Wein machte ihn müde. Sailer stellte das Glas neben sich auf die Bank und schloss die Augen.

Nach einer Weile befand er sich tief im Wald und ging über einen merkwürdig federnden Boden aus Tannennadeln. Das Gehen fiel ihm schwer, er wäre gern schneller gelaufen, aber es gelang ihm kaum, die Füße vom Boden zu heben. Der weiche Untergrund gab nach, als gehe er über ein Moor. Zu gern hätte er gewusst, was das war, was sich immer wieder hinter den dicken Baumstämmen versteckte. Etwas Flinkes, Rotbraunes, er hatte es doch eben noch gesehen, ein Fuchs vielleicht? Es war so dunkel im Wald, dass er nichts richtig erkennen konnte, vielleicht war es bereits Abend geworden. Nun sah er es wieder, ein rasches Aufleuchten hinter einem der Stämme, wie ein Eichhörnchen. Aber dazu war es zu groß. Nein, ein Kind. Jetzt konnte er es genau erkennen, ein kleines Mädchen mit roten Haaren, das sich immer wieder hinter den Stämmen versteckte, ihn lockte. Das Haar leuchtete wie eine Flamme. Ihr Gesicht konnte er nicht sehen, sie wandte ihm den Rücken zu. Er wollte näher heran, aber der weiche Boden klebte an seinen Füßen, ließ ihn nicht so schnell vorankommen wie das Kind, das er nun ganz deutlich sehen konnte. Es hüpfte auf einem Bein und schien dabei etwas zu singen. Angst erfasste ihn. Er musste das Kind aufhalten, wollte nicht, dass es tiefer in den Wald hineingeriet, er ahnte, das war nicht gut, wollte rufen, aber das Kind hörte ihn nicht. Kein Wunder, er brachte auch keinen Ton heraus, wie er sich auch abmühte, er brachte bloß ein leises Krächzen zustande. Dafür kam jetzt ein Röhren auf, ein furchtbarer Ton, der den Wald erfüllte, bedrohlich, erdbebenhaft. Gleichzeitig blieb das Kind stehen und drehte sich langsam um, schon erahnte er das kleine Gesicht. Aber das Röhren, ein Geräusch wie eine Luftschutzsirene, brach sich Bahn in den Wald hinein. Das Bild vor seinen Augen zerriss in dem Augenblick, als das Kind ihm sein Gesicht zugewandt hatte.

Sailer blinzelte ins Sonnenlicht. Vor ihm auf dem Waldweg stand Karins Fiat. Sie drückte noch einmal kräftig auf die Hupe.

»Willst du den ganzen Tag verschlafen, Sebastian?«, lachte sie.

Er fuhr sich mit den Händen durchs Gesicht, rieb sich die Augen.

»Komm, hilf mir ausladen.«

Er kam auf die Füße. Das letzte Bild in seinem Traum wollte nicht weichen.

»Was hast du da bloß alles mitgebracht?«

»Was ist denn?« Karin blieb stehen und musterte ihn. Ihre Brauen zeichneten eine misstrauische, gerade Linie. »Ich kann wieder fahren, Sebastian. Wenn es dir nicht recht ist.«

»Nein, nein. Ich habe geträumt. Von meiner Tochter. Als du kamst.«

Flüchtig berührte ihre Hand seinen Arm. »Komm, ich hab eine Überraschung für dich.« Er folgte ihr zum Wagen. Sie öffnete den Kofferraum. »Hast du eigentlich inzwischen mal was von ihr gehört?«

»Nein.« Er musste sich räuspern. »Seit elf Monaten nicht mehr. Seit dem Anruf aus Kalifornien.« Er räusperte sich noch einmal. »Ein Ozean. Dazwischen.«

Sie kramte in einem Korb. »Schau mal.«

»Das gibt's doch nicht. Ein Schäufele.« Innen drin wich etwas von ihm, wurde leichter. »Wer kommt denn noch zu Besuch?« Er klopfte ihr auf den Rücken, dass sie husten musste.

»Niemand. Das schaffen wir schon.«

Das bedeutete, sie blieb über Nacht.

»Wenn ich dir schon zur Last falle, bringe ich wenigstens Verpflegung mit.«

»Das machen wir im Herd. Im Wasserschiff. Da muss ich gleich einheizen, damit es ein paar Stunden ziehen kann. Großartig.«

»Kartoffelsalat gibt es dazu, dachte ich. Und Bier.«

Sailer klopfte auf das kleine Fünfliterfass. »Rothausbräu. Wo hast du das denn aufgetrieben?«

»Ab und zu begegnet mir eine gute Fee. Wie du weißt, sind dann drei Wünsche fällig. In diesem Fall sagte ich zu ihr – es war eine Fee aus dem Schwarzwald: Besorg mir ein Schäufele, sagte ich, ordentlich geräuchert, nicht mit Autoreifen wie im

Supermarkt, sondern mit Wacholder und Buchenscheiten. Ein Fässchen Rothausbier dazu und, gute Fee, mach mir noch eine große Schüssel schwäbischen Kartoffelsalat.«

»Gibst du mir ihre Telefonnummer?«

»So siehst du aus!«

Zum Glück war der ganze Schuppen voller Holz, ein Teil davon schon gespalten, bei einem früheren Aufenthalt, einsamer als dieser. Sailer nahm ein paar Tannenscheite vom Haufen und spaltete schmale Schindeln davon ab. Er schob sie in den Holzkorb und trug ihn ins Haus. Das Wasserschiff hatte er bereits zu drei Vierteln aufgefüllt. Wenn er es mit dem Anheizen gut traf, konnten sie nachher drei Stunden spazieren gehen und den Herd sich selbst überlassen. Vier Stunden brauchte das Schäufele.

Karin stand in der Tür. Hinter ihr alles voller Licht. Einen Moment lang sah er ihre Nase im Profil. Adlernase, schmale Nüstern. Die Haare hochgesteckt, ein silberner Kokon im Gegenlicht. Karins Blond passte zu ihren grauen Haaren, so gut, dass sie bisweilen behauptete, sie lasse sich graue Strähnen einfärben.

»Hast du wieder was Neues gemacht hier, Sebastian?« Sie hatte die Fäuste in die Hüften gestemmt und musterte den großen, halbdunklen Innenraum der Mühle.

Er ging in die Knie. »Das Klo funktioniert jetzt. Hab die Pumpe repariert«, schnaufte er und blies zwischendurch in den glimmenden Papierknäuel an der Herdtür.

»Prima. Das Wichtigste zuerst«, lachte sie. »Gratuliere. Damit ist deine Bärenhöhle zur menschlichen Behausung avanciert.«

Sie gingen nicht spazieren, sondern in die Pilze. Karin hatte behauptet, sie kenne ein paar gute Sorten. Sailer murrte, dass alles immer einen Zweck haben müsse, stimmte dann aber zu. Sogar einen Korb dafür holte sie aus ihrem Auto.

»Du hast wohl alles von langer Hand geplant«, sagte er.

»Du brauchst ein bisschen Bewegung. Sonst sitzt du ja nur rum und schraubst an deinen alten Weckern.«

Sailer beschränkte sich auf einen Himmelfahrtsblick. Er hatte es aufgegeben, irgendjemandem seine Obsessionen zu erklären. Karin trug natürlich eine Swatch, die sie wegwarf, wenn sie nicht mehr ging. Die Taschenuhr, die er ab und zu zückte, nötigte ihr lediglich mitleidige Blicke ab. Als er einmal den Deckel geöffnet hatte, um ihr das Werk zu zeigen, hatte sie gemeint, ihr Großvater habe auch so eine im Nachttisch gehabt. Man habe sie gefunden, als er gestorben sei. Daraufhin hatte er das Thema aufgegeben.

»Da!«, rief sie nach einer Weile, so unvermittelt, dass er zusammenzuckte. Sie verschwand in einem Gewirr umgestürzter Stämme. Als er nachschaute, sah er sie vor einem vermoderten Stubben knien.

»Spinnst du jetzt?«, rief er ihr freundlich zu. Als sie nicht wieder auftauchte, kroch er ebenfalls in das Gestrüpp hinein. »Ich wusste gar nicht, dass du auch zu Erdgeistern betest«, keuchte er, als er sie erreichte. »Oder ist dir schlecht geworden?«

»Du hast eben keine Ahnung. Stockschwämmchen! Schau dir das an. Ein ganzer Korb voll. Der ganze Baumstumpf wimmelt nur so.«

Ächzend ließ er sich neben ihr nieder. Er sah ihr zu, wie sie die Pilze sorgsam abschnitt und in den Korb legte. Roch ihr Parfum. Glücklich sagte er: »Die sehen ja grässlich aus. Was macht man damit?«

»Jetzt hör aber auf. Essen natürlich.«

Er verkniff sich die Bemerkung, dass er vorher noch verschiedenes im Leben regeln müsse, und sah auf ihren Nacken. So lange, bis sie alle Pilze abgeschnitten hatte. Sie drehte sich zu ihm um, sah ihn an, erhitzt, begeistert. Um ihre Lippen ging ein feines Zucken.

»Schöner Tag«, sagte er und grinste sie an.

Das Wasserschiff sang vor sich hin. Seit drei Stunden simmerte das Schäufele darin, nur ab und zu durfte eine Blase an die Oberfläche kommen, bloß nicht kochen! Sonst wird's trocken, hatte er ihr erklärt. Sie saßen am Küchentisch und probierten den Riesling, den Sailer eingekauft hatte. Draußen schrien die ersten Käuzchen. Die Stockschwämmchen lagen sauber geputzt auf einem Holzbrett und warteten auf ihren Auftritt in der Sauce.

»Rotkäppchen? Natürlich Rotkäppchen«, sagte Karin. »Das klassische Verführungsthema im Märchen. Schau nicht so unglücklich, Sebastian, es ist doch plausibel.«

Sie legte die Hand bekräftigend auf die Kopie von Friederikes Zeichnung, die vor ihnen auf dem Tisch lag. »Der Wald ist die archetypische Landschaft der Seele, wie immer im Märchen. Rotkäppchen ist eine Gezeichnete. Gezeichnet mit der roten Farbe, die Farben spielen immer eine Rolle in den Märchen. Rot kommt zuerst, dann Weiß, dann Schwarz. Rot ist eine gefährliche Farbe, es ist die Farbe des Blutes, der Hitze, der Leidenschaft, aber auch die Farbe der ersten Menstruation, die das Ende der Kindheit ankündigt. Dieses Kind, das bereits mit der Farbe Rot gezeichnet ist, begegnet im Wald seinem Verführer, dem Wolfsmenschen, der seine Wolfsnatur zunächst verbirgt. Er versteckt sich ja sogar in der Maske der Großmutter, damit sagt uns das Märchen, dass das Wölfische überall lauert, das Tierhafte, das aber auch das Sexuelle ist, das Begehrliche und das Begehrte. Es kommt, wie es kommen muss, der Wolf zerstört die vertraute Kinderwelt, er richtet ein Chaos an. Danach tritt der Jäger auf, das ordnende Prinzip, das die Natur zu beherrschen vermag. Wie du ja weißt, vernichtet er die Bestie am Ende, und alles ist in Ordnung. Gewalt und Sexualität werden buchstäblich von Friede, Freude und Eierkuchen wieder zugedeckt.«

»Hast du auch noch eine Erklärung für den Wein?«

»Du brauchst es ja nicht ernst zu nehmen. Wenn du aber den Wein meinst, den man bei der Leiche gefunden hat, dann glaube ich, das war eine Art sakrale Beigabe, wie bei der christlichen Messe. Um den Mord als Opfer zu kennzeichnen.«

»Und der Fundort? Die Heidenmauer? Keltische Riten?«

Karin schüttelte den Kopf. »Keine Ahnung. Fest steht, dass der Ort eine Bedeutung besitzt, sonst hätte der Täter die Leiche nicht dorthin gelegt. Ob das mit den Kelten zu tun hat – keine Ahnung. Ich weiß nicht viel über keltische Kultur.«

»Sie sollen Menschenopfer dargebracht haben.«

»Welche alte Kultur hat das nicht getan?« Karin zuckte mit den Achseln. »Was glaubst du übrigens, wie er sie transportiert hat, die Leiche? Das wird nicht leicht gewesen sein.«

»In einem Rucksack«, sagte Sailer.

Karin sah ihn an.

»In einem Rucksack, wie Jäger ihn haben. Mein Vater ging auf die Jagd. Der hat oft einen Rehbock mit sechzig, siebzig Pfund im Rucksack durch den Wald getragen.«

Karin sah auf die Zeichnung mit den gelben Augen. »Das möchte ich mir gar nicht vorstellen, dass da einer mit einer Leiche im Rucksack durch den Wald marschiert ist. Und vielleicht Spaziergängern begegnet ist.«

»Oder Pilzsammlern«, brummte Sailer. »Es gibt einiges, was ich mir in dem Zusammenhang nicht vorstellen möchte. Wir können gleich mit dem Essen anfangen, wenn uns der Appetit noch nicht vergangen ist.« Er stand auf, holte die große Eisenpfanne vom Haken und stellte sie auf den Herd.

Während das Stück Butter, das er hineingelegt hatte, zu schmelzen begann, klopfte er sich auf die grauen Haarstoppeln. »Irgendwo hier drin steckt etwas, was wichtig ist. Es hat mit dem Mord zu tun. Aber was? Wenn nur dieser Federer zugänglicher wäre. Der hat mich ziemlich abblitzen lassen bei der Vernehmung neulich. War abwechselnd arrogant und nett, ein blödes Spiel.«

»Warum sollte er zugänglicher sein?«

»Ich habe wie gesagt diese komische Ahnung. Wenn man mich an die Sache näher heranlassen würde, käme ich vielleicht drauf, verstehst du? Seitdem ich von Friederike geträumt habe, denke ich, dass ich es ihr schuldig bin. Schließlich glaube ich, dass der Täter extrem gefährlich ist. Das ist ein Psychopath, total abgedreht und unberechenbar, jenseits aller humanen Grenzen. Man wird ihn fassen, weil er eine Menge Spuren hinterlassen hat, aber die Frage ist, ob das schnell genug gehen wird.«

Er blieb beim Tisch stehen und sah sich das Bild nochmals an. Die unheimlichen gelben Augen starrten ihm aus dem grauen

Dunkel entgegen. »Ich habe mir das auf der Wanderkarte mal angesehen. Friederike könnte, als sie ausgerissen war, ihrem Mörder in einem Umkreis von zehn, fünfzehn Kilometern begegnet sein. Das schließt, auch wenn sie dabei ausschließlich durch bewaldetes Gebiet gegangen ist, Bad Dürkheim mit ein, die Bundesstraße nach Kaiserslautern und ein paar Kilometer Autobahn, die geht nämlich ab Wattenheim mitten durch den Wald. Ununterbrochenes Waldgebiet. Und als Täter kommt praktisch jeder in Frage, der ihr da begegnet ist. Einschließlich der Autobahnparkplätze oder der freien Strecke, wenn sie da langgegangen ist.«

»Du vergisst die Heidenmauer. Die kennt nur, wer hier aus der Gegend ist.«

»Wenn es Absicht war, sie da hinzubringen. Nur dann. Es kann auch Zufall sein. Zur Weilacher Hütte kann man von Dürkheim aus in zehn Minuten mit dem Auto fahren, und von da aus ist es eine Viertelstunde. Mehr nicht.«

»Lass uns mit dem Essen anfangen. Vielleicht kannst du diesen Kommissar Federer ja dazu überreden, dir mehr Informationen zu geben, damit dein Gedächtnis auf Trab kommt. Oder du liest die ›Rheinpfalz‹. Die werden schon nichts auslassen.«

Nach dem Essen gab es Kaffee. Der Herd, die Seele der Mühle, wie Sailer das alte Stück bei sich nannte, spielte seine Vorzüge aus, wo es keinen elektrischen Strom gab. Dachte man daran, hatte man immer heißes Wasser zum Spülen, zum Waschen und für den Kaffee. Und der Septemberabend war kühl genug, um sich über die Wärme des Holzfeuers zu freuen.

»Bekommen wir noch einen Obstler?«, fragte Karin.

Ein feiner Duft nach Pflaumen breitete sich aus, als Sailer den Korken aus der Schnapsflasche zog. Sailer hob die Flasche fragend eine Handbreit über die Tischplatte.

»Einen mittelgroßen, bitte. Schön bei dir«, sagte sie und schob ihm ihr Glas hinüber.

»Findest du.« Einen kurzen Blick riskierte er. Sie sah ihn an. Herzlich, fand er, und ein klein wenig auch lockend. Nicht so viel, dass es verpflichtend gewesen wäre.

»Prost, Sebastian.«

Er konnte sich dazu gut das unrasierte Kinn kratzen und ein Bubengesicht dagegenhalten. »Ich freu mich, dass du gekommen bist. Auf heute.« Draußen vor dem offenen Fenster schrie das Käuzchen.

»Ich schlafe oben«, sagte Karin. »Bei den Fledermäusen.«

Sailer ging zum Fenster, sah hinaus in den dunklen Wald. In den Lücken zwischen den Wipfeln standen die Sterne. Leuchtendes Pulver, in die Himmelskuppel gestreut. Von dort kam, dahin ging die Zeit.

»Karin?«

»Ja.« Ihre Stimme kam vom Tisch, berührte seinen Rücken. Im dunklen Wald zwischen den Bäumen knackte es beständig, Ästchen brachen, Laub raschelte.

»Als ich klein war, hat mich mein Vater immer zur Jagd mitgenommen. Wir saßen auf dem Hochstand, und ich musste still sein. Wir haben tatsächlich ein, zwei Stunden nur dagesessen und auf die Nacht gewartet. Das heißt, ich habe auf die Nacht gewartet, mein Vater auf das Wild.«

»Muss ziemlich langweilig gewesen sein.«

»Oh nein, das war es nicht. Manchmal kam ein Reh. Ganz leise, fast lautlos, stand es plötzlich auf der Lichtung. So wie jetzt da draußen.«

»Was?« Mit einem Satz war sie neben ihm am Fenster.

»Da ist doch gar nichts, Sebastian. Alles finster.«

»Ich sagte doch, man darf nicht reden.«

»Ach, du bist ein Eierkopf.« Zwei Sekunden lang lag ihre Hand auf seiner Schulter, sie sah ihn an. Dann war sie verschwunden. Nach einer Weile hörte er sie den Schlafsack die Treppe hinaufschleifen. Er drehte sich um. Oben am Treppenabsatz fiel das Kerzenlicht einen Moment auf ihr Gesicht, als sie es ihm zuwandte. Er verstand. Und kletterte die Stiege hinter ihr hoch.

Als er später im Dunkeln lag und den Mäusen zuhörte, wie sie ihren Aufmarsch in der Stube organisierten, horchte er in der Stille nach ihren Atemzügen. Wie man aus dem Hotelfenster einem nächtlichen Freilichtkino zusieht, ließ er die Bilder der letzten Stunde an sich vorüberziehen. Bevor der Film zu Ende war, schlief er, mit ihren Atemzügen im Ohr, ein.

Sailer hatte den Herd angeschürt. Das Wasser war jetzt warm genug. Er nahm den Topf herunter und füllte die Spülschüssel. Beim Spülen verfiel er meistens in Träumerei und verhielt sich dann wie ein Schlafwandler. Solange er seinen Gedanken nachhing, passierte nichts, aber im Moment des Aufwachens durchlebte sein Gehirn eine Turbulenz. Dann waren dünne Cognacschwenker wie der, den er gerade wusch, in seiner Hand verloren. Er stellte das Glas vorsichtig auf die Spüle und nahm das andere zur Hand, es gab einen leisen Klang von sich, ehe es ins Wasser eintauchte. Karin war vermutlich bereits wieder zu Hause.

Als Letztes holte er die Pfanne vom Herd und tauchte sie ins Wasser. Wo war das Drahtkissen zum Ausreiben? Er sah sich im Zimmer um. Auf dem Küchentisch lag noch Friederikes Akte. Das Geschirr trocknete auf dem hölzernen Gestell über dem Spülstein. Nachdem er die Pfanne ausgerieben und gegen die Wand gestellt hatte, setzte er sich an den Tisch und wartete darauf, dass die Espressokanne zu brodeln begann. Noch den ganzen Tag konnte er hier verbringen. Vielleicht sogar irgendwann die leidigen Rohre löten. Er blätterte in Friederikes Akte. Seit seinem Traum gestern war ihm klar geworden, es gab noch etwas, was ihn an der Geschichte nicht losließ. Friederike war ein wenig jünger gewesen als Maria. Seit fast einem Jahr hatte er nichts mehr von seiner Tochter gehört. Er wollte daran glauben, dass es ihr gut ging, an dieser Überzeugung hielt er fest, seit er die Versuche vollends aufgegeben hatte, ihren Aufenthaltsort ausfindig zu machen. Am schlimmsten waren die Polizeistationen in Kalifornien gewesen, das hatte ihn neben den Nerven Hunderte Euro Telefongebühren gekostet. Er war erst einigermaßen ruhig gewesen, als er keinen Unfall, kein Verbrechen mit Maria in Verbindung bringen konnte. Bald würde er wieder auf die Suche gehen müssen. So lange, bis sie wieder auftauchte. Kinder können sich ausgesprochen effektiv rächen, dachte er. Sie spielte ihr Spiel, und sie blieb am Zug. Und er in der Defensive.

Da fiel ihm Walther Marquardt ein. Sein Studienkollege und Hausarzt, im Unterschied zu Sailer fest verwurzelt im pfälzischen Leben. Walther kannte jeden, der Rang und Namen hatte, außerdem hatte er eine unstillbare Neigung zum Tratsch. Wenn ihn schon dieser Kommissar abblitzen ließ, warum nicht Walther als eine Art Suchmaschine nutzen, mit deren Hilfe Sailers Ahnungen klarere Konturen bekommen würden. Er wusste, sein Gehirn brauchte nur ein, zwei Stichworte, dann würde es preisgeben, woran er ständig herumgrübelte. Die Idee mit Walther war zwar wenig vernünftig, aber nachdem sie ihm gekommen war, wollte er ihr nachgehen. Sailer hängte das Küchenhandtuch über den Herd. Das bedeutete, die Rohre mussten warten. Er sah auf die Uhr. Mit etwas Glück ließ sich Walther noch vor dem Wochenende zu einem Herrenabend überreden.

Es sah manchmal aus wie Trotz, aber sein Instinkt arbeitete nun einmal anders als sein Verstand. Nicht vernünftig jedenfalls. Ließ er sich auf den Haken ein, den sein Gehirn schlagen wollte, öffnete sich nicht selten die nächste Tür. Bereut hatte er es noch nie.

6

»Sag mal, kannst du uns nicht ein bisschen entgegenkommen, Katja?«

Der sanfte Blick, dieses verlogene Heischen um Verständnis. Daumenschrauben. Mit Schuldzuweisungen angezogen, gleich würde sie sie noch einmal drehen.

»Du willst doch auch ab und zu, dass wir was für dich tun, nicht wahr, Katja?«

Na bitte. Und wie sie die Haare jetzt aus dem Gesicht strich. Für einen Fremden hätte sie dabei erschöpft aussehen können, aber Katja wusste es besser. Sie kannte die Kraft ihrer Mutter. Die Geste war ein weiterer Nadelstich in den Zauberfetisch, der im Innern von Mama seinen festen Platz hatte. Dort stand eine Stoffpuppe, ausgestattet mit Katjas Haaren, Fingernägeln, abgelegten Kleidern, die aufgesammelt wurden, wann immer sie etwas unachtsam im Haus zurückgelassen hatte. Mit denen wurde Katja in dieser Puppe gebannt, gelähmt, beschworen. Voodoozauber. Mamas Nadeln steckten darin, eine neben der anderen, wie in einem Nadelkissen.

»Sieh mal, Katja, wir haben unsere Verpflichtungen. Ich kann das doch offen mit dir bereden.« Das Leiden in der wohlklingenden Stimme, unüberhörbar. Katja wurde ernst genommen, durfte helfen. Die Eltern nicht brüskieren. Am allerschlimmsten aber das »Wir«. Die Art, wie ihre Mutter über dieses »Wir« verfügte, ließ Katjas Zorn jedes Mal aufsteigen, eine heiße Welle, die sich in Kälte verwandelte, je höher sie stieg. Früher hätten daraus Tränen werden können, aber das war lange vorbei. Die Welle kam aus dem Bauch, und wenn sie im Hals angekommen war, hatte sie sich bereits zu Eis verwandelt. Früher hatte Katja dann nicht sprechen können, zu viel Eis hatte ihr den Hals versperrt. Später hatte sie gelernt, das Eis in ihrer Stimme unterzubringen, ein Fluss, der im Begriff war, zu erstarren. Gegenzauber.

»Okay, Mutti«, hörte sie sich sagen. Schon im Sprechen hatte sie sich abgewandt. Sie wollte die Erleichterung nicht in den Augen ihrer Mutter sehen, weil sie den Triumph darin hasste. Mama hatte wieder mal gewonnen. Äußerlich. Innen war Katja in solchen Momenten stark und hart. Es war einfach klüger. Sich aneinander zu reiben hätte Nachteile zur Folge gehabt. Und Katja konnte ihren Willen daran prüfen, an dieser scheinbaren Übereinstimmung. Diese neu entdeckte Kraft, die manchmal wie eine Kerze in ihr brannte und die ihre Energie ausschließlich aus ihrem, Katjas, Inneren bezog. Nichts Äußeres war dazu erforderlich, überhaupt nichts. Im Gegenteil. Alles, was von außen kam, konnte diese Reinheit nur trüben.

Die Feier bei der »Brücke« war wieder eine der Verpflichtungen von Mama. Sie gehörte zu dem Programm, mit dessen Regie sie andauernd beschäftigt war. Repräsentieren. Entweder mildtätig oder standesbewusst, aber nie ohne Berechnung. Bekannte ihrer Eltern waren immer Leute, die aus irgendeinem Grund nützlich waren, mit denen Interessen verbunden waren. Reiche Leute, wichtige Leute und Künstler, von denen es in einer Kleinstadt nicht viele gab. Entsprechend langweilig waren diese Treffen. Nicht dass Katja das grundsätzlich gestört hätte, sie konnte durchaus einen Sinn darin sehen, was ihre Mutter anging, aber sie sollte man damit gefälligst in Ruhe lassen.

Diese Frau von der »Brücke« war auf grausame Weise umgebracht worden, gut. Von einem Verrückten wahrscheinlich. So etwas kam ab und zu vor. Es gab genug Verrückte. Eine Behinderte, jemand, den sie überhaupt nicht kannte. Bedauerlich. Katja war das eigentlich gleichgültig. Aber Mama kannte die »Brücke« und hielt es für angebracht, auf der Gedenkfeier zu erscheinen. Soziale Organisationen unterstützen. Manchmal, dachte Katja, hat sie echt einen Spleen. Auch wenn man hier zu den oberen Zehn gehörte, Mama war weder die Bundespräsidentin noch Hillary Clinton. Und Katja hatte keine Lust, in solche Rollen eingeführt zu werden.

Sie ging auf ihr Zimmer, ohne sich umzuwenden. Während sie vor dem Spiegel stand, hörte sie, wie ihre Mutter unten in der Diele zu telefonieren begann. Katja drehte sich ein wenig zur Seite, um ihre Taille zu betrachten. Unter dem Pullover bildeten sich ihre Brüste ab. Sie sah weg, stattdessen musterte sie ihr Gesicht. Ihr Gesicht gefiel ihr. Sonst nichts.

»Ja, Frau Sander. Natürlich. Ich – wir können das einfach nicht begreifen.«

Eine Pause. Wieder dieses vereinnahmende »Wir«. Was heißt hier: Wir? Katja drehte den Kopf langsam ins Halbprofil. Ob es ihm auch gefiel, ihr Gesicht?

»Natürlich kommen wir alle zusammen hin.«

Mamas verfluchtes, vereinnahmendes »Wir«. Doch. Wahrscheinlich gefiel es ihm, dieses schmale, leicht ins Hochmütige gehende Gesicht mit den sehr hellen grauen Augen. Sonst hätte er das nicht gesagt. Eine merkwürdige Art hatte er ja, sich auszudrücken. Viel reden war seine Sache nicht, dafür hatte er andere Qualitäten. Sie lachte leise vor sich hin. Aber so, wie er sie angesehen hatte, war klar gewesen, wie es gemeint war.

»Die kirchliche Feier. Ja, morgen um neun. Nein, natürlich Frau Sander. Wir verstehen das vollkommen. Der Wurstmarkt, das passt überhaupt nicht zusammen. Aber was kann man machen.«

Mama hatte so viele Arten, zu lügen. Jetzt ein Heucheln von Teilnahme, Mitleid mit dem armen Mädchen, dieser Friederike irgendwas. Katja hörte sie heraus, die heimliche Genugtuung. Die anderen waren vom Schicksal gestraft worden, nicht sie. Da kann man leicht Mitleid heucheln. Lüge, überall Lüge.

In einer Stunde würde sie wieder bei Olaf sein. Olaf war Schönheit, Unmittelbarkeit, Reinheit. Erregung, wenn sie seine Muskeln an den Schenkeln spürte, seine Kraft, die Stöße, die sie zittern ließen, wenn sie ihn ganz spürte. Was wussten die Leute über Dressur? Nicht einmal das Gros der Gelegenheitsreiter, die auf ihren Gäulen stumpf durch die Reithalle stolperten, hatte eine Ahnung davon, worum es dabei ging. Dressur war Können, Selbstbeherrschung, Disziplin. Ein Tier von einer Dreivierteltonne Gewicht so zu meistern, dass seine vier Hufe ein Blumenbeet unbeschadet durchqueren konnten, das war Dressur. Arbeit. Da ging es um Pferde, um sonst nichts. Und davon verstand Katja etwas, reiten konnte sie. Was vielleicht noch wichtiger war: Mamas Macht reichte nicht bis dorthin. Auf einem

Pferd verwandelte die sich in eine flügellahme Ente. Schwan, der sie sonst sein mochte.

»Ich habe Frau Sander jetzt gesagt, dass wir kommen, Katja. Ich nehme an, das ist in deinem Sinne, ja?«

Mamas Stimme klang aus dem Flur herauf in den ersten Stock. Melodisch, als sänge sie eine Arie. Die Arie der liebenden Mutter, respektvoll, aber unnachgiebig. Die Tochter, das rohe Ei. Auf kleiner Flamme kochend.

»Ja, Mutti.«

Katja zog ihre Reithosen an. Die rochen nach Pferd, vertraute Mischung aus Schweiß, Leder und Rossmist. Der Geruch erregte sie jedes Mal, wenn er ihr wieder in die Nase stieg. Die Lederflicken an den Hosenbeinen. Abgewetzt, zünftig, keine Anfängerhosen. Ihre Beine waren es, mit denen sie Olaf lenkte, die Zügel brauchte sie kaum. Mit Knien und Schenkeln drückte sie dieses unglaubliche Tier dahin, wo sie es haben wollte. Er folgte ihr mit all seiner Kraft. Dass er verschnitten war, steigerte seine Willfährigkeit. Nichts als Disziplin geblieben, nicht mehr die Revolte des Hengsts. Ein Wallach stand ganz und gar zu Verfügung. Er konnte keine Stute mehr decken, tun, was alle Männer ständig beschäftigte. Sex. Derlei lenkte ihn nicht mehr ab. Männer. Nun ja – von Männern wurde sie angestiert, die hatten geile Gedanken, verhielten sich vorhersehbar, berechenbar wie läufige Hunde.

Und er? Er auch. Natürlich hatte er Frauen, viele vielleicht. Sie liefen ihm vermutlich in Scharen nach. Er hatte Macht über Frauen. Katja konnte diese Macht körperlich spüren, als eine Schwäche, die in ihr war, wenn sie ihm nahe kam. Seine Macht hatte einen brutalen Kern, das spürte sie. Einmal hatte Katja einem Tiger in die Augen gesehen, durch die Gitterstäbe hindurch, und sie hatte plötzlich entdeckt, dass das Tier über eine so unschuldige Grausamkeit verfügte, dass sie Herzklopfen bekommen hatte. Diese Art von Macht war es, und sie lag in der Luft, wenn er im Raum war, sie klang in seiner Stimme, wenn er mit ihr allein war, sie roch sie sogar in seinem billigen Rasierwasser. Und er war sehr vorsichtig. Was alles Äußerliche betraf. Ihr ähnlich in seiner Vorsicht. Seine Vorsicht reizte sie ebenso stark wie dieses Fluidum der Stärke. Sie genoss sein Interesse, sein Werben, das ihre weibliche Macht betonte, genoss seine heimlichen, geschickt getarnten unbeholfenen Aufmerksamkeiten. Er verstand es, sie zu nehmen. Und sie genoss es. Aber nicht so wie die Frauen, von denen sie annahm, dass sie sich bei der ersten Gelegenheit mit feuchten Augen vor ihm flachlegten. Frauen wie ihre Mutter, die vor Männern nicht wirklich bestehen konnten, sich hinlegten wie Hündchen und sich dann wunderten, wenn sie kuschen mussten.

Katja zog sich vollends an. Ein einfaches weißes Hemd, eine Jeansjacke. Gleich würde sie durch den Wald reiten, das Pferd bewegen und dabei ihren Gedanken nachhängen. Der Wald war dafür der beste Ort. Heute würde sie mit Olaf nicht arbeiten, nur das neue Gelände ein bisschen erkunden. Endlich ein eigenes Reitgelände, nicht mehr die zerstampften nassen Wiesen im Reitclub. Eine große Wiese, Waldwege dabei, die weit durch die Berge führten. Nur die blöden Schafe störten. Aber das konnte man in Kauf nehmen. Die blieben in ihrem Pferch und drängelten sich voller Furcht zusammen, wenn das große schwarze Pferd über die Wiese galoppierte.

***

»Kannst du mal auf meinem Fachgebiet tätig werden, Walther?«, fragte Sailer scheinheilig. »Ich hatte einen merkwürdigen Traum und brauche eine Erklärung dafür.«

Der hagere Mann mit der Pfeife in der Hand sah vom Schachbrett auf und lachte. »Wenn du glaubst, dass ein alter Hausarzt dein Unbewusstes deuten kann, von mir aus. Wäre mal was Neues.«

»Es ist nicht nur der Traum. Der Traum hat was mit Orten oder Personen aus der Gegend hier zu tun, und dafür bist du doch die Drehscheibe, zumindest die medizinische.«

Walther feixte. »Der Landarzt, meinst du. Klar, ich fahre mit dem Fahrrad durch die Pfälzer Berge, um Schwangere zu entbinden oder bäuerliche Gallenkoliken zu behandeln. Zwischendurch streichle ich einem Kind über den Kopf, dem ich kürzlich das Leben gerettet habe. Wenn ich nicht gerade mein Abrechnungsprogramm mit den neuesten Updates auf Vordermann bringen muss.«

Immerhin hörte Walther ruhig zu, während Sailer ihm Friederikes Geschichte und ihr Wiedererscheinen im Traum erzählte. Als einzigen Kommentar hob er ab und zu die stark entwickelten Brauen, ob zweifelnd oder beeindruckt, war für Sailer nicht zu entscheiden. Und er ließ seine Pfeife ausgehen. Das deutete schon eher darauf hin, dass Walther beeindruckt war. Die Schachfiguren standen noch in schöner Ordnung auf dem Brett. Sailer goss vorsichtig den Wein, den er Stunden vorher dekantiert hatte, in die großen Gläser, Walther sah ihm zufrieden dabei zu, während er mit einem Taschenmesser den kalten Tabak aus seiner Pfeife kratzte.

Er brauche kollegiale Hilfe, hatte Sailer gestern angedeutet und dazu noch einen Köder ausgelegt. Eine Einladung zum Abendessen bei ihm mit anschließendem Schachspiel bei einer Flasche Bordeaux. Ein dreifacher Köder. Sailer hatte sich nicht geirrt. Das Kaninchen, das Sailer »andalusisch« genannt hatte, um Walther zu beeindrucken, ein Rezept, das hauptsächlich von dicken Knoblauchscheiben und Safran profitierte, war bereits verzehrt. Nun saßen sie sich an dem kleinen Tischchen gegenüber, auf dem Sailer das Spiel aufgebaut hatte. Er wusste, dass er gegen Walther eine halbe, höchstens eine Stunde würde standhalten können. Entscheidend war, dass man nebenbei mit ihm reden konnte. Walther spielte ernsthaft Schach, war im Dürkheimer Verein einer, den man auch ins Turnier nach auswärts schickte, und hielt sich, wie Sailer wusste, nicht wenig darauf zugute.

Der Bordeaux in den dünnen Gläsern fing das Kerzenlicht. »Trinken wir schon mal auf den Sieger«, schlug Sailer vor.

Nach dem ersten Schluck wanderten Walthers Brauen anerkennend in die Höhe. »Hervorragender Wein, Sebastian. Es muss dir einiges wert sein, mich heute Abend auszuquetschen.«

»Stimmt«, erwiderte Sailer und zog seinen Bauern zur Eröffnung. Walther hatte ihm Weiß zuerkannt, weil er das letzte Mal, das Spiel lag Monate zurück, verloren hatte. Sailer verlor am Ende immer, aber Walther bestand auf Fairplay.

»Dein Keller da«, Walthers Kopfbewegung wies auf ein imaginäres Kellergewölbe, »der kommt mir sehr privat vor. Den würde ich schon mal streichen. Das ist einfach ein Weinkeller, davon gibt's Tausende. Jedenfalls fällt mir dazu nichts weiter ein.« Walther hob seinen Blick vom Brett, während er gerade einen seiner eigenen Bauern nach vorne schob. »Und Gaststätten, die Lammkeller oder so ähnlich heißen, kenne ich auch keine. Ich fürchte, mein Lieber, dein guter Wein hier ist leicht verdient. Interessanter wären die Schafe. Hier gibt es nämlich nicht viele Leute, die Schafe halten, das ist traditionell was für landwirtschaftliche Notstandsgebiete. Arme Bauern, schlechte Böden. Das Gegenteil von der Pfalz. Vorausgesetzt natürlich, dass dein – wie war das: also dein Unbewusstes ein echtes, lebendiges Schaf gespeichert hat. Die ersten Schafe, die mir eingefallen sind, sind natürlich die auf dem Birkenhof. Die verkaufen ja auch Lammfleisch. Gutes übrigens. Womit sich der Kreis aber auch schon wieder schließt. Tja«, Walther hob die Schultern«, du siehst, ich bin kein guter Spintisierer. Halte mich an die Fakten.«

Walther starrte auf das Schachbrett. Wahrscheinlich hielt er bereits wieder zehn Züge im Voraus bereit. Sailer ließ sein Pferd über die Phalanx der Bauern ins Feld springen. Er erinnerte sich dunkel an eine Eröffnung, die so ähnlich ausgesehen hatte.

»Genau wie Federer«, brummte Sailer. »Der Kommissar, der die Ermittlungen im Mordfall leitet. Der hält sich vermutlich auch bloß an die Fakten. Dabei ist dieser Mord eine Tat, die voller Symbolik steckt. Und ich traue mich nicht, mich da einzumischen, obwohl ich es gern tun würde. Hätte ich mehr konkrete Informationen, käme mein intuitives Suchsystem bestimmt in Gang.«

Walther brütete über dem Brett. Wahrscheinlich musste er seine zehn Züge jetzt wieder neu ordnen. Sailer hatte entweder etwas ganz Dummes gemacht oder etwas Kluges. Beides würde Walther längere Zeit beschäftigen. Sailer nahm sich vor, sich mehr aufs Spiel zu konzentrieren, um Walther nicht durch einen allzu leichten Sieg zu ärgern.

»Du bist bei dem Fall doch Zeuge.« Walther sah kurz vom Brett auf und grinste. »Womöglich sogar Verdächtiger. Da kannst du nicht als Sachverständiger einbezogen werden, das ist doch klar.«

»Quatsch, Verdächtiger. Obwohl ich kein Alibi für die Tatzeit habe.«

»Ich kann ja mal den Röder fragen, den Staatsanwalt aus Frankenthal. Spielt bei uns im Club. Ob das geht, meine ich. Dass du deinen Sermon bei den Ermittlungen dazu gibst. Als Zeuge, meine ich. Übrigens, wo ich schon mal hier bin, hast du eigentlich schon einen Termin für den Katheter?«

Das traf Sailer wie ein unvermuteter linker Haken. Ohne Deckung.

»Nein. Das heißt – also, ich bin dran.«

Walther starrte Sailer über die Figuren hinweg an. Mit einem sehr kühlen Blick.

»Ich sagte ja eben schon, ich halte mich an die Fakten. Vor allem, wenn's um Leben und Tod geht. Tatsache ist, dass dein Belastungs-EKG überhaupt nicht sauber ist, wie du sehr wohl weißt. Und dass ich dir seit letztem Jahr dauernd rate, endlich eine Koronarangiografie machen zu lassen. Damit ich noch eine Weile mit dir Schach spielen kann«, knurrte er.

»Machst du das immer so?«, fragte Sailer mürrisch. »Deine Patienten aus dem Hinterhalt mit Ratschlägen zu überfallen?«

»Sicher. Ich weiß aus Erfahrung, dass Angst heilt. Wenn sie stark genug ist, meine ich.«

Das Spielfeld sah im Moment aus Sailers Perspektive noch ungefährlich aus. Er entschloss sich dazu, mit dem Läufer bis zur Mitte vorzustoßen. Walthers Augenbrauen stiegen in die Höhe. Eine Dummheit wahrscheinlich.

»Ich gehe nach dem Wurstmarkt. Bist du dann zufrieden?«

Inzwischen standen zwei Springer vor Sailers Bauernreihe. Noch keine Anzeichen von Gefahr, aber bei diesem Aufzug hieß es, auf der Hut zu scin.

»Ich bin erst dann zufrieden, wenn der Untersuchungsbefund auf meinem Schreibtisch liegt. Geh in die Mannheimer Uniklinik. Die Kardiologen dort machen das gut. Und ruf gleich morgen früh an. Du wirst drei, vier Wochen warten müssen.«

Jetzt war tatsächlich der eigene Läufer bedroht. Sailer schützte ihn mit einem zusätzlichen Bauern. Sicher ist sicher, dachte er.

»Könntest du dir vorstellen, dass dein Staatsanwalt aus Frankenthal, wie hieß er, Röder? Also dass der mal mit mir reden würde? Staatsanwälte leiten doch Ermittlungen, soviel ich weiß.«

Walthers Läufer hatte inzwischen ebenfalls Position auf der Bühne des Geschehens bezogen. Seine starken Figuren erschienen für Sailers Geschmack viel zu schnell und zu zahlreich auf dem Feld.

»Ich habe keine Ahnung, ob der was mit dem Mordfall zu tun hat. Außerdem kann ich mir vorstellen, dass bei der Polizei die Telefone heißlaufen, weil dauernd Leute anrufen, die irgendwas gesehen oder gehört haben. Nimm's mir nicht übel, Sebastian, aber da wirst du als Spinner abgetan werden.«

Es rasselte, als ließe ein Schiff in einiger Entfernung den Anker fallen. Dazu begann eine Glocke, volltönend direkt über ihnen zu schlagen. Walther riss die Augen weit auf. Der König, mit dem er eben eine Rochade hatte ausführen wollen, schwebte würdelos in der erhobenen Hand über dem Schachbrett.

»Oh, entschuldige!« Sailer versuchte, das Tischchen mit dem Schachbrett und den beiden Gläsern darauf nicht umzuwerfen, während er sich, so schnell es ging, erhob. »Ich hab vergessen, sie abzustellen.« Er erreichte die alte Laternuhr erst nach dem sechsten Schlag. Nachdem er den Hammer blockiert hatte, machten sich die restlichen vier Schläge nur noch als grollendes Scheppern bemerkbar.

»Ich bin an sie gewöhnt, weißt du«, erklärte er Walther, der das tickende Ungetüm an der Wand immer noch argwöhnisch musterte.

»Ach ja, deine Uhren.« Walthers Augenbrauen standen ganz oben, sozusagen beim Anschlag, mechanisch ausgedrückt. »Altes Stück, oder?«, rang er sich noch höflich ab, während er das Gesicht wieder dem Brett zuwandte.

Sailer bemerkte, dass sich dort Finsteres gegen ihn zusammenbraute. Die Idee einer Attacke, die er bereits zwei, drei Züge weit vorausgeplant hatte, war zu nichts zerstoben, er musste sich sputen, um seine Haut zu retten. Immer müssen die Bauern dran glauben, dachte er, während er einen zur Zickzacklinie vorschob, in den sicheren Untergang hinein, um seinem Pferd Luft zu verschaffen.

»Was bedeutet für dich, Walther, als aufgeklärtem Arzt, die Heidenmauer?«

»Versuch nicht, mich zu veräppeln, Sebastian. Ich bin durchaus an Geschichte interessiert. Die Heidenmauer müsste mal richtig ausgegraben werden, dann wüsste man mehr. So wie das Fürstinnengrab hier in der Nähe. Da waren tolle Sachen drin, wie du ja wahrscheinlich weißt. Etruskische Vasen oder so was. Mir unbegreiflich, weshalb man da oben nichts zustande bringt.«

»Da halten doch manchmal auch Jugendliche obskure Rituale ab, oder?«

»Soll es gegeben haben. Die bündische Fraktion der Rechtsradikalen hier veranstaltet schon mal eine Sonnwendfeier da oben oder sonst was. Das sind ja die Harmloseren, die gern am Feuer sitzen und Wotan beschwören. Kommt aber, glaube ich, nicht so häufig vor.«

Walthers Dame, die lange bewegungslos am Rand gestanden hatte, tat einen unerwarteten kleinen Schritt nach rechts, und Walther sagte: »Schach!«

Die Jagd war also eröffnet. Sailer versuchte, sich auf das Spiel zu konzentrieren. Noch waren verschiedene Wege offen. Halt, das heißt, im Grunde war es nur dieser eine Zug, der sich anbot. Er führte ihn aus. Der zufriedene Ton in Walthers Stimme sagte ihm sofort, dass er in eine Falle gegangen war.

»Wenn du durchaus darauf bestehst, kann ich den Röder mal unverbindlich fragen, ob man dich als Zeugen noch mal hören würde. Aber sie werden dich in nichts einweihen, solange die Ermittlungen laufen. Die denken, dass sie was davon verstehen, weißt du.«

Walther grinste, ohne vom Brett aufzusehen. Sein Pferd machte einen Sprung, den Sailer nicht vorausgesehen hatte. Wieder Schach, zum Teufel.

Sailers König war dazu gezwungen, sich auf eine würdelose Flucht zu begeben. Das vermaledeite Pferd nahm ihm prompt beim nächsten Zug die Dame. Verloren, dachte Sailer. Ohne Dame kam er sich so gut wie hilflos vor. Aber noch war es zu früh, um aufzugeben, Walther hätte das geärgert. Er wollte seine Siege erkämpfen und schätzte es nicht, wenn sie ihm geschenkt wurden.

»Außerdem vermute ich, dass der Täter bald gefasst wird«, sagte Walther. »Der hinterlässt doch Spuren, so breit wie eine Autobahn. Mit modernen Ermittlungsverfahren ist der bald zur Strecke gebracht.«

Walthers Zungenspitze war genüsslich zwischen den Lippen erschienen. Sailers König hatte Unterschlupf hinter einer tapferen Reihe von Bauern gefunden, die noch standhielten, nachdem der vierte in ihrem Bunde Walthers gnadenloser Dame zum Opfer gefallen war. Er kam diesmal aus dem Schach heraus.

»Da bin ich nicht so sicher«, versetzte Sailer. »Mir kommt es eher vor wie die Stecknadel im Heuhaufen. Überleg nur mal, wie es an der Heidenmauer ausgesehen hat am letzten Sonntag.«

»Ja, schon. Aber die Leiche trägt ja die entscheidenden Spuren. DNA, Haare, Kleidungsspuren, daran kann man den ganzen Tathergang ablesen.«

Walthers Dame kassierte Sailers Läufer, als sie retirierte, um zum nächsten Schlag auszuholen. Der dazu passende Gesichtsausdruck, der der Holzfigur abging, stand dafür nur zu deutlich in Walthers Gesicht geschrieben. Und jetzt machte er einen Fehler. Sailer sah es ganz deutlich. Der Turm, der eben der Dame zu Hilfe kommen wollte, offenbar um Sailer den Rest zu geben, war völlig ungeschützt. Er brauchte nur zuzuschlagen. Der linke der drei braven Bauern schlug den Turm. Der Bauer den Ritter! Sailer triumphierte. Er sah seinen Gegner an. Walthers Miene passte überhaupt nicht zu einem Feldherrn, der gerade einen Ritter verloren hat.

»Schach«, sagte er, noch ehe seine Dame ihren neuen Standort eingenommen hatte. Und ...«, diese feierliche Pause kannte Sailer schon von früheren Spielen, also war es jetzt vorbei. »Matt.«

Sailer schnaufte erleichtert, machte aber ein bedrücktes Gesicht dazu. Er hob sein Glas: »Gratuliere.«

Walther stieß mit ihm an. »Du musst mehr üben, Sebastian. Kauf dir doch einen Schachcomputer.«

»Nur über meine Leiche.«

Walther lachte und deutete auf die tickende Uhr an der Wand. »Richtig. Ich hatte ganz vergessen, dass du noch im mechanischen Zeitalter lebst.«

»Ich wäre dir dankbar, wenn du diesen Staatsanwalt mal präparieren könntest, Walther. Ich fürchte, dass Friederike nicht das einzige Opfer bleiben wird. Wenn sie Sachverständige haben, die auch unvernünftig denken können, soll es mir recht sein. Ich kann mich ja nur blamieren, und das macht mir nicht viel aus. Aber es lässt mir sonst keine Ruhe. Machst du das für mich?«

Walther sah auf seine Armbanduhr, er traute der alten Wanduhr wohl nicht.

»Ich breche jetzt auf, Sebastian.« Er stand auf. »Ich rufe den Röder mal an. Was ich noch sagen wollte: Ich kann schon verstehen, dass dich das alles nicht ruhen lässt, Friederike Haas war deine Patientin. Aber pass auf, dass du nicht zu viel Verantwortung übernimmst. Gerade dann, wenn du recht hast. Du könntest einen weiteren Mord kaum verhindern.«

Am folgenden Morgen, als Sailer beim Frühstück saß, überlegte er, was er diesem Röder erzählen wollte, falls der Kontakt zustande kam. Er zog das Hörnchen wieder aus dem Kaffee, das er, statt es einzutunken, inzwischen eingeweicht hatte, und aß es auf. Ihm würde schon etwas einfallen, wie jedes Mal bisher. Ein Staatsanwalt war vielleicht empfänglicher für intuitive Beiträge zu Ermittlungen als ein Kriminalkommissar. Aber eigentlich stand etwas anderes an, was ihm wesentlich schwerer fallen würde, als einem Herrn Röder tiefenpsychologisch zu kommen.

Im Telefonbuch, das aufgeschlagen auf dem Frühstückstisch

lag, hatte er bereits die Nummer der Mannheimer Uniklinik unterstrichen. Er nahm den Hörer ab und tippte die Zahlen ein. Es tutete, die Leitung war frei. Er wartete. Dann, noch ehe sich jemand gemeldet hatte, legte er plötzlich wieder auf.

Vor seinem inneren Auge war der Untersuchungstisch erschienen, die Nadel, dick wie eine Kugelschreibermine, die man in seine Leistenvene stechen würde, die grün bekleideten Ärzte, die sich die Aufnahmen hinter verschlossenen Türen ansehen würden, und die zu erwartende Mitteilung, vorsichtig gehalten, aber unmissverständlich. Eine Zwei- oder Dreigefäßerkrankung, Herr Kollege. Die Indikation für eine Bypassoperation sei gegeben, man werde in der Sprechstunde später alles ausführlich erörtern und könne dann schon mal einen Termin ins Auge fassen. Um sich die Brust aufsägen lassen, die eigenen Beinvenen an den Herzbeutel genäht bekommen, hieße das. Fremde, die um seinen offenen Leib herumstehen würden, sein pumpendes Herz betrachteten, sich daran zu schaffen machten. Ein Grauen überkam ihn dabei, das ebenso irrational wie wirkungsvoll war. Er klappte das Telefonbuch zu und verschob den Anruf.

Vorsichtig begann Sailer, mit dem Gasbrenner die kleine Kupferpfanne zu erhitzen, in die er den Uhrzeiger hineingelegt hatte, umgeben von Messingspänen, um die Hitze gleichmäßig zu verteilen. Auf dem Herd hatte er etwas aufgebaut, was aussah wie ein Gartengrill in Puppenstubengröße. Ein kleiner Kamin aus Schamottsteinen, neben die Espressokanne platziert, die ihren Stammplatz auf dem Gasherd deswegen nicht hatte aufgeben müssen. Sailer stand krumm gebeugt davor, hielt in der einen Hand die Pfanne mit dem Zeiger, in der anderen Hand den Brenner, mit dem er sie erhitzte. Er schnaufte heftig, wie immer, wenn er aufgeregt war. Während er sich über die Apparatur beugte, achtete er sorgfältig darauf, dass keiner seiner Atemzüge die heiße Luft in dem kleinen Ofen abkühlte. Also blies er die Luft, die er ausatmete, senkrecht an seinem Kinn hinunter. Zu diesem Zweck musste er aus seiner Oberlippe eine Schnute machen, die seinem Gesicht jetzt vermutlich das Aussehen einer Suppenschildkröte verlieh. Schon deswegen, dachte er, ist es vielleicht besser, allein zu leben.

Die spiegelblanke Oberfläche des Zeigers begann sich zu verändern. Er verlor seinen Glanz, die Farbe verwandelte sich von Silber in ein düsteres Grau. Die Flamme rauschte an der Unterseite der kleinen Pfanne vorbei, in Sailers rechter Hand lauerte die Pinzette wie ein Vogelschnabel, bereit, den Zeiger im rechten Moment zu packen. Jetzt dunkelte das Grau, in Sekunden schoss ein immer tiefer werdendes Blau über den Zeiger. Die Pinzette packte zu und langsam, in Zeitlupe, um den Zeiger nicht einseitig abzukühlen, führte er ihn über den bereitstehenden Topf mit Öl. Als die Unterseite genau horizontal über dem Topf schwebte, ließ er ihn los. Es zischte. Sailer nahm seine dicken Finger vorsichtig aus der Vorrichtung heraus, in der er hantiert hatte, und schnaufte tief auf. Dann fischte er den Zeiger aus dem Öl und legte ihn auf ein Stück Küchenkrepp. Unter der Lampe zeigte sich auf dem Stahl ein Blau, das ein wenig von selbst zu leuchten schien, wie ein Glasfenster in einer alten Kirche. Er war stolz. Das kleine Kunststück gelang nicht immer, wie er aus leidvoller Erfahrung wusste. Man musste es ganz einfach richtig machen. Das Ergebnis deckte jeden Pfusch auf. Sein Eigensinn hätte es nicht ausgehalten, solch einen Zeiger mit einer Säurelösung zu bläuen. Entweder so, wie es sich gehörte, oder gar nicht.

Jetzt konnte er der alten Wienerin ihr Gesicht wieder aufsetzen. Er stand auf und holte das Zifferblatt und den fertigen Minutenzeiger, die er in einer Pappschachtel verwahrt hielt. Mit einem Stück Kerzenwachs klebte er die beiden Zeiger auf das alte Emailleblatt zwischen die handgemalten arabischen Stundenziffern. Bei zehn nach zehn gaben die Zeiger dem Zifferblatt den Anschein eines vormittäglichen Lächelns. Er holte das Biedermeiergehäuse, das einem hölzernen Tempelchen ähnlich sah, vom Küchenschrank herunter und stellte es auf den Tisch. Drei Wachsklümpchen hielten das Zifferblatt darin. Er trat ein paar Schritte zurück. »Hab die Ehre, gnä' Frau«, sagte er, machte einen Diener dazu. Die knapp zweihundert Jahre alte Uhr lächelte zurück.

Sailer pfiff ein paar Takte vom Kaiserwalzer, während er die Birnen holte, auf die er Lust bekommen hatte. Im Kühlschrank wusste er einen Rest Gorgonzola. Als er im dunklen Flur nach der Obsttüte angelte, die er an die Garderobe gehängt hatte, sah er die gelbe Lampe am Anrufbeantworter blinken. Er blieb stehen und drückte auf den Knopf. Das Band lief ab. Es war Menzel.

Förmlich, wie immer, teilte er Sailer mit, dass er die Therapiestunde am Montag nicht wahrnehmen werde, er wolle die Behandlung beenden. Bei Bedarf könne Sailer ihn zurückrufen, zwei Nummern gab er an, eine dienstlich, eine privat. Nachdenklich ging Sailer in die Küche zurück und legte die Tüte mit den Birnen auf den Tisch. Er packte die Zeiger und das Zifferblatt wieder in Kreppapier ein und legte die Pappschachtel auf das Küchenregal, neben diverse andere Schachteln, in denen das zerlegte Werk ruhte. Also hatte er Menzel doch zu übel mitgespielt. Schließlich hatte er ihn ins Verhör genommen wie ein Polizist. Er hatte Menzel vielleicht mehr zum Voyeur gestempelt, als er es verdiente. Er selbst war es ja, Sailer, der einen Blick in Menzels Seele hatte tun wollen. Aus einer unbestimmten Neugier, die mit Therapie nichts mehr zu tun hatte. Menzel hatte sich benutzt gefühlt. Sailer legte einen Teller neben den Käse und das Brot. Er fing an, die Birnen aufzuschneiden.

Menzel hatte er diesen Sommer als Patienten angenommen, weil er nach dem ersten Gespräch dachte, gut mit ihm zurechtzukommen. Menzels Trotz hatte ihm gefallen, der Trotz, der ihm geholfen hatte, aus dem Milieu auszusteigen und von der Flasche wegzukommen. Dieser Trotz verbarg auch seine Angst vor erotischer Nähe. Man merkte ihm kaum an, dass er zwei Hörgeräte trug. Die Eltern hatten den Jungen mit seinen Mittelohrentzündungen nicht zum Arzt gebracht, stattdessen geschlagen, weil er vor Schmerzen schrie. Danach war Menzel fast taub gewesen. Er hatte am laufenden Fernsehgerät gelernt, von den Lippen abzulesen, indem er es auf volle Lautstärke stellte, wenn er allein zu Hause war. Er war oft allein zu Hause gewesen.

Kurz nach dem Wechsel zu einem bürgerlichen Leben hatten sich Menzels voyeuristische Neigungen entwickelt. Bald war er von aufmerksamen Nachbarn bei der Ausübung seiner Passion entdeckt und von der Polizei in flagranti auf einem fremden Grundstück erwischt worden. Man hatte ihn angezeigt, seine Vorgeschichte war wieder vor Gericht verhandelt worden. Danach hatte er den Wohnort gewechselt und war in die Pfalz gekommen, wo ihn niemand kannte. Vor Gericht hatte die Verteidigung auf einen inneren Zwang, auf eine psychische Erkrankung hin optiert. Daher die Auflage zur Therapie.

Sailer biss in seinen Birnenschnitz. Noch an dem Käsebrot kauend, ging er in den Flur. Er suchte auf dem Zettel die Telefonnummer, die er sich notiert hatte.

»Herr Menzel?«

»Sie haben meine Nachricht bestimmt schon gehört. Ich möchte die Behandlung beenden.«

»Wieso wollen Sie nicht mehr kommen?«

Eine Pause entstand am anderen Ende, Sailer hoffte, dass Menzel nicht auflegen würde.

»Ich kann es Ihnen nicht genau sagen. Ich habe mich letztes Mal ziemlich schlecht gefühlt, deshalb vielleicht.«

»Ich schlage vor, Herr Menzel, Sie kommen am Montag noch einmal, ein letztes Mal, wenn Sie so wollen, und wir besprechen das miteinander. Am Telefon ist es mir zu unverbindlich.« Sailer fügte hinzu: »Das heißt nicht, dass Sie die Therapie fortsetzen müssen. Nur dass ich mit Ihnen über den Abbruch reden möchte.«

Wieder eine Pause. Sailer wartete.

»Herr Sailer, ich weiß, dass eine Therapieauflage besteht. Trotzdem, ich kann nur hoffen, dass Sie es nicht gegen mich auslegen. Es fällt mir nicht leicht, das zu sagen, aber ich möchte die Behandlung bei jemand anderem fortsetzen.«

Sailer überlegte einen Moment. »Das akzeptiere ich. Ich möchte es nur verstehen, nicht mehr. Machen wir es doch so: Sie denken nochmals darüber nach und kommen am vereinbarten Termin zu einem Abschiedsgespräch.«

»Ich werde darüber nachdenken. Und vielen Dank für Ihr Verständnis.«

»Auf Wiedersehen.« Sailer legte auf.

Sailer schlief schlecht in dieser Nacht. Zuerst träumte er von seiner Bypassoperation. Walther persönlich zersägte ihm das Brustbein, und er selbst bekam alles mit, weil die Narkose nicht funktionierte. Bender und Menzel assistierten bei der Operation, Menzel in seiner Krankenpflegerkleidung. Sie schüttelten dauernd die Köpfe, und er, Sailer, konnte kein Wort herausbringen, weil man in Träumen nun einmal meistens nicht reden kann. Immer wieder setzte Walther die Säge an, als wolle er Sailer ein Schachbrett in die Brust hineinsägen.

Schließlich wachte er schweißnass auf und trank eine halbe Flasche Wasser.

Danach träumte er von Frau Stechin. Von Frau Stechin, der Studienrätin mit der Spinnenphobie, die in den letzten beiden Sitzungen die Knie so fest zusammengepresst gehalten hatte, dass Sailer dachte, sie werde noch orthopädische Schäden davontragen. Auch in seinem Traum tat sie das wieder, sie presste ihre Knie fest zusammen. Er bemerkte, dass sie keine Strümpfe trug. Sailer starrte auf ihre Knie und nahm zuerst gar nicht wahr, dass Frau Stechin nicht mehr redete. Dann, und das nahm er jetzt sehr wohl wahr, öffnete sie schweigend einen Knopf nach dem anderen an ihrer gestreiften Bluse und zog sie aus, hakte den Büstenhalter am Rücken auf. Dabei sah sie ihn unverwandt an, ohne etwas zu sagen, und presste weiter ihre Knie gegeneinander, und er bekam wieder kein Wort heraus, auch nicht, als ihre ansehnlichen Brüste schließlich zu sehen waren. Hier wechselte ein gnädiger Regisseur die Einstellung. Sailer träumte entweder nicht weiter, oder er erinnerte sich nicht mehr daran, als er am Morgen erwachte. Jedenfalls musste er sich eingestehen, dass ihn Menzel offensichtlich ziemlich beschäftigte.

Als er am Sonntag in der Praxis die Post sortierte, fiel ihm Menzel wieder ein. Er setzte sich an den Computer und fing an, einen Brief an ihn zu schreiben. Einen Brief, in dem er sein Therapieangebot noch einmal wiederholte und Menzel eine Bedenkzeit von vier Wochen zur Wiederaufnahme der Behandlung anbot. Als er den Brief ausgedruckt und unterschrieben hatte, sah er das Blatt noch einen Moment lang an, dann nahm er es nochmals zur Hand und zerriss es. Die Fetzen warf er in den Papierkorb. »Depp, blöder«, sagte er laut vor sich hin. Wen er damit meinte, ließ er offen.

7

Von den Wiesen her lärmen die Grillen, feilen unverzagt an dem düsteren Gewebe der Nacht, die Käuzchenschreie mischen sich hinein, das Rascheln der Mäuse. Der Fritz jault leise, er hört es auch, er merkt es: Der Wald flüstert, er drängt. Seit einer Weile rühren sich die Kronen der Kiefern, von einer Brise bewegt, die wie ein langsamer Atem kommt und geht. Die Sterne dazwischen, seit Mitternacht blasser geworden, verschwinden zusehends hinter einem feinen Dunstschleier. Der Mond hat einen Hof bekommen, feine graue Schlieren ziehen durch die blasse Scheibe. Der Wald rührt an ihn, wie er dasteht, der Hans, vor der dunklen Hütte mit dem Brombeerhag, unter dem fahlen Himmel, an dem sich die Gewitterwolken zusammenfinden und die Sterne auslöschen, einen nach dem anderen. Heute, sagt der Wald. Heute. Heute Nacht.

Auf den Wurstmarkt, so? Will er, sagt der Dieter. Der Dieter muss das regeln, der kommt damit zurecht. Zum Saufen, sagt die Mutter und lacht wissend, sie wiehert wie ein Pferd, wenn sie lacht, ihr Körper ein bebender Berg, die kleinen Augen mustern ihn flink, das Lachen bekommt einen kehligen Ton: Vor den Weibern brauchst keine Angst haben, du nicht. Aber schau, dass du den Lappen behältst. Und dreht sich um, flink, zu den Säuen, die mit wedelnden Ohren zum Trog geflitzt kommen. Mutters Arme, an denen die Eimer hängen, sind doppelt so dick wie Vaters Beine, die gelähmten Stecken, über die man ihm die Hose hinaufziehen muss. Er braucht aber Geld, der Dieter. Sie sieht ihn deswegen nicht an, ihn, der hinter ihr stehen geblieben ist, bloß weil er Geld braucht. Sie muss jetzt die Essensreste aus dem Kübel da hinein zu den Schweinen schütten. Wie Erbrochenes pladdert es in den Koben, die Schweine prügeln sich mit hellem Kreischen um die Brocken, und hau schon ab, schreit die Mutter, ihre Stimme hat denselben hellen Ton, sie will allein sein mit den Schweinen, auf sie hinunter starren, auf ihre gehorsame Gier. Das geile Quieken der Säue geht derweil in Schmatzen und Grunzen über. Es klatscht, wenn sie sich mit den nassen Schnauzen anrempeln, wütend auskeilen, um an die Brocken am Boden zu kommen. Sie einfach hineinstoßen, jetzt, hinein zu dem anderen, wabbelnden Fleisch im Koben, ein für allemal zu den witternden Schnauzen, den quellenden, gierigen Äuglein. Scharfe Zähne stecken in den Schnauzen, den Schweinen ist egal, was sie kriegen, sie fressen ohnehin meist ihresgleichen. Aber sie, sie weiß um seinen Hass, er macht sie stark. Sie dreht sich nicht einmal um, stellt den Kübel ab und stemmt die Fäuste, groß wie ein Pfundbrot, in die breiten Hüften. Weist ihm den breiten Rücken, den gewaltigen Hintern unter dem Schurzband. Frag doch deinen Vater, der säuft ja heimlich, der gibt dir vielleicht Geld, und verschwinde.

Die Grillen sind am lautesten, bevor ein Gewitter kommt. Es ist schon lange nach Mitternacht, eine halbe Stunde noch, dann wird es regnen. Der Fritz bleibt bei der Hütte im Wald, kommt an die lange Leine, ist still und wachsam. Den dunklen Weg zur Wiese hinüber gehen, wo der Wagen steht. In einer halben Stunde kann er in Dürkheim sein, auf den Waldwegen kennt er sich aus, und zum Marktplatz kommt er leicht. Behindertenfahrzeug, er darf parken, wo er will. Die Plakette auf der Rückscheibe ist ein Freifahrschein, er ist noch nie aufgeschrieben worden.

Heute Nacht also. Er hat es geahnt, weil es Samstagabend ist und weil die Einfalt erst zwiefältig werden muss, damit dann die Drei das letzte Zeichen sein kann für das Fest, so wie es richtig ist. Es wird sich alles weisen, sagt der Dieter, du wirst sehen, sei nur still und sieh.

Den Waldweg entlang, der Wagen bockt auf und ab, Vaters alter Rollstuhl klappert hinten drin. Die Scheinwerfer fingern zwischen den grauen Stämmen hin und her, lassen wieder Gesichter aus der Rinde hervortreten, uralte märchenhafte Gesichter, die das Tageslicht scheuen und sich ihm verdrießlich zuwenden, ehe sie wieder im Dunkeln verschwinden. Die Fenster bleiben offen, man riecht das Harz, den feinen Modergeruch der Erde, das Innere des Waldes, der sich für ihn geöffnet hat wie ein riesiger Leib.

Es riecht wie nie zuvor, als wären seine Sinne mit einem Mal schärfer als je zuvor. Etwas zieht ihn vorwärts, er braucht ans Fahren nicht zu denken, es reißt ihn den Weg hinunter, als regierte ihn eine fremde Gewalt. Tannenwedel kratzen am Blech entlang, streifen seinen nackten Unterarm, der aus dem Fenster ragt, der Wagen rennt durch den Wald wie ein großer, hurtiger Laufkäfer. Den Hohlweg hinunter prasseln die Steine unter den Reifen weg.

Da! Auf die Bremse getreten. Der Wagen rutscht noch ein Stück weiter durch das Geröll, bis er zum Stehen kommt. Der Fuchs verharrt sekundenlang im Scheinwerferlicht, glitzern gelb und rot, seine Augen, das Fell fast weiß im hellen Licht. Dann trollt sich das Tier, hastet die Böschung hoch und verschwindet zwischen den Stämmen.

Da kommt ein Lachen in ihm auf, das könnte auch ein Weinen sein, er weiß es nicht recht und fährt weiter, aber das Lachen schickt er in den Wald hinaus, er kann gar nicht damit aufhören, es klingt so fremd und doch so wahr, dieses Lachen, also lacht er noch, als ihm gar nicht mehr zum Lachen zumute ist, als der Weg aus dem Wald herauskommt und zwischen die Weinberge hinausführt und dann sieht er das beleuchtete Riesenrad.

***

Elisaweta hat heute ein Fest gefeiert. Ihr privates Fest mitten im Trubel unter dem sich drehenden Riesenrad und den heulenden und krachenden Fahrgeschäften, den aufgekratzten Ansagerstimmen aus den Lautsprechern, dem Geruch nach Röstmandeln und gebratenen Würsten. Sie hat Geburtstag. Ihren zwanzigsten Geburtstag, und den hat sie heute Nacht gefeiert, in dieser lauen Sommernacht. Tausend haben mit ihr gefeiert, tausend Leute, die sie überhaupt nicht kennt. Die paar, die sie kennt, Aleksandra, Karolyna, Jakub und Adrian haben sich über den ganzen Wurstmarkt verstreut. Aleksandra und Adrian sind schon vor zwei Stunden verschwunden, die treiben es irgendwo in den Büschen miteinander, die beiden anderen streifen durch die Gegend, vielleicht sind sie auch schon zurück bei den Autos.

Elisaweta schlendert durch die Nacht, vorbei an dem großen Fass, dem größten Weinfass der Welt, an der Außenseite steht angeschrieben, wie viele Liter hineingehen, aber das hat sie vergessen und hat auch keine Lust noch einmal nachzusehen. Die Gaststättenfenster am Fass sind bereits dunkel, überall werden die Stühle auf die Tische gesetzt. Das Fest ist zu Ende. Alle sind auf dem Heimweg, Betrunkene und Nüchterne, jemandem baumelt ein Lebkuchenherz um den Hals, sie gehören alle zusammen hier, eine Festgemeinde, die sich auflöst, einer ruft ihr etwas zu, sie versteht kein Wort, lacht und schüttelt den Kopf.

Hinter ihr bleibt der Festplatz zurück, sie schlägt den Weg zur Stadt ein, geht durch enge Straßen, dunkel und plötzlich so still nach dem vielen Lärm, der hinter ihr zusehends leiser wird. Nun hört sie deutlich ihre Absätze auf dem Pflaster. Sie geht zwischen den steilen Fassaden alter Häuser, die Richtung kennt sie ungefähr, sie muss nach Wachenheim, dorthin, wo die lange Reihe Autos auf dem Parkplatz steht, die Autos, in denen sie alle schlafen, um morgen wieder zur Arbeit zu erscheinen. Salat pflücken und Wein lesen, bis man den Rücken nicht mehr spürt. Eine Woche Plackerei in Deutschland und dazwischen einmal ein Fest.

Elisaweta ist betrunken. Nicht sehr, ein wenig. Zu gefährlich, sich hier zu betrinken. Vor allem, wenn man einen Heimweg von drei Kilometern vor sich hat. Aber die Straßen sind noch voller Menschen, es kann nichts passieren. Sie ist betrunken genug, um ein bisschen melancholisch zu sein, weil sie hier ganz allein geht, und genug, um sich dabei leicht und frei zu fühlen. Drüben auf der Hauptstraße sieht man den Strom der Menschen entlangziehen, ein paar singen ausgelassen, eine Gruppe folgt der anderen, dazwischen, langsamer gehend, die Pärchen. Wo viele Leute sind, kann nichts passieren. Hier, wo es stiller ist, zwischen den engen Gassen, kann Elisaweta ihren Gedanken nachhängen, sie kann an zu Hause denken. Daran, dass sie bald ihr Studium in Krakau beginnen wird, an die Zukunft. Eine Zukunft ohne Sorgen, eine Familie, Kinder, ein eigenes Haus. Auch an die Liebe. An die Liebe, die ihr nicht wohlgesonnen war in diesem Jahr. Auf Männer ist kein Verlass, das weiß man, und trotzdem. Dabei ist sie ganz hübsch, das sagen alle, eben nicht blond, aber eine gute Figur, und lustig kann sie sein. Wenn sie sich die Haare blond färben würde, würde sie aussehen wie eine von den Russinnen, die hier anschaffen gehen. Nein. Es gibt noch mehr Männer auf der Welt. Sie lacht leise vor sich hin. Andere Mütter haben auch hübsche Söhne, hat Aleksandra gesagt und ein Auge zugekniffen. Kein Glück in der Liebe. Das stand auch auf dem Zettelchen, das sie vorhin auf dem Fest von dem kleinen Vogel gereicht bekommen hat, einem Kanarienvogel, der beständig trillerte und für einen Euro dem alten Mann ein Glückszettelchen aus der hohlen Hand herauszog. So ein einfaches Vergnügen, wie in einer alten Geschichte. So etwas liebt sie, man fühlt sich wieder wie ein Kind. Kann Kettenkarussell fahren und Riesenrad, Zuckerwatte essen. Sie hat eine Menge ihrer kostbaren Euros dafür verbraten heute Abend, dabei wurde sie sogar ein paarmal eingeladen. Zuerst von den Kollegen, dann von ein paar jungen Männern, zum Scooterfahren. Sie musste ausgelassen kreischen, so sehr lachen, dass sie kaum aufhören konnte. Wie ein Fest sein soll.

Die Grillen lassen sich schon aus den Feldern und Weinbergen hören. Elisaweta geht langsam. Sie klingen nach Süden, nach Sommer, wie das Versprechen nach einem guten Leben, einem Leben mit Glück. Auch in der Liebe. Da streift ein Windhauch durch die Gasse, in der sie geht. Kurz darauf geht ein helles Flackern über die Dächer. Elisaweta sieht hoch zum Himmel. Die Sterne, eben noch fein hineingestochen in den schwarzen Himmel, sind verschwunden. Dafür hat sich der Mond in Spinnweben gefangen, beleuchtet eine gezackte Wolkenkontur, aus der eben wieder lautlos ein Blitz fährt.

Sie läuft los. Ihre Absätze klappern laut auf dem Kopfsteinpflaster. Zur Hauptstraße. Durch die Nacht geht ein schweres Rumpeln. Noch eine halbe Stunde Weg hat sie vor sich, bis sie an die Tür des Autos klopfen kann, das heute Nacht ihre Schlafstätte sein wird. Nass werden, das muss nicht sein. Drüben auf der Hauptstraße fahren jetzt Festgäste ab, die dort geparkt hatten, Leute steigen ein, Türen klappen zu. Wieder rollt der Donner blechern, dumpf, poltert weg in die Ferne. Es weht beständig, wird kühler. Wieso hat sie nicht wenigstens einen Pullover dabei? Nur das dünne Baumwollkleid, verrückt genug, dass sie es mitgenommen hat, aber Geburtstag ist Geburtstag, es steht ihr, und es war ja warm genug heute Mittag. Elisaweta hält Ausschau nach einem Durchgang, der zur Hauptstraße hinüber führt, aber so wie es aussieht, muss sie noch die ganze Gasse entlang bis zu der Ampel da vorn, dann kann sie nach rechts abbiegen.

Die ersten Tropfen. Kommen herunter wie Wurfgeschosse, platzen zu kleinen Kratern auseinander im Staub der trockenen Straße. Zwei, drei treffen ihre nackten Arme und Schultern. Sie beginnt zu rennen, zieht sich das Kleid zu den Hüften hoch, läuft, so schnell sie kann. Ein Blitz taucht alles in grelles Weiß, sie sieht den Stoff an ihrem Leib aufglänzen, ein Nachtschmetterling, der sich verflogen hat, eine einzelne weiße Motte, gefangen zwischen den engen Fassaden. Der Regen prasselt jetzt herunter, sein Trommeln beginnt auf den Dächern. Sie läuft mit langen Schritten, will zu dem vorstehenden Dach da vorn, zwanzig Meter sind es noch.

Den roten Kombi, der eben hinter ihr in die Gasse eingebogen ist, hört sie nicht. Erst als er an ihr vorbeifährt, bemerkt sie den Wagen und weicht auf den Bürgersteig aus. Zehn Meter vor ihr leuchten die Bremslichter rot auf, zur gleichen Zeit leuchten die Fassaden rechts und links unter einem Blitz, kurz darauf reißt ein Donnerschlag dicht über den Häusern die Luft auseinander. Dieser Blitz und das blaue Behindertenzeichen auf der Rückscheibe lassen sie nicht weiter zögern, als die Beifahrertür einladend aufgestoßen wird.

***

Sailer faltete die Bild-Zeitung. Er tat es, ohne nachzudenken, methodisch Kante auf Kante, bis er daraus ein kleines Paket gemacht hatte, das nun auf seinen Knien lag. Starrte auf den Boden ohne etwas wahrzunehmen, das Päckchen noch in der

Hand. Dann erst wurde ihm bewusst, was er eben getan hatte. Er legte die Zeitung wieder auf die Bank neben sich. Die Schlagzeile wahrscheinlich. Und das Bild. Vor allem das Bild. Das alles hatte er einpacken wollen. Die fetten Buchstaben: »Dürkheimer Wurstmarkt von brutalem Mord überschattet!« Darunter der Bericht, in dem minutiös beschrieben wurde, wie die Leiche ausgesehen hatte, die in der Geisterbahn an einem Draht hängend am Sonntag von Besuchern entdeckt worden war. Besuchern, die offenbar noch Zeit gefunden hatten, mit ihren Handys ein paar Fotos zu machen, ehe sie, wie die Zeitung berichtete, »in heller Panik« die Geisterbahn verlassen hatten. Eines von diesen Fotos war in der Zeitung abgebildet. Immerhin hatte man das Bild der nackten Frauenleiche mit schwarzen Balken versehen. Aus Pietät wahrscheinlich gegenüber den Angehörigen dieser Elisaweta Zlatko, die sich als »Saisonarbeiterin in der Gegend aufgehalten habe«, wie es hieß. Der Balken machte den Anblick eher noch schlimmer.

Sailer warf die Zeitung in den Papierkorb, den man neben der Bank aufgestellt hatte. Er saß nun bereits eine Viertelstunde hier. Federer ließ ihn warten. Wahrscheinlich hatte er wieder zu viel zu tun. Zu viele Hinweise aus der Bevölkerung, zu viele Anfragen der Presse. Aber Walthers Verbindungen hatten funktioniert. Gleichzeitig mit dem zweiten Mord sozusagen. Sein Schachfreund Röder kannte den Staatsanwalt, der die Ermittlungen in Dürkheim leitete, und der hatte sich erboten, Sailer noch einmal bei Federer Gehör zu verschaffen.

Es roch nach Bohnerwachs. Als müsse das so sein. Als trage der Behördengeruch dazu bei, für Ordnung und Sauberkeit zu sorgen. Schulen, dachte Sailer, die rochen früher auch so. Behörden und Schulen. Aber nicht Gefängnisse. Dort roch es nach Essen, Angst und Hass. Jedenfalls hatte es dort so gerochen, als Sailer einmal für ein paar Jahre Gefangene betreut hatte. Weil man in Gefängnissen keine Holzböden mehr verwendet, spann Sailer seinen Gedankenfaden weiter. Und in Schulen erst recht nicht. Er hasste es, warten zu müssen. Gefängnisse und Schulen werden immer wieder modernisiert, wollte sein hartnäckiges Grübeln wissen, Behörden nicht, deshalb.

In diesem Moment beschloss Sailer, noch einmal anzuklopfen. Von drin kam als Antwort ein gereiztes Geräusch, das man so interpretieren konnte, als dürfe er eintreten, fand Sailer. Er öffnete, blieb aber vorsichtshalber in der Tür stehen.

»Sie haben mir gerade noch gefehlt.«

Federer stand am Fenster seines Büros, halb abgewandt, die Zigarette klebte ihm in proletarischer Manier an der Unterlippe. Mit einem kurzen Blick erfasste er den in der Tür stehenden Sailer.

»Das soll natürlich heißen, schön, dass Sie uns Ihre Unterstützung angeboten haben, Herr Doktor Sailer, ich sagte ja schon: Wir werden jedem Hinweis nachgehen, von wem auch immer er kommen sollte. Dazu sind wir schließlich verpflichtet.«

Sailer ging so vorsichtig in das Büro hinein, als wäre es vermint.

»Hat Herr Röder Sie angerufen?«

»Hat er, Herr Sailer. Hat er.« Federer wiegte sich leicht in den Knien und starrte weiter aus dem Fenster auf die Pappeln auf der Ludwigshafener Parkinsel, als ärgere er sich über die Jogger, die man dort am Rheinufer entlangtraben sah. Er wirkte dabei wie ein Fliegengewichtsboxer, der auf den Gong des Ringrichters für die erste Runde wartet, die Hände hatte er allerdings auf dem Rücken verschränkt. Sein Profil erinnerte Sailer an jemanden, einen Schauspieler, aber wen? Auch die Zigarette, die sich an seiner Unterlippe auf und ab bewegte wie ein Gemütspegel, passte dazu. Heute sah er nicht aus wie ein Geier. Jetzt fiel es Sailer ein, ein bisschen wie Belmondo. Und das passte wieder zum Boxen.

»Ich dachte, ich könnte vielleicht einen Beitrag leisten«, bot Sailer an. »Nachdem nun wieder jemand ermordet wurde.« Es hörte sich ziemlich lahm an.

»Genau. Einen Beitrag.« Der Ringrichter schien ein Signal gegeben zu haben. Federer schwang sich auf den Zehenspitzen herum, aber statt die Fäuste zu gebrauchen, hustete er matt, dann ließ er sich in einer fließenden Bewegung in seinem Stuhl nieder, rollte einen halben Meter Richtung Schreibtisch und starrte Sailer an. Doch nicht Belmondo, entschied Sailer, von vorn wirkte er wesentlich weniger charmant.

»Um genau zu sein, Herr Sailer: Am Sonntagvormittag um elf Uhr wurde die Geisterbahn auf dem Dürkheimer Wurstmarkt gestoppt. Zwei Mitfahrern, die Namen tun nichts zur Sache, jedenfalls haben die gut aufgepasst, war etwas aufgefallen. Dass nämlich zwischen den Plastikfiguren, konkret zwischen Frankenstein und dem Kettensägenmörder, eine weibliche Leiche hing. Die wahrscheinlich bereits zwei Stunden dort hing, seitdem die Bahn geöffnet hatte. Die nackte weibliche Leiche einer zwanzigjährigen Frau. Sie war mit einem Zaundraht an der Deckenkonstruktion aufgehängt, und ihr war die Kehle durchgeschnitten worden. Außerdem hatte sie einen handgeschriebenen Zettel umhängen, auf dem stand: »Das Fürchten lernen«. Neben ihr am Boden stand eine Flasche Wein. Rotwein. So.«

Federer stand auf, der Stuhl rollte einen halben Meter zurück. Sailer wich instinktiv aus, als hätte er eine rechte Gerade zu gewärtigen. Er hielt es im Moment für das Beste, zu schweigen. Die Tatsachen waren überwältigend genug.

»Dazu wollen Sie also einen Beitrag leisten, Herr Sailer. Verzeihung, Herr Doktor Sailer. Tun Sie das. Seither ist nämlich die Hölle losgebrochen.«

Federer starrte ihn noch immer an, inzwischen hatte er die Hände auf den Schreibtisch gestützt, vermutlich um seine vorgebeugte Haltung nicht aufgeben zu müssen.

»Kann ich mich setzen?«, fragte Sailer und setzte sich unaufgefordert.

»Die Leute sind erst mal alle in Panik aus der Geisterbahn geflüchtet. Haben das Ding dabei fast vollständig abgerissen. Wir haben versucht, den Wurstmarkt abzusperren, aber das war unmöglich, weil eine Stunde später ein paar tausend Besucher unbedingt die Geisterbahn aus der Nähe sehen wollten. Ich korrigiere mich: die Reste davon. Der Täter hätte in dem Tohuwabohu noch ein paar Leuten die Kehle durchschneiden können. Ein paar Polizisten mit eingeschlossen.«

»Jack the Ripper«, sagte Sailer.

Federer starrte ihn an. »Quatsch. Wir leben nicht im neunzehnten Jahrhundert«, sagte er dann. Diese Feststellung schien ihn merkwürdigerweise zu beruhigen. Er setzte sich hin.

»Da gibt es schon Ähnlichkeiten«, sagte Sailer. Er hatte sich dafür entschieden, gar nicht auf Federer einzugehen. Wie Cassius Clay, dachte er. Immer hin und her hüpfen. Ihn müde machen.

»Glauben Sie vielleicht, ich kenne diese alten Geschichten nicht?« Federers Augen waren gerötet, die Tränensäcke geschwollen, seine Hautfarbe von einem blassen Grau. Noch müder konnte er eigentlich nicht mehr aussehen.

»Ein Psychopath, die merkwürdige Symbolik mit Weinflaschen und Zetteln und das schwer aufzuklärende Umfeld«, zählte Sailer ungerührt auf.« Bestimmt kein Zufall, dass der Täter sich den Wurstmarkt ausgesucht hat.«

»Das haben Sie jetzt schön gesagt, Herr Doktor Sailer«, meinte Federer. »Das schwer aufzuklärende Umfeld. Haben Sie doch so gesagt. Oder?«

»Der Täter bezieht das Publikum mit ein. Die Opfer werden auffällig präsentiert, er weiß, dass eine Menge Leute da sind, die den Tatort sehen wollen und seine Spuren verwischen. Das funktioniert an der Heidenmauer und auf dem Wurstmarkt. Genauso wie bei Jack the Ripper.«

»Richtig: Das ist genau wie damals und vielleicht auch der Umstand, dass sich jetzt alle Welt dafür interessiert und der Polizei gute Ratschläge erteilt, wie Sie zum Beispiel mir gerade. Genau wie damals macht sich die Presse und die Öffentlichkeit darüber her, und am Ende ist die Polizei blamiert bis auf die Knochen. Das könnte ebenfalls dabei herauskommen. Am Donnerstag geht nämlich der Wurstmarkt weiter, das ist übermorgen, und den können wir nicht stoppen. Eher wird Wein zu Wasser, als dass wir das hinbekommen. Und was passiert dann? Haben Sie dazu auch einen Beitrag?«

Sailer sah aus dem Fenster. Unten auf der Straße fuhr eben langsam eine Trambahn vorbei.

»Also wenn Sie noch etwas beitragen wollen, Herr Doktor Sailer, dann tun Sie es jetzt. Ich weiß nicht, wie Ihre Verbindungen zur Staatsanwaltschaft aussehen, es interessiert mich offen gesagt auch nicht, aber ich habe meine Zeit nicht gestohlen.«

»Ich fürchte, Sie werden davon nicht viel halten, aber ich hatte einen Traum, wissen Sie«, sagte Sailer.

Federer sah aus, als würde ihm gleich übel. Er schwieg. Aber er blieb sitzen.

»In dem Traum erschien mir Friederike Haas, meine Patientin, die ermordet worden ist. Sie hat für mich auf einem Blatt Papier das hier gezeichnet.« Sailer reichte Federer die Kopie seiner Zeichnung über den Schreibtisch. Federer nahm wie hypnotisiert das Blatt in die Hand. Er sagte noch immer nichts. Cassius Clay, dachte Sailer.

»Ich fände es demnach gut«, fügte er hinzu, »wenn Sie bei Ihren Ermittlungen Schafe mit einbeziehen könnten und auch diesen Keller hier, einen Gewölbekeller, wie man, glaube ich, auf der Zeichnung sehen kann.«

Erst jetzt kam Federer, bildlich gesprochen, wieder hoch, das zeigte sich daran, dass er das Blatt auf den Schreibtisch warf.

»Sie wollen mir jetzt erzählen, dass Sie dieses Blatt von einer Toten im Traum bekommen haben, wollen Sie das?«

»Unsinn«, sagte Sailer freundlich. »Das habe ich nach dem Aufwachen selbst gezeichnet. Aus dem Gedächtnis.«

Federer holte tief Luft. »Herr Sailer«, sagte er leise. »Wir Polizisten sind auch nur Menschen. Bitte vergessen Sie das nicht. Ich werde Ihr Blatt da in die Akte nehmen und eine Gesprächsnotiz von unserer Unterhaltung diktieren. Wäre Ihnen das so recht?«

Nach einem Blick in Federers Gesicht sagte Sailer, dass ihm das durchaus recht sei und dass er sich für die Geduld bedanke, die man ihm entgegengebracht habe. Er wisse das zu schätzen, als Bürger, meine er.

»Auf Wiedersehen, Herr Federer.«

Federer nickte, noch immer am Schreibtisch sitzend, ohne den Kopf zu heben. Punktsieg, dachte Sailer und schloss leise die Tür.

8

Katja biss sich auf die Lippen. Seit zehn Minuten fuhr sie bereits hinter einem der kleinen Traktoren her, die die Winzer in den Weinbergen benutzten. So schmal er war, der Traktor versperrte den ganzen Weg. Der Mann, der darauf saß, einen Strohhut auf dem Kopf, schaukelte ungerührt auf seinem Sitz hin und her, er drehte sich nicht nach der Vespa um, die hinter ihm fuhr und wich auch nicht aus. Dieses ganze Getue um den Wein ging Katja ohnehin auf die Nerven. Weinlese, Weinfest, Weinköniginnen, alles drehte sich jahraus und jahrein um den Wein. Sogar Weingelee konnte man sich aufs Brot streichen, falls man das wollte. In der Welt, in der Katja leben wollte, gab es ebenfalls Wein, aber nur ab und zu, zum Essen.

Jetzt, endlich. Der Traktor ruckte plötzlich mit einer insektenhaften Bewegung nach rechts, als hätte der Fahrer eingesehen, dass er störte, und verschwand zwischen zwei Reihen von Rebpfählen. Katja drehte am Gasgriff und sauste vorbei. Der Zweitaktmotor jaulte auf wie ein getretener Hund. Jämmerliches Vehikel. Zum Abitur wollte sie einen Porsche. Wenigstens einen kleinen Boxster. Das hatte sie Papa schon ernsthaft ins Ohr gelegt.

Sie näherte sich dem Wald, einer Mauer aus grauen Stämmen und dunkelgrünen Kronen. Die Sonne stand noch hoch im Osten. Die Bäume dunkelten ihre Strahlen jäh ab, als sich Katja unter ihrem Dach befand, es roch sofort nach Harz und Kiefernnadeln, nach Moos und Kühle, dem seltsam modrigen Geruch des Waldes. Katja hielt sich in der rechten Spurrille, der Weg war grausam mit Schlaglöchern übersät, immer wieder ragten Wurzeln heraus, man hätte einen Geländewagen gebrauchen können. Zwischen dem Sägen des Motors drang ab und zu Vogelgezwitscher an ihre Ohren. Man konnte die Stille ahnen, die hier herrschte, eine Stille, durch die sie gleich reiten würde, nur Olafs leisen Hufschlag in ihrem Ohr.

Da kam der Zaun. Die blöden Schafe rannten schon wieder

davon und scharten sich in einem kleinen Kreis zusammen, starrten zu ihr herüber, als wollte sie sie angreifen. Katja bockte den Roller mit dem Ständer auf und ging zu Olafs Stall hinüber. Der Stall war ganz ordentlich ausgebaut. Sie ließ das Pferd inzwischen für Wochen dort, aber dafür musste sie eben jeden Tag hierherkommen. Was gewisse Vorteile aufwies. Vorteile, die sie heute zumindest nicht nutzen würde. Heute würde sie sich ausschließlich Olaf widmen.

Sie sah sich um. Niemand da. Der Schäfer, so nannte sie ihn bei sich, hatte wohl zu Hause zu tun. Sein Wagen stand nicht da. Es war ihr auch lieber so, sie mochte es nicht, wenn er auf dem Gelände war, obwohl er nie mehr tat, als ihr von ferne zuzunicken und gleich wieder wegzusehen.

Olaf schnaubte leise, als sie in die Box hereinkam. Sie fuhr mit der Hand an seiner Kruppe entlang, er drehte ihr den Kopf entgegen. Sein Geruch füllte den engen Verschlag, sie atmete ihn glücklich ein. Eine Weile stand sie neben dem Pferd und fühlte die warme Atemluft, die aus seinen Nüstern drang, in ihrer hohlen Hand. Dann holte sie den Sattel und das Zaumzeug aus dem Spind. Alles sauber, gefettet, am richtigen Platz. Da würde sie sich nie einen Fehler erlauben. Das verstand nur, wer mit Pferden zu tun hatte. Es wurde darüber nicht viel geredet. Für das, was Pferde einem gaben, musste man alles, was mit ihnen zu tun hatte, nicht nur sie selbst, mit der größten Sorgfalt behandeln. Wie Soldaten ihre Waffen in Ordnung hielten oder Rennfahrer ihre Motoren. Sonst verdiente man es nicht, zu reiten.

Mit einer geübten Bewegung hob sie dem Pferd den schweren Sattel auf den Rücken. Sie würde Olaf bloß ein bisschen durch den Wald bewegen, um ihn warm werden zu lassen. Heute wollte sie nicht mit ihm arbeiten. Am Sonntag würde Alek hier sein. Nicht hier, wo es auffallen konnte, sondern im Wald, an der Wetterhütte hinten beim Rehbrünnchen.

Katja hatte Olaf auf die Wiese geführt. Sie stieg in den Sattel und nahm Olaf zwischen die Schenkel. Er begegnete ihrem Sitz, stand versammelt. Sie ritt langsam im Schritt über die Wiese, ohne sich um die Schafe zu kümmern, um die man einen eigenen gelben Elektrozaun gezogen hatte, und die schon wieder Katastrophenalarm übten.

Alek trainierte die Mädchen im Club, die Kleinen, die ihre Reitstunden in der Halle absolvierten. Die Hühnchen, hatte er sie mal genannt, begleitet von einer verächtlichen Handbewegung. Es schien ihr passend. Pferdebegeisterte Mädchen, die sich von den Schulpferden durchschütteln ließen, die Unterlippe zwischen den Zähnen, bloß nichts falsch machen! Nein. So ein Hühnchen, das war sie nie gewesen. Auch nicht mit elf Jahren, als sie hier angefangen hatte zu reiten. Als er noch nicht da gewesen war.

Eine dürre bornierte Tante kam damals angefahren, um die paar Kinder beim Reiten anzuleiten. Die hatte Katja immer mit Samthandschuhen behandelt, weil sie wahrscheinlich Angst davor hatte, dass sie runterfallen könnte. Kindchen, so hatte sie sie genannt, die anderen Mädchen übrigens auch. Kindchen, ein Pferd ist so hoch wie ein Kleiderschrank, und dazu noch lebendig. Katja hatte, da war sie noch nicht zwölf, Frau von Stade nach einem halben Jahr kurzerhand für inkompetent erklärt. Sie hatte zu ihrem Vater gesagt, bei der könne sie nichts mehr lernen. Das war die Zeit gewesen, als sie mit der Dressur anfing. Und als sie ein Jahr später in ihrem ersten Turnier auf den vierten Platz kam, noch nicht einmal mit ihrem eigenen Pferd – da war die Ära von Stade beendet.

Katja ließ Olaf antraben. Sie ging in den Bügeln mit, ganz leicht ritt sie, fast flog sie auf dem sandigen Weg zwischen den eintönigen Kiefern hindurch, ab und zu leuchtete dazwischen eine Birke auf. Olafs Hufe waren kaum zu hören, manchmal klickte ein Stein unter den Eisen.

Alek. Der hatte Pferde im Blut. Als er hier anfing, hatte er sich so unbeholfen angestellt. Er sollte irgendetwas sagen vor den Schülern, eine Begrüßung, und brachte nichts Rechtes zustande, sein Deutsch war noch schlechter gewesen als jetzt. Schließlich brachte er heraus, dass er Aleksander Sokolow heiße, man solle ihn Alek nennen. Alles feixte. Dann hatte er sich kurzerhand auf eines der drei Schulpferde gesetzt. Gelangweilte Gäule, die auf nichts mehr ansprachen, weil hundert Kinderhintern auf ihrem Rücken herumgerutscht waren. Ja, und das Pferd war mit einem

Mal aufgewacht wie aus einem Dornröschenschlaf. Nicht nur das Pferd, auch sämtliche Mädchen im Verein waren in diesem Moment in gewisser Weise aufgewacht. In den Kreisen, in denen Katja verkehrte, kannte jeder jeden. Den Männern, die in Frage kamen, sah man schon mit zwanzig an, wo sie mit vierzig ihren Bauch tragen würden. Alek, mit seinem langen mageren Körper und seinen verächtlich linkischen Gesten, mit denen er mehr auszudrücken wusste, als mit Worten. Alek ritt an diesem Tag wie ein Gott. Als dächte er nicht an das Pferd unter ihm, und als hätte das Pferd vergessen, dass ein Mann von achtzig Kilo Gewicht auf ihm saß. Er hatte eine Reitpeitsche auf den Boden der Halle geworfen und hob sie wieder auf, vom galoppierenden Pferd aus. Danach brauchte er nichts mehr zu sagen.

Katja saß damals auf den Zuschauerrängen und begriff, dass sie mit diesem Mann nun jeden Tag zusammen sein würde, wenn sie hierherkam. Eine Sehnsucht stand auf in ihr und zerriss das Gewebe der Langeweile wie Spinnweben. Energie strömte in sie ein, als bliese jemand in ein Feuer. Sie konnte die Beine nicht mehr bewegen, im Leib war ein Ziehen, als bekäme sie auf der Stelle Durchfall. Sie musste wegsehen. All ihre Kraft zusammennehmen, um die begeisterten Kommentare ihrer Mutter, die neben ihr gesessen hatte, nicht zu hören. Sie hatte genau gemerkt, was in ihr vorging: Sie hatte sich vom Fleck weg verliebt. Im gleichen Moment hatte sie auf ihn verzichtet. Hatte die Notbremse gezogen: Weiche falsch gestellt. Es hatte ordentlich geknirscht in ihr, ein paar Tage lang. Tränen hatte es auch gegeben, sie war richtig krank geworden, hatte im Bett gelegen, um ihn nicht sehen zu müssen. Nach ein paar Tagen war es wieder gegangen. Sie konnte ihm begegnen, kühl und beherrscht, wie sie sich selbst haben wollte. Und dann, dann war es doch passiert.

Ein Stück ins Tal würde sie reiten. An der Stelle vorbei, an der bewussten Stelle. Wo er sie, drei Wochen war das nun her, einfach geküsst hatte, und als sie im Gras lagen, ohne zu reden, ihren Rock hochschob und ihr den Slip herunterzog. Sie hatte laut aufgeschrien, wieder und wieder. Vor Lust und Überwältigtwerden. Eine Weile später hatten sie sich noch einmal geliebt. Nackt, ruhig, zärtlich.

Katja hatte den Talgrund ereicht. Sie ritt durch den Bach. Olafs Hufe ließen das flache Wasser aufspritzen, ein paar Kiesel kollerten beiseite. Sie roch den Dunst des Wallachs, der hatte sich warm gelaufen, sein Tiergeruch, erregend, unschuldig, mischte sich in den Geruch nach Kiefernharz und Wiesenblumen. An der jenseitigen Uferböschung trat das Pferd ein Dickicht aus Springkraut nieder, löste einen Regen von Samen aus, der bis zu ihren Knien heraufspritzte. Dazu der hitzige, geile Gestank der üppigen grünen Stauden, in denen das Pferd eine breite Schneise hinterließ.

Sie hatte keine Kondome dabei gehabt. Er auch nicht. Vermutlich nicht. Auch darüber hatten sie nicht geredet. Dieses Genommenwerden wollte keine Kompromisse, keinen Schutz. Sie hatte ihrem eigenen Stöhnen zugehört, das sich zu dem Vogelgezwitscher mischte. Er hatte nach Zigaretten gerochen, nach billigem Rasierwasser. Erst später spürte sie die Tannenzapfen und Wurzeln, die sich in ihren Rücken gedrückt hatten, pflückte sich lange, grüne Nadeln aus dem Haar. Auch danach hatten sie nicht miteinander gesprochen. Es war ohnehin klar, dass dies die Art ihrer Begegnungen sein würde. Heimlich, unkompliziert, unerhört. Eine SMS, und Alek wartete an der Wetterhütte auf sie. Wie angenehm, nicht zu reden. Drei Worte vielleicht. Hallo, und? Wie? Dann gingen sie ein Stück in den Wald, dorthin wo die Haselhecken so dicht wuchsen. Ganz einfach. Nur Kondome hatte sie jetzt dabei.

Zeit für den Rückweg. Katja zügelte Olaf an der Wegkreuzung. Stand im Sattel auf und sah sich um. Manchmal hatte man hier das komische Gefühl, beobachtet zu werden. Der Wald umgab sie, ein paar Vögel zwitscherten, ein Kuckuck rief von fern. Katja drückte Olaf die Hacken in die Flanken. Das Pferd galoppierte locker an, sie nahm den Weg durch die Bruchwiesen. Die Ranken, die ständig dabei waren, den Weg zuzuwuchern, schlugen ihr an die Schenkel, während sie im Handgalopp durch die lichten Birken ritt.

***

Das schwarze Pferd. Die blonde Frau auf ihrem schwarzen Pferd. Sie reitet in den Wald und zieht sich aus. Sie schreit laut, damit er sie hören kann. Das ist ein Zeichen. Das weiß der Dieter, er sagt, es bleibt nicht mehr viel Zeit. Das Fest hat begonnen.

Und die Drei. Dreimal gesagt ist wahr, dreimal kräht der Hahn, drei Wünsche dürfen es sein, Dreifaltig ist nicht mehr zwiefach und schon fast wieder einfältig, so wie der Hans. Er steht noch verborgen im Dickicht am Rand der Wiese, da kommt sie zurückgeritten. Der laute Hufschlag. Sie kann ihn nicht sehen, er aber kann sie sehen. Wo immer sie ist, da ist auch er auf seinen Schleichwegen, der Fritz muss dann bei der Hütte bleiben, still sein und wachen.

Da reitet sie heran, mit nackten Armen und Schultern, ihre blonden Haare fliegen. Wie stolz ihr Gesicht ist. Sündig. Wenn es nicht ein Zeichen wäre. Sie will, dass er sie beobachtet. Neulich tat er es wieder. Er sah, wie sie im Gras lag hinter den Hecken und sich nehmen ließ von dem glatzköpfigen Kerl mit dem Ohrring, der aussieht wie ein Wegelagerer. Erst so tat, als wehrte sie sich, und dann die Schenkel für ihn auseinanderhielt, und er hat über ihr gegrinst, als sie aufschrie unter seinem Gerammel. Sünde, die keinen schert. Er aber, der Hans, er sollte es sehen, der Hans, der einfältige Hans. Schon dreimal. Immer am gleichen Ort. Heute nicht, er hat nachgesehen, der Kerl mit seinem alten Toyota Geländewagen ist nicht gekommen.

Nein, nicht wie die Tiere, die Tiere können nicht anders. Die Tiere tun das, weil die Natur es will. Die beiden aber, sie, die Vogelfrau, sie zuerst, sie tun es um der Sünde willen, sie besudelt den Wald. Aber der Wald hat sie ausgewählt, sie ist das Zeichen, sagt der Dieter. Seitdem er weiß, dass sie auserwählt ist, ist es wieder gut, denn dann hat es seinen Sinn. Sie will, dass er zusieht, der Hans muss zuschauen bei ihrem Treiben. Wenn sie den Kerl in den schlabberigen Hosen hinter den Busch führt und ihm an den Schritt greift, schaut sie sich erst um, als suche sie ihn, der nicht weit hinter den Büschen liegt, und wollte sicher sein, dass er auch da ist. Dann streift sie ihre Kleider ab, zeigt sich ihm nackt und zeigt ihm noch Verschiedenes, was ihr mit dem Kerl zu treiben einfällt, um den aufzugeilen, bis sie sich schließlich hinlegt und sich nehmen lässt vor seinen Augen.

Die blonde Frau auf dem schwarzen Pferd.

Nun ist sie durch das Zauntor, auf der Wiese angekommen. Zügelt das Pferd. Der Wind weht ihr das blonde Haar aus dem Gesicht. Sie schaut zum Waldrand hin, wo er nun aus den Büschen getreten ist, der Hans, ungelenk unter ihrem Blick zu den Schafen geht, hinüber grüßt, das gehört sich so. Einen Augenblick fassen ihn ihre grauen Augen unter den geschwungenen Brauen, wie ein Falke nach der Maus sieht, dann lassen ihn die Augen wieder los, sie hat seinen Gruß nicht erwidert, sie braucht es ja nicht zu tun, sie weiß doch längst, wer er ist. Dies sagt ihr Blick: Wie er auf sie wartet, ebenso wartet sie auf ihn, reitet für ihn durch den Wald und sündigt für ihn hinter den Haselhecken, damit er endlich begreift, dass das alles für ihn bestimmt ist, für den Hans. Einfältig, zwiefach, dreifaltig. Ganz einfach.

9

»Auauau.«

Bender wiegte den weißhaarigen Kopf. Seine Augen hinter der Brille schossen in fünfzehn Zentimetern Distanz wie zwei blaue Fische in einem dickwandigen Aquarium hin und her.

»Da ist die Naht nicht zu, da hinten. Kleine Dehiszenz.«

Sailer hätte jetzt gern gesagt, dass bei Ärzten immer etwas schiefgehe, das gelte vermutlich auch für Zahnbehandlungen. Gar nicht maliziös, bloß um zu erkennen zu geben, dass er auf so etwas gefasst gewesen sei, aber Benders Finger und der Haken, den Saskia in seine Unterlippe gehängt hatte, machten ihm verbale Einwendungen unmöglich.

»Das müssen wir ernst nehmen, Herr Sailer, tut mir leid, tut mir wirklich leid. Wenn das da reinbuttert, muss alles wieder raus. Implantat, Augmentat. Neuer Anlauf.«

Sailer lallte ein paar Töne in aufsteigender Kadenz.

»Na, na«, erwiderte Bender. Während er mit einer Sonde in die offene Stelle hineinbohrte, wedelte er beschwichtigend mit der freien Hand. »Gleich fertig, gleich fertig, nur ein Moment. Das muss jetzt eben zugranulieren, rechnen Sie mit sechs bis acht Wochen. Und keinen Kaffee, keinen Alkohol bitte. Seien Sie mal gut zu sich. Saskia, machen Sie mir 'ne Spülung, zehn Milliliter.«

Als Benders Finger Sailers Mundhöhle verließen und sich vor der zahnärztlichen Brust falteten, während Saskia hinter Sailer klirrend hantierte, hätte der etwas sagen können, aber er verzichtete darauf, es hätte nichts geändert. Er wollte auch gar nicht fragen, ob Bender das mit dem zweimonatigen Fastengebot eigentlich ernst meine. Da ihm die Worte fehlten, sah er Bender einfach nur an.

»Unser Ripper«, reagierte Bender auf Sailers hilflosen Blick, »hat wieder zugeschlagen«, fügte er hinzu und langte über Sailers Gesicht nach der Spritze, die ihm Saskia inzwischen aufgezogen hatte. »Das tut jetzt ein bisschen – ja, ich weiß, ich weiß. Halten Sie durch. Der Rest muss schon noch rein. So.«

In Sailers Oberkiefer sammelte sich geschmolzenes Blei und rann in eine unglückbringende Form zusammen, die die Zukunft seines Implantats als wüsten vereiterten Trichter ahnen ließ. Er tastete nach dem Porzellanbecher vor seiner linken Armlehne.

»Nicht spülen«, verbot Bender. »Ich tamponiere noch. Das mit dem zweiten Mord – ich hatte es vorhergesagt, wissen Sie noch? Der wird nicht aufhören. Womöglich sind es auch bereits zwei. Ein Trittbrettfahrer vielleicht, der sich drangehängt hat. So was bringt gewisse Elemente erst richtig in Fahrt. Müssen dann ebenfalls töten.« Vor Sailers Augen entrollte sich ein schmaler Mullstreifen, Bender starrte ihn geistesabwesend an, während er an der Pinzette baumelte, als handle es sich um ein hermetisches Zeichen. »Merkwürdige Beigabe«, fuhr er fort, »diese Weinflasche. Ich bitte Sie, die kann ja jeder dazustellen, und schon war es wieder der gleiche Mörder. Bisschen kürzer den Streifen Saskia, so acht Zentimeter etwa.«

Bender schob wieder zwei Finger in Sailers Mund, beim Thema »Jack the Ripper« schien er ohnehin keine Einwendungen zu erwarten.

»Lächerlich, wie die Polizei damals vorging.« Er begann, den Streifen mit der Pinzette in die offene Stelle an Sailers Oberkiefer hineinzustopfen. »Hatten Lederstiefel an, die auf fünfzig Meter einen Krach machten wie bei einem Flamencotänzer. Mussten in einer Stunde fünf Kilometer Patrouille machen, sonst wurden sie gerüffelt!« Bender schüttelte den Kopf, dann warf er einen sehr misstrauischen Blick in Sailers Mundhöhle. »Da passt noch ein bisschen was rein, spannt jetzt noch mal etwas, lässt aber zu Hause dann nach.«

Bender hatte nicht übertrieben, nur war »spannen« nicht der richtige Ausdruck. Wahrscheinlich lernte man im Praxisschulungsseminar mit Hilfe von Rollenspielen, das Wort »Schmerz« niemals auszusprechen. Sailer schloss die Augen. Riss sie wieder auf, als Bender die Pinzette mit einem Klirren in eine der Schalen warf.

»Fertig. Und funzelige Blendlaternen hatten die damals, bei dem Licht konnte man nicht mal eine Hausnummer lesen. Kamen daher wie eine Dampflok. Damit es auch jeder merkte. Mit Lärm und Lichtsignal, die frühen Bobbys. Na ja, ein Hubschrauber ist ja auch ganz schön laut, wie wir inzwischen hier alle erfahren konnten.«

Sailer hatte das Gefühl, in seinem Oberkiefer befinde sich jetzt ein neuer Zahn, aber an einer ganz unpassenden Stelle.

»So. Das war's«, schloss Bender. »Ich möchte Sie jetzt jeden zweiten Tag sehen, Herr Sailer. Wissen Sie, mit solchen Methoden, da fängt man keine Mörder. Ich vermute ja, dass damals in London die Polizei weniger zur Aufklärung unterwegs war als zur Abschreckung. Wenn die nicht funktionierte, waren sie aufgeschmissen. Aufgeklärt haben die so gut wie nichts.«

Sailer versuchte, eine Miene aufzusetzen, die Bender nicht zu einer Fortsetzung seiner Betrachtungen ermutigte. Das sollte Kommissar Federer jetzt gehört haben, dachte er. Im Übrigen schwieg er sorgfältig zum Thema »Jack the Ripper« und war froh, dass Bender sich das offensichtlich gemerkt hatte. Seine Einbeziehung als Psychoexperte hätte Benders kriminalistische Reflexionen noch erheblich stimuliert. Aber eines konnte er sich doch nicht verkneifen. Mit mümmelndem Beiklang sagte er, bereits vom Stuhl heruntergerutscht:

»Sie gehen doch auf die Jagd, Herr Bender, oder?«

»In der Tat«, versetzte Bender, erfreut darüber, dass Sailer ein weiteres interessantes Thema angeschnitten hatte. »Sie etwa auch?«

»Oh nein«, nuschelte Sailer, »ich wollte nur fragen: Haben Sie eigentlich keine Angst im Wald?«

Sailer gab dem indigniert blickenden Bender die Hand und versuchte, aufrecht die Praxis zu verlassen.

***

»Ach komm, jetzt sei kein Miesepeter. Ich war noch nie da.«

Er kenne den Wurstmarkt seit mehr als zwanzig Jahren, wehrte sich Sailer, und es handle sich ohne Zweifel um eine Angelegenheit, die für Einheimische und für Touristen aus verschiedenen Gründen sehr schön sei. Für ihn als Hereingeschmeckten aber weniger. Außerdem sei dort vor Kurzem jemand ermordet worden, und er halte es für pietätlos, sich am selben Ort zu amüsieren.

»Da irrst du, Sebastian.« Karin lächelte. »Feste waren schon immer nahe am Opfer. Sogar die heilige Messe ist eine Opferhandlung und eine Feier. Außerdem will ich wieder Magenbrot und Röstmandeln essen wie als Kind im Prater, und wenn du nicht mitgehst, gehe ich allein.«

So überredet folgte Sailer ihr aus der Praxis heraus, seinem Bollwerk gegen den seit Mittag wieder eröffneten Trubel. Aus dem Ofen des Holzbrotbäckers gegenüber drang schwarzer Qualm, Wohnwagen hatten ihre Klappläden voller Süßigkeiten ausgestellt, darunter seltene, aus vergangenen Zeiten stammende, die man schon lange nicht mehr im Laden kaufen konnte. Sie gingen an brutzelnden Hähnchen vorbei, die sich in Viererreihen am Gasgrill drehten, sahen, wie knusprige Schweinshaxen aufgestapelt wurden, wie ein Losbudenbesitzer den letzten Plüschbären auf die Spitze der Pyramide aus Losgewinnen setzte. Passierten die seit Jahrzehnten vertretenen Stände der Patentfleischbrüheprodukte und die Läden mit den hundert Holzschildern, auf denen lustige Sprüche eingebrannt waren.

Zuerst bekam Sailer Hosenträger. Karin hatte die Gasse der Haushaltswarenhändler entdeckt. Sie zog eine Antiquität nach der anderen aus kleinen, dicht zusammengestellten Kisten. Patentschäler für Linkshänder, nie stumpf werdende Küchenmesser oder Klapperscheiben, die einem melden, wenn das Eierwasser kocht. Er habe schon Hosenträger, brummte Sailer. Musste trotzdem ein blauweißes Exemplar mit dem aufgedruckten Namen »Herkules« in Empfang nehmen.

»Kauf mir ein Lebkuchenherz, dann sind wir quitt«, meinte Karin. Es gehöre nun einmal dazu, unsinniges Zeug zu kaufen, Sachen, die man nicht brauche, sonst habe man nicht das richtige Jahrmarktsgefühl. Jetzt müsse man mit dem Riesenrad fahren, teilte sie ihm anschließend mit. Er streckte abwehrend die Hände aus. Das sei unglaublich teuer, für das bisschen Rauf und Runter jedenfalls. Karin blieb stehen.

»Bist du eigentlich sicher, dass du ein katholischer Schwabe bist, wie du immer behauptest?«, fragte sie. »Und nicht lutheranisch verseucht? So ein Knicker, wie du manchmal bist?«

Dafür lege er seine Hand ins Feuer, behauptete Sailer. Sie standen bereits in der Schlange vor dem Riesenrad. »Ich bin an der Donau geboren und damit nicht bloß im Schwäbischen Oberland, das so stockkatholisch ist wie Bayern, sondern auch noch historisch zu Vorderösterreich gehört, also komme ich praktisch aus einem Vorort von Wien.« Es habe allerdings, das müsse er zugeben, einen Namensvetter aus dem pietistischen Lager gegeben, einen dichtenden barocken Mönch, aber der sei vermutlich verkappt katholisch gewesen. Sie gingen mit den Karten zum Riesenrad hinüber.

»Meinem Vater wurde im Riesenrad immer schlecht«, meinte Karin leichthin, als sie in der Gondel Platz nahmen, die dabei zu schaukeln begann. »Trotzdem ist er mit mir gefahren.« Sie streifte Sailer mit einem Blick und hielt sich einen Moment die Hand vor den Mund. Das Riesenrad fing an, sich zu drehen.

Sailer beugte sich ein Stück hinaus, während sie in die Höhe getragen wurden. Er habe bei allem Respekt weder den passenden Altersabstand für solche Assoziationen, meinte er, noch mache ihm so eine Kinderei das Geringste aus. »Am Riesenrad im Prater sind außerdem die Gondeln gar nicht offen, sondern geschlossen«, schloss er und sah sie an. »Du willst mich foppen.«

»Du bist so mürrisch. Das reizt mich.«

Immer höher trug das Riesenrad sie hinauf, man sah die Stadt bereits unten liegen, das graue Riesenfass am Rand des Festplatzes wirkte fast zierlich. Jede Lücke zwischen den Buden und den symmetrisch stehenden Zelten der Schubkarchstände dicht gefüllt von winzig gewordenen Festbesuchern, das große, gestreifte Bierzelt ein Zentrum der Bewegung, ein Strom ging hinein und einer hinaus. Nur die Geisterbahn bildete einen leeren Fleck im dem bewegten Muster. Viele Leute standen vor dem rot-weißen Absperrband, sie verdeckten es größtenteils, man sah nur den leeren Raum, den es forderte. In der Mitte die geschlossenen Gebäude mit den zu einer harmlosen Zwergentruppe geschrumpften Figuren von King Kong und den Piraten der Karibik. Höher schon als die Achterbahn, gelangten sie nun auf das Niveau des Fallturms, an dem eben wieder zwei Dutzend Leute mit vogelgleich fernem Kreischen zehn Meter hinunterfielen. Das langsam rotierende Kettenkarussell neben den winzigen Schiffschaukeln war zum Brummkreisel geworden. Sailer beugte sich über den Rand und sah hinunter in das sich drehende Gestänge des Riesenrads. Ein seltsamer Friede kam einen hier oben an, nicht zuletzt deshalb, weil er nur von kurzer Dauer sein würde. Gleich würde der Abschwung beginnen und das Rad wieder hinabtauchen in das Gewühl, in den heulenden, krachenden Lärm, übertönt von den begeisterten Stimmen der Einheizer an den Fahrgeschäften. Eben glitt das Rad über den Zenit und erlaubte den Blick über die grünen Berge im Westen, Rücken an Rücken, und auf die Rheinebene im Osten mit dem Dunst über Ludwigshafen, Mannheim und Heidelberg, weiße Krusten aus tausend Häusern am Horizont vor der braunen Kulisse des Odenwalds, im Süden hellgrau die Betontürme des Kernkraftwerks von Phillipsburg.

Karin blinzelte in die Sonne, um ihr Gesicht spielten ein paar lange helle Haare. Sie hielt die Augen geschlossen. Sie trug ein Sommerkleid, es stand ihr gut, eine Art Dirndl, konstatierte Sailer und sah nicht ohne Neid auf die straffen Abnäher an der schlanken Taille.

»Gut siehst du aus«, stellte er fest. Nun spürte er doch eine gewisse Festfreude. Sie öffnete die Augen.

»Ein Fest ist ein Fest«, sagte sie.

Das Rad drehte sich weiter, sie sanken wieder in den Trubel hinunter, passierten, diesmal ohne anzuhalten, den Tiefpunkt, stiegen wieder hoch. Die Gondeln schwankten in ihrem stählernen Rahmen, nicht alle besetzt, meist waren Paare darin, in der einen, fast gegenüber, saß ein einzelner Mann.

Sailer fasste Karin an der Schulter.

»Da ist Menzel, von dem ich dir erzählt habe. Schau mal unauffällig rüber. Fast vis-à-vis. Blaues Hemd, beige Hose, schwarze Haare.«

Karin beugte sich ein Stück aus der Gondel.

»Nicht so auffällig«, zischte Sailer.

»Attraktiver Mann«, bemerkte Karin. Sie wandte sich Sailer wieder zu. Die Gondel hatte stärker zu schaukeln begonnen. »Dass der Probleme mit Frauen haben soll, sieht man ihm nicht an.«

Sailer warf einen Blick auf Menzel. Der rauchte und starrte aus seiner Gondel heraus in die entgegengesetzte Richtung. »Wem sieht man das schon an«, versetzte er philosophisch. »Außerdem hat er gar keine Probleme mit Frauen. Er kennt ja keine.«

»Hier könnte er leicht eine kennenlernen«, meinte Karin. »Immerhin setzt er sich den Festesfreuden aus, freiwillig, wie es den Anschein hat. Nicht gezwungenermaßen wie du.«

Sailer hielt es nicht für angebracht, daraufhin etwas zu erwidern. Er sah sich noch einmal Menzel an, der wie immer elegant gekleidet war und nun versonnen nach unten blickte, während das Riesenrad wieder in die Höhe stieg.

»Wieso bist du eigentlich so sicher, dass der nichts mit diesen Morden zu tun hat?«, fragte Karin, deren Blick noch auf Menzel lag. »Er hat ja recht merkwürdig auf deinen Kunstfehler reagiert, oder?«

Sailer schüttelte den Kopf. »Menzel ist kein Gewalttäter. Das Verbotene reizt ihn. Er ist eigentlich ein Spezialist des Begehrens, er vermeidet die Erfüllung. Aber nicht, indem er jemanden vernichtet, sondern indem er Abstand hält.«

»Ist das ein Widerspruch? Vielleicht kamen ihm die Opfer zu nahe.«

»Schon denkbar. Aber dann ist da immer noch die Symbolik. Die hat ja gar nichts Sexuelles, sondern eher etwas Sakrales. Schließlich«, schloss Sailer, »gibt's noch mein Gefühl. Ganz aus dem Bauch gesprochen: Menzel ist zu intakt, da ist nichts abgespalten. Der macht so etwas nicht.«

Sie hatten den Zenit wieder überschritten und sanken der Erde entgegen. Menzels Gondel befand sich noch immer im Blickfeld. Karin sah Sailer an.

»Hast du mir nicht erzählt, er sei wegen versuchter Vergewaltigung vorbestraft?«

»Ja. So lautete die Anklage. Aber nach dem, was ich weiß

und glaube, hat man ihn einfach geschasst, weil er aus dem Drogengeschäft aussteigen wollte und weil es zum richtigen Zeitpunkt einen passenden Streit gab.« Sailer deutete auf Menzel. »Siehst du die Narbe an seiner Wange?«

»Dekorativ«, bemerkte Karin, nachdem sie die Augen zusammengekniffen hatte, um genauer sehen zu können. »Wie ein echter Pirat.«

»Eine Colaflasche. Die obere Hälfte davon«, erklärte Sailer. Menzel verschwand über ihnen in seiner Gondel langsam hinter den Speichen des Riesenrads.

»Irgendwas hast du für ihn übrig, Sebastian«, stellte Karin fest. »Du willst ihn nicht als Verdächtigen der Polizei vorführen, wo du ihn bereits gekränkt hast, stimmt's?«

»Stimmt«, brummte Sailer.

Als sie das Riesenrad verließen und wieder in den Festbetrieb eintauchten, meinte Karin, sie wolle nun Kettenkarussell fahren. Der Festkanon verlange das. Man fange mit dem Riesenrad an, dann komme Kettenkarussell und Achterbahn. Anschließend Magenbrot und geröstete Mandeln, Zuckerwatte. Dazwischen und danach ein Bier oder einen Wein. Danach nur noch Wein.

»Du weißt vielleicht nicht, dass ich kreisförmige Bewegungen schlecht vertrage«, wandte Sailer ein. »Riesenrad geht noch, aber Kettenkarussell, da wird mir übel, wie deinem Herrn Vater selig.«

Kettenkarussell könne sie auch allein fahren, meinte Karin, aber Achterbahn, das müsse sein. »Den Fallturm mag ich selber nicht. Da verliert man immer seine Sachen. Sonnenbrille, Autoschlüssel, Lebkuchenherzen«, dabei sah sie ihn bedeutsam an.

»Du willst wirklich, dass ich dir so ein dämliches Herz kaufe?«

Sie schwieg, das war deutlich genug. Also kaufte er ihr eines mit der Aufschrift »Für immer und ewig«, was sie zu der Bemerkung veranlasste, dass sie seit ihrem Vierzigsten keine Anträge mehr annähme.

»Nicht dass es keine gegeben hätte, lieber Sebastian, es ist nur die Ewigkeit inzwischen nicht mehr lang genug. Wieso hast du eigentlich vorhin immer mal wieder den Kopf geschüttelt im Riesenrad? Hilft das gegen Schwindel?«

»Ich habe die fixe Idee, dass da etwas in meinem Kopf darauf wartet, ausgegraben zu werden, und ich ahne inzwischen, das hat mit meiner Praxis zu tun. Dieser Traum von Friederike mit der Zeichnung. Möglicherweise habe ich Menzel auch deswegen diese dumme Frage gestellt. Ob er behinderte Frauen anziehend finde. Und beim Nachdenken mache ich manchmal solche Bewegungen. Vielleicht neurobiologisch erklärbar. Keine Ahnung.«

Vor dem Absperrband an der Geisterbahn standen die Leute dicht zusammen und unterhielten sich, einige sahen ab und zu auf die geschlossene Anlage. Viele fotografierten. Im abgesperrten Gebiet standen zwei Polizisten, einer sprach in sein Handy, der andere aß geröstete Mandeln.

Die nun verödete Geisterbahn nahm auf dem Wurstmarkt einen Stammplatz ein. Es gab sie, seitdem Sailer hier lebte. Eine Kunststofflandschaft mit integriertem Hexenhaus, Rabenfelsen und Galgenhügel. King Kong, verschiedene Knochenmänner, die neu hinzugekommenen Piraten der Karibik standen in monumentaler Größe davor. Schon die letzten Jahre, so Sailers Eindruck, wenn er auf dem Weg zur Praxis an ihr vorbeiging, versuchte die Geisterbahn vergeblich, mit dem medialen Horror mitzuhalten. Der große King Kong zum Beispiel war vor zwei Jahren erst hinzugekommen. Nun, ohne die rot blinkende Beleuchtung in den Augenhöhlen und bei abgeschalteten Motoren, hingen er und seine Gesellen schlapp an der Fassade, als hätten sie ihren Job verloren.

»Das Fürchten lernen«, sagte Sailer leise.

Karin warf ihm einen Blick zu. »Das stand doch auf dem Zettel, oder? Den die Leiche um den Hals hatte.«

Sailer nickte. »Wenn man das hier sieht, ich meine diese traurige Angelegenheit, dann möchte man glauben, es wäre nötig. Das Fürchten wieder zu lernen.«

»Die ermordete Frau gehörte zu den Polen, die hier arbeiten, schwarz vermutlich, oder?«

»Ob schwarz oder nicht, sie sind immer da. Beim Spargelstechen, Erdbeerpflücken, bei der Weinlese oder auf den Salatfeldern bei Maxdorf. Kampieren in Autokarawanen auf den Parkplätzen, hinten bei Wachenheim zum Beispiel. Verdienen einen schnellen Euro und fahren wieder heim.«

Karin sah zu der abgesperrten Geisterbahn hinüber. Sie schüttelte den Kopf.

»Wie kann jemand unbemerkt eine Leiche dort hineinschaffen?«

»Entweder war sie da noch nicht tot, oder der Täter hat sie geschickt hineinbefördert. Es gab ein Gewitter in der Nacht, soviel ich weiß. Etwa zu der Zeit, als der Wurstmarkt zugemacht hat. Da läuft hier alles durcheinander, das dürfte ziemlich unübersichtlich sein. Beim Wurstmarkt streifen ohnehin nachts eine Menge Leute durch die Gegend. Betrunkene und Nüchterne.« Sailer deutete auf das verlassene Bauwerk. »Die Plane da, mit der das Ganze zugehängt ist, kann man doch einfach anheben, dann ist man bereits drin im Geisterland. Komm, wir trinken einen kleinen Roten. Hier im Schubkarchstand Nummer zehn. Die haben einen guten.«

»Du vergisst, dass ich noch Kettenkarussell fahren wollte. Und Achterbahn.«

»Ach, die Achterbahn. Was hältst du davon, wenn wir die streichen? Ich habe mal gehört, die TÜV-Abnahme von den Dingern ist ziemlich lax. Der Prüfer fährt vorbei und klopft einmal mit dem Hammer an die Schienen, dann ist er wieder weg.«

Karin warf ihm einen Blick zu. »Ich verstehe«, meinte sie. »Ich treffe dich also hier in dem Schubkarrenstand oder wie das heißt, wenn ich mich genügend amüsiert habe. Und bringe dir eine Tüte Magenbrot mit. Als Grundlage für den Roten. Oder willst du eine Wurst?«

Sailer bedankte sich, er wolle keine Wurst, aber ihren Vorschlag sehr gern annehmen.

Zufrieden begab er sich in das besagte Zelt, nicht ohne am Eingang reflexhaft nach bekannten Gesichtern Ausschau zu halten. Aber unter dem halben Dutzend Leute, die auf den Bierbänken saßen, war niemand dabei, den er kannte. Sailer holte sich ein Glas Dornfelder und bat vor dem ersten Schluck seinen

Oberkiefer um Vergebung, eher aus magischen Gründen als aus Überzeugung, schließlich war Wein ein bekanntes Heilmittel, das wahrscheinlich schon die Kelten verwendet hatten. Gegen Schmerzen und Verdruss auf alle Fälle. Benders Tamponade hatte sich als erträglich erwiesen, nachdem er mit viel Wasser das schlecht schmeckende Zeug herausgespült hatte, mit dem sie getränkt gewesen war.

Während er das erste Glas trank, dachte er darüber nach, wie er mit Federers Abfuhr umgehen sollte. Wahrscheinlich war es ohnehin ein Fehler, zu glauben, sein Gedächtnis käme in Gang, wenn man ihm dort erlaubte, mitzutun. Vielleicht sollte er einen anderen Weg gehen. Zuerst Friederikes Akte noch einmal gründlich durchsehen, womöglich stand etwas darin, was ihm bisher entgangen war. Er überließ sich eine Weile seinen Gedanken und stellte dann fest, dass ihm dazu ein zweites Viertel Dornfelder fehlte. Er ging zur Theke und ließ sich sein Glas wieder füllen. Als er eben zu seinem Platz zurückging, hörte er Karins Stimme rufen.

»Hallo, Sebastian!«

Sie hielt die Plane des Schubkarchstandes auf und sah zu ihm herüber, hatte ihn bereits entdeckt. In der Hand hielt sie eine Tüte. Hinter ihr tauchte in diesem Augenblick ein zweites Gesicht auf. Es war Bender, er blickte ebenfalls suchend in den Stand hinein. Sailer wandte sich ab und sah konzentriert in eine andere Richtung.

»Was ist denn los, Sebastian? Sauer?«

Schon war sie heran, pflanzte ihre Tüte auf den Tisch. Nun war es zu spät.

»Mein Zahnarzt!«, zischte er ihr zu und riss die Augen Richtung Eingang auf. »Küss mich. Sofort!«

Mit breitem Lächeln nahm Karin den vor ihr stehenden Sailer in den Arm und küsste ihn. Es verlief so echt, dass Sailer keine Gelegenheit bekam, sich zu vergewissern, ob Bender in den Stand hereingekommen war. Nach einer gewissen Zeit sah er, dass die Luft rein war. Sie setzten sich einander gegenüber.

»Du bist mir einer«, feixte sie. »Wolltest du ihm gerade beweisen, dass deine Prothese fest sitzt oder mir?«

»Von wegen Prothese. Damit macht man keine Scherze. Wie du sehr wohl weißt, trage ich keine.« Er deutete auf seinen Mund. »Das blöde Implantat. Die Naht ist nicht zugegangen, und Bender hat mir das Weintrinken verboten.« Sailers Hand wies erklärend auf das Viertel Roten, das vor ihm stand. »Das wäre eine Steilvorlage für ihn gewesen.«

»Iss Magenbrot. Das beruhigt.«

Sailer klaubte sich ein Stück aus der Tüte. »Bender ist außerdem ein Kriminalexperte. Er nervt mich jedes Mal mit irgendwelchen Einzelheiten aus der Geschichte von Jack the Ripper, wenn er an mir herummacht.«

»Ist ja zur Zeit auch naheliegend«, meinte Karin und griff nach dem Dornfelder, der vor Sailer stand. »Sicher hast du vergessen, mir ein Glas zu holen. Ich nehme so lange deins.«

»Verzeihung.« Er erhob sich. »Auch Dornfelder?«

»Was ist sonst noch gut hier? Haben sie auch Weißen?«

»Riesling. Der ist Pflicht im Schubkarch und sehr gut. Oder der weiße Burgunder. Ist leichter.«

»Einen Riesling bitte.«

Sie hatten den Tisch für sich allein, die Stände waren alle noch nicht voll um diese Zeit. Der Wein war gut, der Lärm von draußen erheblich, aber hinter der Plane herrschte Intimität.

»Das gibt's im Prater nicht«, stellte Karin fest, nachdem sie ihren Wein probiert hatte und sich zufrieden umsah.

»Und keinen solchen Wein«, behauptete Sailer. »Zumindest nicht fürs einfache Volk, so wie hier.«

»Na, das geht gegen meinen Stolz, aber lassen wir das. Hast du noch Kontakt zu diesem Federer, dem Kommissar?«

Sailer schüttelte den Kopf. »Der will von mir nichts wissen. Ich habe ja auch nichts anzubieten, solange mir nicht einfällt, was ich da oben vergraben habe.« Sailer klopfte sich an den kahlen Kopf.

»Nichts weiter, fürchte ich. Dein Lamm ist ein Opferlamm und dein Keller ein Grab. Oder eine Kirche.«

»Eine Kirche?«

»Das Fest der Eucharistie ist ein Blutopfer. Weißt du das nicht mehr? Bei deiner katholischen Erziehung? Esset alle davon, das ist mein Leib, und trinkt, das ist mein Blut, das für euch vergossen wurde. Der Täter hier hat ja in gewisser Weise ebenfalls Blut in Wein verwandelt. Hat die Opfer ausbluten lassen und Wein neben die Leichen gestellt.«

»Etwas gewagt, findest du nicht?«

»Nein. Die christliche Feier ist das, was von viel älteren, grausameren Kulten geblieben ist. Dem römischen Mithraskult zum Beispiel, bei dem angeblich Menschen geopfert wurden. Was man den frühen Christen ja ebenfalls unterstellt hat. In Nordindien gibt es noch heute Stämme, die Tiere opfern, indem sie ihnen das Herz bei lebendigem Leib herausreißen. Die Götter wollen Blut.«

»Sehr appetitlich. Das bringt mich direkt zu der Frage: Willst du auch eine der berühmten Bratwürste? Gehört zu den Pflichten, wenn man hier ist. Mit Sauerkraut sind sie klassisch.«

»Das ist Schweinefleisch, oder?«

»Klar. Was sonst?«

»Gibt es hier auch Lammkoteletts oder so was? Ich esse nicht so gern Schwein.«

»Ich sehe mal nach.«

Als Sailer zurückkam, hatte er eine Wurst mit Sauerkraut und ein Steak dabei. Er stellte die Pappteller auf den Tisch. »Eine Hausmacher für mich und ein Rindersteak für dich. Lammkoteletts gibt es nicht.« Er fing an zu essen. Dabei sah er so versonnen aus, dass Karin ihn anstupste.

»So andächtig, Sebastian? Lange keine Wurst mehr gehabt?«

Sailer starrte sie an. »In meinem Kopf fügt sich gerade was zusammen. Als du vorhin nach Lammkoteletts gefragt hast, habe ich gesagt: Die bekommst du hier nicht. Eben ist mir eingefallen, dass jemand einmal was Ähnliches zu mir gesagt hat. So was bekommen Sie hier nicht. Und ein Gesicht ist mir auch dazu eingefallen.« Sailer schob den Teller ein Stück von sich weg. »Sag mal, was weißt du über das Schächten? Du weißt doch immer alles«, fügte er hinzu, aber ohne zu grinsen, mehr aus einem boshaften Reflex.

»Schächten? Wie kommst du darauf? Die Juden tun das, soviel ich weiß. Und die Moslems.«

»Wird dabei dem Tier nicht die Kehle durchgeschnitten?«

»Ja. Man lässt es ausbluten.«

»Exakt. Ausbluten. Und die durchgeschnittene Kehle. Das hatten wir doch zweimal hier. Bei beiden Mordopfern. Mir ist eben nämlich jemand eingefallen, der mir einmal ein ganz besonderes Lammfleisch angeboten hat. Wenn ich nur wüsste, wo und wann ich dieses Gesicht gesehen habe.«

In diesem Augenblick legte sich eine Hand auf Sailers Schulter.

»Herr Sailer. Wie angenehm! Hier trifft man doch alle Dürkheimer. Darf ich?«

Bender. Sailer unterließ den halbherzigen Versuch, sein Weinglas von sich zu schieben, aber Bender schien es noch nicht bemerkt zu haben. Er schüttelte gerade in Festlaune Karin die Hand.

»Frau Oppermann«, stellte Sailer vor. »Herr Doktor Bender.«

»Bender bitte, nur Bender. Ebenfalls festgeschädigt, Gnädigste. Mein Wurstmarkttag. Da bleibt die Praxis traditionell geschlossen.«

Bender stellte sein Weinglas auf den Tisch, eine Handbreit neben Sailers Dornfelder. Er schob sich neben Karin in die Bank, so dicht, dass sie ein Stück abrücken musste.

»Wir erleben dieses Jahr ja besondere Ereignisse hier«, sagte Bender zu ihr, »einen Wurstmarkt mit ungewohnten Aufregungen sozusagen, nicht wahr.«

Sailer, der seinem Blick gefolgt war, glaubte zu begreifen, wovon Benders Aufmerksamkeit in Bann geschlagen war. Karins großzügiger Dirndlausschnitt befand sich etwa in derselben Blickperspektive wie sonst Sailers Mundhöhle.

»Herr Bender erzählt mir ab und zu von seinen eigenen Ermittlungen, was die Wurstmarktmorde anbelangt«, erklärte Sailer, um die Sache rasch auf den Punkt zu bringen.

»Haha. Genau. Sehen Sie«, wandte Bender sich wieder an Karin, die hatte inzwischen ihr Studentinnengesicht aufgesetzt, für Dozierende unwiderstehlich, wie Sailer wohl wusste.

»Unsere beiden Morde ähneln doch frappierend diesen Ripper-Morden«, stellte Bender fest, dabei sah er Karin wieder ins Gesicht. »Kennen Sie eigentlich die Geschichte? Die kommen in England immer mal wieder vor. Und jetzt bei uns!«

»Ripper-Morde?«, fragte Karin. Sie beugte sich interessiert ein paar Zentimeter vor. Vielleicht denkt sie, sie muss ihn ablenken, dachte Sailer. Er nahm sein Weinglas und trank einen Schluck, um Bender zu testen.

»Natürlich!«, rief der. »Vergleichen Sie doch. Die Kehlen durchgeschnitten, bei der ersten Leiche die Organe entfernt, eine Weinflasche daneben gestellt, die Polizei gefoppt mit Zetteln. Das ist doch Ripper-Manier.«

Der Test erübrigte sich. Bender hatte angebissen. Sailer lehnte sich zurück.

»Waren das nicht Prostituierte damals?«, wandte Karin gerade ein.

»Junge Frauen eben, damals kam so ein Mörder am leichtesten an Prostituierte heran. Sehen Sie, der Täter ist ein sexuelles Monster. Läuft unerkannt irgendwo unter uns herum und verwandelt sich in eine Bestie!« Bender funkelte Karin an und nickte bekräftigend, dabei blieb sein Blick wieder ein Stück tiefer an dem geschnürten Ausschnitt hängen. Zufrieden hob er sein Glas. »Zum Wohl, auf die Gesundheit allerseits.«

Sailer grinste und tat ihm Bescheid. Er war gespannt darauf, wann Karin Bender auflaufen lassen würde. Der Dornfelder schmeckte wunderbar.

»Was haben die Morde eigentlich mit Sexualität zu tun? Das habe ich nicht verstanden«, sagte Karin und legte ihr Gesicht ein wenig schief.

»Die sexuelle Erregung bricht sich Bahn, verstehen Sie«, erklärte Bender. »Der Triebdruck, das ist es. Der Täter kann es nicht mehr aushalten, er wird zum reißenden Tier, streift nachts herum und dann« – Benders Faust landete hart auf dem Tisch – »schlägt er zu.«

Karin überlegte. »Dann müssten doch viel mehr Leute, also Männer natürlich«, dazu bekam Bender einen entschuldigenden Augenaufschlag, »zu Triebtätern werden, oder nicht?«

»Nun, wir Männer – nicht wahr«, Bender maß Karin mit einem langen Blick, Sailer erhielt dazu einen Klaps auf die Schulter, der ihn zusammenzucken ließ, »wir wissen uns zu zügeln. Außerdem hat uns Freud doch gelehrt, dass die Beherrschung der Triebe durch Arbeit zur Kultur führt, stimmt das, Herr Sailer? Sie sind doch der Seelenexperte hier.«

»Das war wohl eher Hegel«, sagte Sailer, der nun beschloss, die Sache kurz zu machen. Deswegen fügte er an: »Frau Oppermann ist selbst Expertin genug, sie betreibt in Heidelberg eine psychoanalytische Praxis.«

»Oh, dann …« Bender fehlten tatsächlich für einen Moment die Worte. Schließlich fing er sich. »Verzeihen Sie mein laienhaftes Gerede, Frau Oppermann, man macht sich eben seine Gedanken, nicht wahr?«

»Aber ich bitte Sie«, sagte Karin mit ihrem liebenswürdigsten Lächeln. »Ich fand Ihre Deutungen sehr interessant.«

Es dauerte danach nicht mehr lang, bis Bender sich verabschiedete.

»Spielverderber«, schmollte Karin, nachdem er das Zelt verlassen hatte. »Ich hätte ihn gern noch was über die Triebe erzählen hören. Er war so dicht dran«, lächelte sie.

»In jeder Hinsicht«, bestätigte Sailer. »Diese Kleider da mit dem aufzuschnürenden Ausschnitt, waren die nicht früher mal verboten?«

Statt einer Antwort bekam er bloß ein Achselzucken. Danach musste Sailer noch diverse Losbuden abklappern, einen Bausch Zuckerwatte essen und den Lukas hauen, Ergebnis: »Angeber«. Der Abend endete schließlich wieder in einem Schubkarchstand, wo Sailer auf Riesling umstieg, der Harmonie halber, wie er sagte.

10

Katja hasste den Wurstmarkt. Sie hasste ihn, weil er für sie der Ausbund des Provinziellen war und weil sie von klein an dort im Kielwasser ihrer Mutter zu schwimmen hatte, die unter anderem auch ihren Wurstmarkttag hatte. Nicht zu Beginn, natürlich nicht, Mama wusste, wie man einen Auftritt inszeniert. In der zweiten Festhälfte, immer am gleichen Wochentag, am Freitag, und das war heute.

Das Zeremoniell erforderte, dass sie mit Mama nachher über den Markt ging und schließlich im Schubkarchstand des Weinguts auftauchte, in dem Papa mit seinen besten Freunden saß. Oder auch nicht, denn Papa zeigte sich dort auch nur eine Stunde oder zwei und befand sich möglicherweise bereits wieder woanders. Jedenfalls hatte Katja sich dazuzusetzen und Konversation zu machen. Außerdem wurde von ihr erwartet, dass sie aus einem der Schoppen trank, die dort die Runde machten. Riesige Gläser, gläserne Eimer eher mit vielen kleinen eingeschliffenen Mulden. Alle tranken gemeinsam aus einem Glas, auch so eine Sitte. Wie kam sie dazu, mit anderen aus einem Glas zu trinken? Dieses Jahr noch, meine Liebe, hatte Mama gesagt. Mit sechzehn kann ich das von dir noch erwarten. Nächstes Jahr bist du erlöst. Katja hatte nicht vor, so lange zu warten. Sie würde sich schon heute von dieser Pflicht erlösen. Alek wusste Bescheid. Er würde oben im Wald sein, wenn sie dort ankam.

Vom ersten Stock des Hauses konnte man den Wurstmarkt schon sehen. Die Achterbahn und das Riesenrad, den Fallturm. Die obere Etage sozusagen. Katja sah, wie das Riesenrad sich ein Stück drehte, stillstand. Wie die Plattform am Fallturm hochgezogen wurde und fiel. Hörte durch das gekippte Fenster fünf Sekunden später das helle Aufkreischen der Insassen, von der Ferne zersplittert wie ein Häufchen Glasscherben. Die Musik hatte schon den ganzen Vormittag heraufgeklungen.

Durch die halb geöffnete Tür spähte sie über den leeren Flur.

Mama hatte sich offenbar ins Schlafzimmer zurückgezogen. Oder sie saß in der Küche und telefonierte. Nicht weiter tragisch. Wenn Katja direkt in die Garage ging, war sie mit dem Roller in einer halben Minute draußen. Sie trat auf den Flur, die eleganten Schuhe mit den langen Lederriemchen hielt sie in der Hand. Dann lief sie los. Die Stimme ihrer Mutter erreichte sie unten in der Halle, als Katja bereits um die Ecke Richtung Keller bog, wo sich der innere Zugang zur Garage befand. In diesem Augenblick kam Mama aus der Küchentür, sie bekam nur noch Katjas Rücken zu sehen.

»Tschüß, Mama«, rief Katja noch, dann schwang die schwere Tür hinter ihr zu. Zehn Sekunden später hatte sie ihren Helm auf und saß auf dem Roller, ließ den Motor an. Drückte auf die Fernbedienung des Garagentores. Noch während das Tor sich hob, fuhr sie los. Der Roller kam unter der aufschwingenden Metalltür hervor und schwamm knirschend durch den Kies in der Einfahrt, während sich das Außentor bereits automatisch geöffnet hatte. Katja warf einen raschen Blick auf die Straße und gab Gas. Der Roller bockte einen Moment und sauste anschließend die stille Straße hinunter, die durch das Villenviertel Dürkheims führte. Katja lärmte durch ein paar hundert Meter akkurat zugeschnittene Hecken, hinter denen man die flachen Bungalows, zu denen sie gehörten, nicht erkennen konnte. Während sie an der Kreuzung abbremsen musste, bellte ein großer Hund zwischen den Stäben eines schmiedeeisernen Tors heraus, zeigte ihr drei Sekunden lang sein weißes, gefletschtes Gebiss, tobte direkt unter dem roten Schild, das zudringliche Besucher vor ihm warnte. Dann hatte sie die Hauptstraße erreicht. Der Roller surrte wie eine aufgeregte Wespe weiter hinab in die stille Stadt, die sie zu durchqueren hatte, um nach Leistadt hinüber zu gelangen. Katja musste sich beeilen, es blieben ihr nur noch zehn Minuten. Die Ampel am Kiosk wechselte gerade von grün nach gelb. Das konnte sie noch schaffen. Sie gab Gas und jagte über die Kreuzung. Direkt danach musste sie nach rechts abbiegen. Eine begrünte Verkehrsinsel markierte den Beginn der doppelspurigen Allee.

Sie sah die Katze in dem Moment, als sie die Insel in ziemlicher Schräglage schon halb umrundet hatte. Das Tier stand mitten auf der Straße und machte einen Buckel, der Roller sauste darauf zu. Einen Augenblick lang tat Katja gar nichts. Fahr sie nieder, sagte eine Stimme in ihr, der sie eine halbe Sekunde später den Gehorsam verweigerte. Mit aller Kraft betätigte sie beide Bremsen. Vielleicht hätte sie ausweichen können, wenn sie rechts oder links an der Katze vorbeigefahren wäre, aber das gelang ihr nicht mehr. Das Vorderrad blockierte, der Roller schmierte mit pfeifenden Reifen in einer schrägen Bahn über die Straße, schlug an den Bordstein und kippte in die Hecken. Katja purzelte herunter, es bumste, als ihr Helm auf die Blumenrabatten aufschlug, dann lag sie still. Einen Moment lang war sie benommen. Im Kopf sang es. Ihre rechte Hand, mit der sie irgendwo angeschlagen war, schmerzte. Dann öffnete sie die Augen und setzte sich auf. Sie befand sich zwischen zwei Alleebäumen, der Roller lag, auf die Seite gekippt, am Bordstein. Ein Außenspiegel war abgebrochen. Sie stand auf.

Jemand kam über die Straße. Ein alter Mann mit einer dicken Hornbrille und einem Krückstock. Er hinkte so schnell auf sie zu, dass es fast artistisch wirkte. Wie eine flügellahme Heuschrecke. Er rief etwas, Worte, die er schon ein paarmal wiederholt hatte, die Katja jetzt erst verstand:

»Alles in Ordnung?«, herrschte er sie an.

»Ja«, sagte sie. »Mir fehlt nichts.«

Der Mann starrte durch seine dicken Brillengläser, als versuche er, in einem Schaufenster die Preisschilder zu lesen. Verschwinde, dachte sie. Sie drehte sich um. Das Letzte, was sie wollte, war ein Menschenauflauf, neugierige Leute, denen sie erklären musste, was passiert war. Nun drang auch wieder die Musik vom Wurstmarkt in ihr Bewusstsein. Discomusik, dazwischen die gut gelaunten Stimmen der Ansager, dazu das ständige Heulen und Jaulen. Schon wieder näherte sich jemand, rannte über den Grasstreifen, der die Allee teilte, direkt auf sie zu. Katja ging zu ihrem Roller hinüber, zog ihn vollends auf die Verkehrsinsel und bockte ihn auf.

»Hallo«, rief der Neuankömmling eifrig, ein junger Mann im Jogginganzug. »Hallo, bleiben Sie doch stehen!«

Sie ging weiter, einfach weiter. Über den Gehsteig und auf die Straße, ohne sich nach dem Roller und den Leuten umzusehen. Hinter sich hörte sie, wie der Alte dem anderen zu erklären begann, was passiert war, dazwischen riefen ihr beide zwei-, dreimal unisono nach:

»Hallo!«

Wie Komiker in einem idiotischen Film. Noch einmal im Chor: »Hallo.« Und: »Wo wollen Sie denn hin?«, rief der Jüngere, der Alte verstieg sich zu einem militärischen: »Stehen bleiben!« Dann war Katja hinter dem Kiosk angelangt und rannte die Straße hinunter. Die Telefonzelle trieb auf sie zu wie eine Rettungsinsel. Sie riss die Tür auf, nahm ihren Helm ab und fingerte das Handy aus der Tasche. Mit dem Knie blockierte sie von innen die Glastür. Geh ran, geh ran, geh doch endlich ran, trommelte das Knie.

»Mama, bist du's?«

Erst jetzt merkte Katja, dass ihr die Tränen über das Gesicht liefen. »Mama, es ist was mit dem Roller. Hol mich hier ab. Komm sofort, hörst du, sofort!«

***

Sie ist nicht gekommen. Wieso nicht? Der Kerl hat auf sie gewartet, nicht weit von seinem Toyota, stand bei der Wetterhütte, sah dauernd auf seine Uhr. Kein Roller zu hören. Schließlich fuhr er weg.

Da erhebt er sich hinter den Haselhecken, der Kuckuck ruft. Wie lange lebe ich noch? Blätter streifen an seinen Armen entlang, es ist noch Tau darin, obwohl die Sonne seit der Frühe über den Wipfeln brütet. Die vielen Brennnesseln ringsum. Ein Wald aus stechendem Grün. Hindurchgehen, mit den Händen daran streifen, sich nicht um das Brennen kümmern. Sie wird kommen. Morgen wird sie kommen. Zwischen den Kiefern gehen die Wege, bald teilen sie sich, die Schilder braucht er nicht, er fühlt den Sand unter seinen Schuhen, geht dorthin, wo die hin wollen, sie wollen zur Heidenmauer. Der Häher lacht, er hat es gewusst. Die hohen Stauden am Weg locken mit ihren blanken, schwarzen Beeren, bleibt man stehen, spiegelt sich darin die ganze Welt. Tropfen aus Tod mit der hübschen Mütze aus grünen Zipfeln. Da lacht er wieder, fliegt weiter, der Häher. Zeigt seine blauen Federn. Komm! Mir nach.

Auf einer Bank schließlich, nicht weit vom Kriemhildenstuhl. Dasitzen, als ruhe man sich aus, wie alle tun. Die Wanderer vorübergehen lassen, der Dieter sagt auch »Guten Tag«, wenn einer ihn grüßt. Der Fritz liegt neben ihm an der Leine, hechelt, ist brav. Wenn er den nicht hätte, den Fritz. Es wäre schon lange nicht mehr auszuhalten ohne den Fritz. Der Dieter sagt: Sei still. Warte. Es kommt die Zeit. Bald ist es soweit. Morgen.

Die Leute bleiben stehen, vorn an der Kante. Sehen nach unten, wo der Festplatz vor ihnen ausgebreitet liegt wie eine aufgebaute Spielzeuglandschaft. Wie die Eisenbahn beim Taufpaten, bei der gab es sogar das Dürkheimer Fass, so groß nur wie eine Kaffeetasse, alles maßstabsgetreu. Aber nur ansehen, die geht leicht kaputt. Man hört hier oben die Musik, wenn der Wind stärker weht. Er hätte mit der Eisenbahn auch nicht spielen wollen, war zu ungeschickt. Stand nur da und nickte, zog die Luft ein, wie man es von ihm erwartete.

Er reckt sich ein Stück auf seiner Bank. Ein öder Fleck, in dem liegt die Geisterbahn, abgesperrt von der Polizei, umringt von ameisenhaftem Gedränge. Man kann ihn von hier aus genau erkennen. Und morgen die Kapelle. Zwischen Kriemhildenstuhl und Wurstmarktplatz steht sie, die Michaeliskapelle, auf dem vorgelagerten Hügel am Hang. Der dritte Ort. Von hier oben kann man sie nicht ausmachen, die Kapelle, vom Wurstmarktplatz dafür umso besser. Das kleine, weiße Tempelchen am Waldrand auf halber Höhe am Michelsberg. Aller guten Dinge. Von der Kapelle aus steigt jedes Jahr das große Feuerwerk, wenn Halbzeit ist auf dem Wurstmarkt. Am letzten Dienstag war das, da ist er hier oben gewesen. Hat die Raketen an sich vorbeisausen lassen und den feurigen Regen in der Nacht heruntergehen sehen. Ringe aus roten und gelben Tropfen, die sich lautlos auseinanderfalteten, in Strahlsterne und Girlanden verwandelten. Knall auf Knall folgte, ein tolles Gewitter, der Schall zischte die Täler entlang, das bengalische Licht tauchte die zerzausten Kiefernhäupter in Blau und Rot. Feuer fiel vom Himmel wie eine Ahnung des jüngsten Gerichts, und auch dies hat seinen Sinn.

Der Hubschrauber fliegt jetzt öfter. Mit seinem klopfenden Geräusch fliegt er über den Wald hinweg. Eine große, gefährliche Libelle, die etwas sucht mit Mitteln, die man nicht durchschaut, polizeilichen Mitteln, die sicher sehr wirksam sind. Sie suchen ihn. Und werden ihn finden, über kurz oder lang, sagt der Dieter. Aber noch nicht so schnell, Hans. Es bleibt genug Zeit.

Die Kapelle steht dort zu Ehren des Erzengels. Ein Erzengel, das ist eine ernste Gestalt, ein Ritter mit Flügeln. Ein strenger Ritter, der die Heerscharen Gottes anführt. Die eines Tages kommen werden, um zu richten und zu strafen. Der Wald flüstert, kaum weht ein leichter Wind. Die Kiefern stehen auf der alten Mauer und dicht darunter, als wären sie die Geister einer solchen verblichenen Heerschar, die man vergessen hat. Kein Erzengel ist da, sie anzuführen, diese verzauberten Bewohner der uralten Stadt unter der Erde. Sie sehen aus, als wären sie einmal heraufgewachsen in ihrer grünen Verkleidung, um nachzusehen, was geschah in der langen Zeit, die verstrichen ist. Sie sind auf seiner Seite, sie wissen alles. Sie warten auf ihn.

Noch vier Tage Zeit. Dann ist das Fest zu Ende. Alles ist vorbereitet. So, dass es gut wird, sagt der Dieter. Die Michaeliskapelle ist der rechte Ort. Der dritte Ort zwischen dem ersten und dem zweiten. Dreifältig. Was danach geschehen wird, ist gleichgültig. Heute ist sie nicht gekommen, aber sie wird kommen. Morgen oder übermorgen. Sie weiß, dass sie die Frau auf dem schwarzen Pferd ist. Er hat es gesehen, in ihrem Blick. Sie wird kommen. Auch sie weiß, dass es nun Zeit ist.

***

Um Mitternacht hatte sich Karin schließlich auf den Heimweg gemacht, zurück nach Heidelberg. Auf Schleichwegen, wie sie plante, was Sailer unnötig fand. Die Polizei, teilte er ihr mit, habe geheime Order, den Wurstmarkt nicht durch Alkoholkontrollen zu schänden.

»Vielleicht in Rheinland-Pfalz«, hatte sie geantwortet. »Aber nicht auf der anderen Seite des Rheins in Baden-Württemberg.«

Sailer hatte sie zum Wagen gebracht. Hatte den Rückleuchten ihres Fiat noch einen Trinkspruch als Segen hinterher gemurmelt. Danach hatte er sich in seine Teeküche gesetzt. Dort saß er noch immer und ging wieder auf die Suche nach den Bruchstücken in seiner Erinnerung. Brütete vor sich hin, ein halb gefülltes Rotweinglas und das Blatt Papier mit der geträumten Zeichnung vor sich auf dem Tisch. Er ließ seinem Gedächtnis freien Lauf, diesmal konnte ihm kein Bender dazwischenkommen.

»So ein Lammfleisch bekommen Sie hier nicht«, sagte da nach einer Weile jemand in seinem Kopf. »Das ist nämlich …«, ja was? Nicht »koscher«, aber ähnlich. »Süß«? »Sauber«? Ein großer, blonder Mann. Jahre war das schon her, und da war noch etwas. Die Märchen seien wahr, hatte er gesagt, der Blonde, sich vorgebeugt und geflüstert, eindringlich, als höre noch jemand zu: »Die Märchen, die sind wahr! Das weiß man heute nicht mehr, Herr Doktor, aber die sind wahr!«

Natürlich. Sailer schlug sich an die Stirn, dass es klatschte. Ein Vorgespräch hier in der Praxis. Ein Patient. Vor einigen Jahren. Und das Fleisch. Jetzt war auch das Wort wieder da: »Weiß«. Nicht koscher, nicht sauber, sondern weiß. »So weiß wie Schnee«, hatte der Mann gesagt, der die Märchen als wahr bezeichnet hatte. Lammfleisch. So weiß wie Schnee.

Sailer stand auf, etwas anderes war eben noch aufgeblitzt in seinem Gehirn: der Keller. Das war sein eigener. Der alte Weinkeller unter der Praxis, zum Patientenarchiv umfunktioniert, angefüllt mit langsam vor sich hin schimmelnden Aktenordnern. Wieso hatte er das denn nicht früher begriffen? Schon stand er vor der Kellertür und fingerte an den Schlüsseln. Er brauchte sich die Zeichnung aus seinem Traum nicht mehr anzusehen, es stimmte genau. Rechts hinten das Kellerfenster, durch das die Gewölbebogen Licht bekamen, genau wie Friederike es ihm im Traum aufgezeichnet hatte. Dazu das Lamm. Das weiße, unschuldige Fleisch.

Sailer schaltete das Licht ein und ging die Holzstiege hinunter, bückte sich unter den gemauerten Gewölbebögen und starrte im Licht der trüben Deckenleuchten zwischen den herunterhängenden Spinnweben hindurch auf die Regale mit den alten Ordnern. Aber wer? Und wann? Wenn es länger als zehn Jahre zurücklag, gab es keine Chance mehr. Dann waren die Akten vernichtet, es sei denn, er hatte geschlampt und ein paar davon stehen lassen. Er fror. Saukalt war es hier. In solchen alten Sandsteinkellern herrschte Kühlschranktemperatur. Sailer stakste die Treppe wieder hinauf, um sich einen Pullover zu holen und einen Kaffee zu machen. Achtzig Ordner mindestens standen für die letzten zehn Jahre da unten in den Regalen, darin von jedem Patienten Vorgespräch, Therapieberichte, Abschlussberichte, Organisatorisches. Das konnte dauern.

Während er darauf wartete, dass der Espressobereiter zu brodeln anfing, überlegte er, welche Gründe es geben könnte, Federer einzuschalten. Er öffnete das Fenster ein Stück. Die Geräuschkulisse des Wurstmarkts schwoll an. Eben kreischten wieder die Besucher des Fallturms im Sturz auf, eine Salve aus Schreien brach durch den Lärm aus Hupen, Sirenen und Discomusik.

Das Gespräch mit Walther fiel ihm ein, vorgestern, der hatte ihn gefragt, ob er den Termin in Mannheim für den Herzkatheter jetzt endlich vereinbart habe, und ihm gleichzeitig von weiteren Einmischungen abgeraten. Röder, der Frankenthaler Staatsanwalt, habe ihn nämlich gefragt, was sein Freund, der Psychiater, für ein komischer Vogel sei. Der Federer habe ihn inständig gebeten, und das tue der sonst nie, also gebeten, ihn mit diesem Doktor Sailer in Zukunft zu verschonen. »Du siehst«, hatte Walther unerbittlich festgestellt, »ich habe meinen Teil der Verabredung erfüllt. Denk an dein Herz.« Da hatte Sailer wieder lügen müssen. Gleich nach dem Wurstmarkt, hatte er sich vorgenommen. Federer würde er also nicht anrufen.

Er versuchte erneut, sich zu erinnern, aber es fiel ihm schwer. Am deutlichsten war noch das Gesicht, ein freundliches, grob gezeichnetes Gesicht. Wie alt? Auch das schwierig. Zwischen dreißig und vierzig. Das Gesicht von jemandem, der viel Zeit draußen verbringt, dichte Fältchen um die Augenwinkel, braun gebrannte Haut. Ein Bauerngesicht, das sich zu ihm vorgebeugt hatte und ihm leise, im Ton absoluter Gewissheit versicherte, die Märchen seien wahr. Da hatte etwas mitgeschwungen, was so überzeugt war, wie Sailer es von Paranoikern kannte. Die überhebliche Manier, den anderen in eine private Wirklichkeit einweihen zu können, die wirklicher ist als das, was für alle anderen als verbindlich gilt. Ein grobes Gesicht, ein massiger Körper, tollpatschige Bewegungen. Ein scheuer, verschlossener Mensch, abgesehen von dieser besonderen Mitteilung.

Aus der Espressokanne röchelte es. Sailer nahm sie herunter und goss sich einen Doppelten ein. Schaufelte Zucker dazu und stäubte eine Prise Zimt auf den schwarzen Spiegel in der Tasse. Verschlossen, scheu, dieser grobschlächtige Mann. Dann das merkwürdige Angebot am Schluss der Stunde, eine verbindliche Geste zum Abschied, die so selten nicht war. Um sich seines Wohlwollens zu versichern, vielleicht, um eine günstige Diagnose zu erwirken. Auf diese Art war ihm schon manches angeboten worden: Wein, Obst, Gemüse, Aktien. Und damals Fleisch, ganz besonderes Lammfleisch. Weiß wie Schnee.

Sailer zog den Pullover an, nahm seinen Kaffee und machte sich auf den Weg in den Keller. Unten richtete er sich mit einem Stuhl, den er ebenfalls mit heruntergenommen hatte, komfortabel ein. Durch das dunkle Kellerfenster zuckten die Lichter des Wurstmarkts herein, es heulte und krachte, die Fallturmmannschaft kreischte in regelmäßigen Abständen, die Ansager hetzten. Discomusik trieb je nach Windrichtung an- und abschwellend heran. Es war, entschied Sailer, während er die Akten durchblätterte, infernalisch. Als hätte er sich vorgenommen, in dieser Nacht das Archiv der Hölle zu durchforsten, während die Teufel oben den Betrieb weiterführten. Nun, das mit der Hölle war übertrieben. Den meisten von denen, deren Akten hier lagen, war es besser gegangen nach der Behandlung, aber es waren genug Leid und Tränen versammelt hier unten. Gut, dass alles nach zehn Jahren im Reißwolf endete. Nur die leeren Aktendeckel blieben zurück, um neue Schicksale aufzunehmen. Die Namen wurden gelöscht. Wer den Namen verrät. Ach wie gut, dass niemand weiß. Dass ich Rumpelstilzchen heiß. Nun war er also auch schon bei den Märchen angekommen. Sailer legte noch einen Ordner neben sich auf den Stapel. Die letzten drei Jahre übersprang er. Es war länger her. Ein ordentliches Stück Arbeit würde es allemal werden. Er sah auf die Uhr: kurz vor eins. Mit einem Seufzen klappte er den ersten Ordner auf. Er fing an, zu blättern, zwang sich zur Sorgfalt, sonst konnte er gleich noch einmal anfangen.

Der Wurstmarkt schloss. Eine Weile noch sangen die Heimkehrer, ein paar Holländer stritten sich lautstark ein halbe Stunde lang draußen vor der Praxis, dann kehrte Stille ein, unterbrochen nur von einem Klicken in der Wasserleitung ab und zu und dem Blättern von Papier. Um halb vier begann Sailer, einzunicken. Außerdem fror er. Drei Jahre hatte er geschafft. Nichts dabei. Ein paarmal war er hängen geblieben, es war ihm etwas sonderbar vorgekommen. Er hatte sich in den Fall hineingelesen, vielleicht hatte er sich das Wesentliche ja seinerzeit nicht explizit notiert. Aber dann war es wieder nichts, der Verdacht löste sich auf. Schließlich konnte er die Buchstaben nicht mehr auseinanderhalten, sie begannen sich in Ameisen zu verwandeln, die flink auf dem Blatt hin und her liefen, wenn er sich nicht sehr anstrengte, sie in Reih und Glied zu halten. Er gab auf, ging schlafen. Morgen war auch noch ein Tag.

11

»Du kannst mit dem Ding nicht losfahren, Katja. Das ist doch beschädigt. Ich fahr dich eben rauf zu Olaf, komm, sei nicht so eigensinnig. Es wäre ohnehin besser, du würdest vorher noch zum Arzt gehen. Vielleicht hast du eine Gehirnerschütterung.«

Katja schob ihre Kaffeetasse von sich weg. »Ich hab keine Gehirnerschütterung, Mama. Und der Roller hat nichts, bloß ein paar Kratzer. Ich kann damit fahren. Wirklich. Hör auf, mich dauernd so zu hätscheln, ja?«

Gestern hatte sie Alek eine SMS geschickt und sich für heute neu verabredet. Schon um elf. Nach dem Frühstück. Samstag schlief sie immer lange. Der Rest des Tages gehörte in der Regel Olaf, heute aber erst mal Alek. Sie wollte ihn. Eine Mischung aus Trotz und Begehren, nun noch gekrönt von dem Ärger über Mama, all das schmolz in eine Gereiztheit zusammen, die sie ihre Mutter merken ließ.

»Reg dich nicht auf, Katja«, sagte die versöhnlich. »Meinetwegen fahr eben mit dem Roller. Hast du denn heute noch mal Zeit für uns? Oder morgen? Papa hat dich seit Tagen nicht gesehen. Du könntest morgen mal mit golfen. Der Wurstmarkt gestern ist dir ja erspart worden.«

Katja warf ihrer Mutter einen wütenden Blick zu. Sie fasste die langen blonden Haare im Nacken zusammen und zog sie durch ein Gummiband, um einen Pferdeschwanz daraus zu machen.

»Dafür kann ich schließlich nichts.«

»Na ja. Ich weiß nicht, wohin du gestern wolltest, aber ich nehme an, nicht mit mir auf den Wurstmarkt.«

»Ich wäre gleich wieder da gewesen. Ich wollte was im Reitstall holen«, log Katja. Sie nahm sich noch ein Croissant und legte es auf den Teller. »Das kann ich jetzt machen. Bevor ich hochfahre.«

Sie ließ das Croissant, das sie eben noch in zwei Stücke gerissen hatte, liegen und stand auf. »Ich bin heute ein bisschen länger weg. Vielleicht gehe ich Vivian noch besuchen, wenn sie da ist. Zum Abendbrot bin ich wahrscheinlich zurück. Wegen morgen, also golfen meine ich, das ist okay.«

Katja warf ihrer Mutter einen Handkuss zu, den diese mit einem langen Blick beantwortete, dann war sie aus dem Esszimmer draußen, atmete auf.

Der Roller brummte durch die Weinberge, eine weiß lackierte Hummel, auf kleinen, gewundenen Sträßchen zwischen langen Reihen von Reben hindurch. Dicke Trauben hingen daran, immer wieder einmal eine Gruppe von Leuten schon bei der Weinlese. Angeblich eine schwere Arbeit, sie sahen jedenfalls hübsch aus mit ihren großen Kiepen aus Blech, die sie zu den Wagen trugen, auf denen sich die dunkelblauen Trauben häuften.

Katja dachte an Alek. Bald würde es vorbei sein, aber noch wollte sie nicht aufhören, noch reizte sie seine unbeholfene Grobheit, seine Gier nach ihr. Ihn zu reiten, wie einen Hengst, den man gefügig machen kann, wenn man ihn laufen lässt. Diesen Herbst noch, ein paarmal, solange es draußen ging und solange es ihr Vergnügen machte. Sie hatte das Dorf passiert und bog links ab, fuhr an den spießigen Wochenendhäusern mit ihren Hirschgeweihgiebeln und Vorgärtchen vorbei, gelangte zum Waldrand. Wo der Wald war, hörten die Reben auf. Als wären die Reben Kultur, Bauernland seit alter Zeit, und der Wald Natur, die man immer mehr zurückgedrängt hat, finster und verdrossen darüber, wie die schief stehenden Schwarzkiefern hier mit den blatternarbigen Stämmen, die ein Dach aus Nadeln errichtet hatten, unter das sie nun hineinfuhr. Die Bauern gehörten auf die Felder, der Fürst ritt durch den Wald. Und die Räuber natürlich. Die gehörten auch in den Wald. Katja bremste den Roller ab.

Die Schranke mit dem Vorhängeschloss. Sie brauchte ihren Schlüssel nicht herauszukramen, sie kurvte einfach mit dem Roller um den Pfosten herum. Dann gab sie wieder Gas, das Motörchen heulte gequält auf. Nicht zu schnell fahren, der Sand hier war tückisch, sie hatte keine Lust auf einen zweiten Sturz.

Noch ein Stück den Berg hinauf, dann kam eine Kurve. Hinter der Kurve musste sie scharf abbremsen.

Da stand ein Wagen. Versperrte den ganzen Weg. Ein alter blassroter Kombi mit einer Behindertenplakette an der Heckscheibe. Verdammt, da war nicht mal einer dabei, oder? Doch. Der blöde Schäfer, wie sie erleichtert feststellen konnte. Nun erkannte sie auch den Wagen wieder. Wieso behindert? Egal. Er war eben aus dem Gebüsch herausgekommen, war wohl pinkeln gewesen. Katja blieb auf dem vor sich hin ratternden Roller sitzen und drückte auf die Hupe. Ließ das Horn zweimal quäken, es hörte sich an wie ein verirrtes Schäfchen. Der Typ winkte ihr mit einer scheuen Geste zu, nachdem er sie eine Sekunde lang angestarrt hatte, und sah dann zu Boden, blieb bei seinem Auto stehen. Streifte sie wieder mit einem schiefen Blick, hob dann die Achseln, wandte sich halb zu dem Wagen um, wies noch mal mit der Hand darauf.

»Ja was ist denn jetzt? Können Sie nicht wegfahren?«

»Kaputt«, sagte der blöde Schäfer heiser und lächelte, als wäre das was Nettes. Dann drückte er sich eifrig links neben dem Wagen unter die herunterhängenden Äste einer hohen Tanne, bückte sich und hielt die Zweige nach oben, machte dergestalt eine Gasse frei, winkte sie schon mal durch.

»Na gut.« Katja machte den Motor aus und stieg ab. »Wenn Ihre Kiste da nicht mehr läuft.«

Der Schäfer wollte helfen, langte nach dem Roller, zog vorne mit. Katja ließ die Lenkstange sofort los, sie wollte ihm nicht zu nahe kommen. Sie konnte seinen Schweiß riechen, der Geruch trieb unter den kratzenden Tannenwedeln, unter denen sie sich hindurchschieben musste, zu ihr heran. Er roch nach Angst. Absichtlich stellte sie sich nicht besonders geschickt an. Der Roller verkratzte den Lack an den Autotüren, aber das war ihr egal. Der Schäfer war dafür verantwortlich, er sollte das hier wieder auf die Reihe bekommen. Sie wollte wieder weg, so schnell wie möglich.

»Passen Sie doch auf!«

Jetzt war der Roller auch noch umgekippt. Da kam er schon zu ihr heran, wollte wieder helfen, bückte sich eifrig nach dem

Roller, sein schiefes Grinsen zwischen den Zweigen näherte sich.

»Oh, Entschuldigung, Entschuldigung!«

Und während Katja noch irritiert das dritte »Entschuldigung« zu hören bekam, war er schon über ihr und zerrte sie zu Boden. Sie war vollkommen perplex von der Schnelligkeit und Entschiedenheit, mit der das geschah. So sah sie, ohne zu einer Abwehrbewegung fähig zu sein, noch einen Herzschlag lang seine blauen Augen in dem braunen Gesicht vor sich. Augen von einer vollkommenen Treuherzigkeit. Dann tauchte grober Rupfenstoff über ihrem Gesicht auf, sie begann zu strampeln und aus Leibeskräften zu schreien, aber ihre Arme wurden mit enormer Kraft auf den Rücken gedreht, und sie wurde gebunden wie ein Stück Vieh, ihre Schreie dämpfte der grobe Sack. Dann knallte etwas an ihren Kopf, und es wurde dunkel um sie.

Wenig später erwachte sie. Sie lag auf der Seite, fühlte Autopolster unter sich, ihre Schultern stießen an eine Rückenlehne. Auch ihre Beine waren inzwischen an den Knöcheln zusammengebunden worden. Ihren Mund verschloss ein breites Klebeband, zum Glück bekam sie durch die Nase genügend Luft. Er fuhr mit ihr in den Wald hinauf. Das schloss sie aus der Art, wie der Wagen, in dem sie lag, durch die Schlaglöcher schaukelte. Hinter ihr rappelte es, das Auto hing schwer in den Federn, und es stank nach Benzin. Der Roller. Er hatte den Roller in den Kombi geladen. Der Sack, in dem ihr Kopf steckte, roch durchdringend nach Schafen, die Leinwand rieb rau an ihrem Gesicht, wenn sie sich bewegte.

Sie versuchte zu schreien. Aber sie brachte nur ein Brummen zustande, ein klägliches Winseln, das aus ihrer Nase drang. Eine Antwort bekam sie nicht. Der Schäfer fuhr schnell. Katja wurde zwischen Rückenlehne und Vordersitzen hin- und hergeworfen. Sie versuchte, wenigstens ihren wehen Kopf von der Rückenlehne wegzuhalten, gegen die sie immer wieder schlug.

Dann hielt er an. Die hintere Tür wurde geöffnet. Katja gab wütende Töne von sich, die sich selbst in ihren eigenen Ohren lächerlich anhörten, während der Schäfer sie sich einfach ohne ein Wort über die Schulter warf und davontrug. Katja fing jetzt an zu schluchzen, noch immer war es Wut, Hilflosigkeit, nun aber kam Angst dazu, eine heillose Angst, während sie die Schafe lauter werden hörte, die sich im Pferch auf der Wiese zusammendrängten. Sie wurde weiter getragen, an den Schafen vorbei, das Blöken verklang, die Hitze auf der Lichtung wich der Kühle des Waldes. Ein paarmal versuchte sie, zu strampeln und mit den zusammengebundenen Füßen nach dem Kerl zu treten, aber weder traf sie ihn, noch nützte es irgendetwas, außer dass das Stechen in ihrem Kopf stärker wurde. Schließlich gab sie es auf und ließ sich tragen.

Nach einer Weile blieb der Schäfer stehen und setzte sie ab. Sie fühlte Waldboden unter sich. Tannennadeln und Ästchen stachen in die Haut ihrer bloßen Arme und Beine. Etwas klapperte, eine Tür kreischte in den Angeln. Dann wurde sie an den Schultern gepackt und mit über den Boden schleifenden Füßen irgendwo hineingezogen, wo es kalt war. Er legte sie vorsichtig auf die Erde. Sie fühlte eine Decke unter sich, bekam noch eine weitere übergelegt, dann hörte sie, wie er sich entfernte. Die Tür wurde zugezogen. Danach wurde es still.

***

Sie ist gekommen. Er hat es gewusst.

Auch der Kerl steht wieder im Wald, raucht und sieht auf seine protzige Uhr, geht hin und her, streicht sich über die kurz geschnittenen Igelhaare. Er wird sich bald trollen, eine halbe Stunde gibt er ihm noch. Der kommt und geht über einen anderen Weg, das haben die beiden sich so ausgedacht, um sich heimlich zu treffen.

Wie sie ihn angesehen hat vorhin. Die hellen Augen auf ihn richtete, ohne sich zu wehren, in diesem ganz und gar wahren Augenblick des Einvernehmens zwischen ihnen. Graue, große Augen, die Lider geweitet, die Iris unbedeckt, wie Tieraugen sind, Augen, die alles wissen. Man braucht nichts zu erklären, nichts zu reden.

Aber der Roller. Der muss weg, sagt der Dieter. Wenn sie nach ihr suchen, und das werden sie bald tun, die reichen Eltern und die Polizei, da fackelt man nicht lange, dann sehen sie alles von oben, vom Hubschrauber aus. Der Roller muss irgendwo hin, wo man ihn nicht sieht. Der Dieter hat sich alles überlegt. Der Dieter kommt zurecht. Zum alten Sandsteinbruch. Dort fährt er ihn hin. Der Bruch stammt noch aus der Römerzeit, und er ist abgesperrt, man kann leicht hinunterfallen, so plötzlich tut sich die Felswand zwischen den Bäumen auf. Den Roller ausladen, dorthin schieben, wo die großen Steinblöcke liegen, den Spaten aus dem Kofferraum holen und ein Loch graben. Groß genug. Das dauert. Er kippt ihn hinein und deckt ihn mit Sandsteinklötzen zu. Noch ein paar obendrauf, verteilen, so, dass man nichts merkt. Den Hubschrauber hat er heute nicht gehört, aber der wird bald wieder kommen. Die große Libelle wird wieder auf die Jagd gehen. Ihre Augen können den Wald durchdringen, sie jagt wie eine Schlange, die die Körperwärme spürt. Der Hubschrauber sieht auch in der Nacht, aber nicht in die Erde hinein. Eine Hütte in der Erde kann er nicht sehen.

Er fährt zurück. Die Sonne steht im Westen über den Bergen, ihre Strahlen stechen in langen Bündeln durch die Kieferngipfel hindurch, fassen das Birkenlaub, lassen es leuchten, drehen sich mit ihm, wie er den Wagen bergan fährt, so lange, bis er abbiegt in den Holzabfuhrweg hinüber zum Herxheimer Wald.

»Das Lämmlein ist der große Freund und Heiland meiner Seelen.«

Leise singt er es vor sich hin, das schöne, alte Lied. Auf einer von zwei Schallplatten ist es drauf, die noch da waren nach dem Tod der Oma. Man hat vergessen, sie wegzuwerfen. Die Oma, die im Grab liegt seit zehn Jahren ganz still, in ihrem schwarzen Kleid, die Hände gefaltet, einen Rosenkranz darum gewickelt. Die Augen geschlossen für immer bis zum jüngsten Gericht.

»Die Straf' ist schwer, der Zorn ist groß, du kannst und sollst sie machen los durch Sterben und durch Bluten.«

Er singt leise weiter. Rollt durch die Schlaglöcher, die Zweige streifen am Blech entlang. »Es nimmet an Schmach, Hohn und Spott, Angst, Wunden, Striemen, Kreuz und Tod. Und spricht: Ich will's gern leiden.«

Es wäre schön gewesen, wenn man dieses Lied gesungen hätte, als die Oma ins Grab gelegt wurde. Jetzt wird auch noch die Alte krank, zischt der Dieter in seinem Ohr, der kann so reden wie die Mutter, im gleichen Ton! Die bringt mich noch ins Grab! Wenn ich die noch pflegen muss, dann verkauf ich alles und lass euch hier sitzen! Laut über den Hof geschrien, alle haben es gehört. Auch die Oma. Der Dieter schweigt. Halt still. Krebs hat sie gehabt, die Oma. Und beschloss danach, gleich zu sterben, damit sie keinem zur Last wurde. Mein armer Bub, hat sie gesagt und ihm über die Haare gestrichen, als er neben ihr gestanden hat, da lag sie schon im Bett, es roch streng nach Medizin und schlechter Luft. Mein armer Bub, und im nächsten Monat war sie schon tot. Kam unter die Erde. Was die Leute erwarten, zischt es in seinem Ohr, da reicht der Pfarrer und die Familie. Die Familie, das sind der Vater, die Mutter und der Hans, der Dieter auch, aber der schweigt am Grab, sagt: Hans sei still. Am Grab kann man gut schweigen. Drei Tage danach hat er es versucht. Da war die Mauer, in der Kurve, der rechte Fuß blieb auf dem Gaspedal, und die Mauer flog auf ihn zu, und der Dieter lachte. Lachte immer lauter, der Hans lachte mit. Braune Sandsteine, schwer wie Blei, wurden plötzlich riesengroß und krachten vor ihm auseinander, ehe plötzlich eine lange Stille eingeschaltet wurde. Nur an die fliegenden Steine kann er sich noch genau erinnern und daran, dass er seinem rechten Fuß befohlen hat, auf dem Gaspedal zu bleiben. Danach kamen zuerst die Geräusche wieder, dann die Bilder und das Leben, und das wurde noch schlimmer.

Der Pferch. Den Wagen hier lassen. Noch wird der Hubschrauber nicht kommen. Aber morgen wird er suchen. Dann soll der Wagen zu Hause stehen, in der Garage. Und der Dieter muss im Wingert sein, wenn nach ihm gefragt wird.

Nach den Schafen sehen. Warten. Bis früh am Morgen warten, auf die dunkelste Stunde der Nacht, bevor die Dämmerung beginnt. Die Michaeliskapelle steht ganz nahe bei der Stadt, da treiben sich noch lange die Pärchen herum.

***

Seit dem Frühstück saß Sailer wieder im Keller. Hier unten wurde es auch tagsüber nicht wärmer. Sailer hatte zu dem Pullover noch eine Fleecejacke überziehen müssen. Beidseits des Küchenstuhls türmten sich inzwischen die Akten schulterhoch. Draußen schien die Sonne, warf frühmorgens balkenbreit Lichtstrahlen in das kühle Gewölbe, die langsam über den gestampften Lehmboden wanderten. Staubpartikel stiegen darin auf, leuchteten für eine Weile. Langgliedrige Weberschnaken surrten hindurch, alte, matt gewordene Spinnweben wurden sichtbar und verschwanden wieder mit der steigenden Sonne. Zum Mittag herrschte vom Lampenlicht erleuchtete Finsternis. Danach schien die Sonne durch das andere Fenster, durch das der Wurstmarkt ebenfalls seit dem frühen Nachmittag wieder hereinlärmte.

Um fünf Uhr nachmittags fand Sailer die Akte. In einem angeschimmelten Ordner aus dem Jahr 1998 stieß er auf die Notizen, die er suchte. Es war nur ein Vorgespräch, einige Befunde dabei. Er las:

»Erstgespräch mit Hans-Dieter Rech, zweiunddreißig Jahre alt. Kommt auf Überweisung des nervenärztlichen Kollegen Bruckner in Grünstadt nach einem stationären Aufenthalt in der Pfalzklinik Landeck von vier Monaten.« Das hatte er handschriftlich eingetragen. Der Brief von Bruckner enthielt im Wesentlichen die ratlose Mitteilung, dass sein Patient offensichtlich an einer Paranoia leide, die sich durch die medikamentösen Behandlungsversuche in der psychiatrischen Klinik nicht habe beeinflussen lassen. Er verweise auf den Bericht und bitte den Kollegen Sailer darum, einen Psychotherapieversuch zu unternehmen.

Während er in der Akte blätterte, wurden Sailers Erinnerungen konkreter. Er nahm den Klinikbericht heraus. »Zugewiesen nach einem Autounfall, möglicherweise in suizidaler Absicht«, stand da. Beim Durchlesen der Zeilen wurde ihm klar, dass er den Bericht damals wohl nur überflogen hatte. Nun las er ihn genauer. »... bei dem Unfall wurde der Vater des Patienten schwer verletzt, er selbst und die Mutter, die ebenfalls im Wagen saß, erlitten lediglich leichte Verletzungen. Nach dem Bericht der Polizei war der Unfallhergang auffällig, und der Patient bei der Vernehmung so wenig zugänglich, dass eine psychiatrische Untersuchung angeregt wurde, nach der die Einweisung veranlasst worden war …« Sailer blätterte weiter, um den Unfallhergang zu erfahren. »Der Patient wollte über den Autounfall nicht sprechen, er sagte lediglich, er habe für einen Moment abgeschaltet und sei deshalb frontal, ohne zu bremsen auf die Mauer gefahren. Der Vater sei nicht angeschnallt gewesen.«

Sailer legte die Akte auf die Knie und starrte auf eine der eben vom Sonnenlicht erfassten Spinnweben, in der eine Spinne mit unglaublich langen und dünnen Beinen gerade einen wirbelnden Rundtanz aufführte. Er versuchte herauszufinden, ob es ein Windhauch war, der einen verdorrten Kadaver bewegte. Dazu streckte er seine Hand nach der tanzenden Spinne aus. Sie lief schnurgerade über den Putz davon und verschwand in einer Mauerspalte. Sailer nahm die Akte wieder hoch.

»Herr Rech lebt in einer quasireligiösen Märchenwelt, in der kindliche Motive mit christlichen vermischt werden«, las er weiter. »So glaubt er, im Wald Einflüsterungen zu erhalten, ohne die er, wie er sagt, gar nicht leben könne. Diese Einflüsterungen seien keine Stimmen, auch keine Worte, sondern Gewissheit. Er ist davon überzeugt, dass der Menschheit der Untergang bevorstehe, wenn sie der Natur nicht gebührenden Respekt zeige, und denkt, die Kirche habe bei dieser Aufgabe versagt. Er hat mehrmals seinem Bezugstherapeuten mitgeteilt, dass Jesus umsonst gestorben wäre. Herr Rech war jedoch nicht bereit, mit dem Klinikpfarrer über seine religiösen Vorstellungen zu sprechen.« Sailer blätterte weiter. »Herrn Rechs Verhalten wird von fassadären Persönlichkeitsanteilen bestimmt, die seiner träumerischen Innenwelt Schutz bieten.« Sailer sah nach der Diagnose. »Paranoide Persönlichkeit mit dissoziativen Anteilen, fragliche schizoaffektive Psychose.«

An der Grenze zum Wahnsinn also. Hier kam die Therapieempfehlung: »Es besteht möglicherweise keine Psychose, sondern eine abnorme Persönlichkeit. Dabei ist zu vermuten, dass das rigide Familiensystem dem Einzelkind kaum Entfaltungsmöglichkeiten bot und die Ausgestaltung einer Traumwelt den Ersatz für ein sozial integriertes Leben darstellte …« Die Eltern, las Sailer weiter, waren zum Angehörigengespräch nicht erschienen. Rech hatte während des Klinikaufenthalts geraume Zeit auf der geschlossenen Abteilung zugebracht, weil er seine Medikamente nicht genommen hatte.

Sailers eigene Notizen zum Erstgespräch enthielten wenig Greifbares. Er hatte Rech als nicht therapiemotiviert eingeschätzt, sein Geplauder, wie es ihm damals erschienen war, als Ablenkungsmanöver interpretiert. Ihm angeboten, sich eine Behandlung in den nächsten Wochen zu überlegen und sich im positiven Fall wieder zu melden. Er hatte wohl keinen Sinn darin gesehen, den Mann zu einer Behandlung zu überreden.

Nun sah er Rech wieder deutlich vor sich. Treuherzig, sich die enormen Hände reibend, beständig lächelnd. Ein großer, ungeschlachter Mensch, wie sie wohl wirklich in Märchen vorkommen. Die heisere Stimme, unterwürfig, nuschelnd, außer bei der Eröffnung über die Wahrheit der Märchen, als sie von einer beeindruckenden Gewissheit tönte. Charismatisch. Im Mittelalter hätte so einer Wunderprediger werden können, dachte Sailer. Eine von den Gestalten, die in den Wald hineinstolpern, wo sie verzauberten Tieren und Bäumen begegnen, sich dumm anstellen und reich nach Hause kommen. Oder besonders schlau sein wollen und am Ende mit leeren Händen dastehen. Aber gefährlich? Gefährlich war ihm Rech damals nicht erschienen. Mit steifen Gliedern kletterte Sailer die Stiege hinauf. Ob Adresse und Telefonnummer noch stimmten, würde er gleich wissen. Droben angekommen, blinzelte er zuerst einmal in die Sonne, die in seine Küche hereinschien. Es war halb sechs.

Er wählte Rechs Telefonnummer in Weisenheim. Der Hörer wurde abgenommen.

»Hier Doktor Sailer. Kann ich mit Hans-Dieter Rech sprechen?«

Am anderen Ende blieb es still. Die weibliche Stimme, die sich eben mit »Rech« gemeldet hatte, war verstummt.

»Es ist wichtig. Ich muss Herrn Rech dringend sprechen.«

Sailer hörte jemanden atmen. Ein leises Pfeifen dabei, dicht am Hörer. Er wartete.

»Was wolle Sie denn von ihm?«, fragte die gleiche Stimme wie vorhin. Das klang feindselig, misstrauisch.

»Ich habe ihm ein Medikament verschrieben, das falsch war. Das tut mir leid. Ich muss wissen, ob er es schon genommen hat, und ihm für den Fall sagen, was er jetzt tun kann, verstehen Sie.«

Wieder Schweigen. Das Atmen im Hörer klang gepresst, mühevoll, als bekäme die Person, mit der er sprach, schwer Luft, vielleicht litt sie an Asthma.

»Er is net da«, sagte die Frau schließlich auf eine endgültige Weise, als wäre damit alles gesagt.

»Können Sie mir sagen, wo ich ihn finde? Es ist wirklich wichtig. Ich würde ihn gern selbst aufsuchen und das mit ihm klären, ich fühle mich verantwortlich.«

Die Muschel wurde jetzt zugehalten, die Frau sprach mit jemand anderem. Hoffentlich nicht mit Hans-Dieter selbst, der womöglich die ganze Zeit daneben gestanden hatte, dann war Sailers Trick gescheitert.

»Im Wald. Der is im Wald«, sagte plötzlich die Frau, noch immer klang die Stimme misstrauisch. »Sind Sie von der Klinik? Von der Landeck?«, fragte sie.

»Nein, ich bin Nervenarzt. Doktor Sailer. Ich habe meine Praxis in Dürkheim«, erklärte Sailer beflissen. Dann machte er einen Fehler. »Wo im Wald ist er, Ihr Sohn?«

»Bei seine Schaf«, antwortete die Frau spontan. Danach wurde wieder die Muschel zugehalten, und Sailer vernahm die dumpfen, unverständlichen Laute eines längeren Zwiegesprächs. Ich hätte nicht »Ihr Sohn« sagen sollen, dachte Sailer. Verdammt noch mal, woher kann ich wissen, dass er ihr Sohn ist. Nun war der Karren schon im Dreck. Er machte einen weiteren Versuch, ihn wieder flott zu bekommen.

»Wo ist das denn, ich meine, wo sind seine Schafe?«, fragte Sailer in das Schweigen. Niemand antwortete, aber das murmelnde Zwiegespräch im Hörer war verstummt. Klack, hörte er kurz darauf. Aufgelegt. Dann nur noch das wenig mitteilsame Geräusch des Freizeichens.

Sailer hieb mit der Faust auf den Tisch. Nachdem er sich konzentriert am Hinterkopf gekratzt hatte, rief er Karin an.

»Ich habe ihn«, teilte er ihr mit. »Und habe ihn nicht«, fügte er hinzu.

Sie lachte. »Klingt existenzialistisch. Bloch, oder? Wir sind, aber wir haben uns nicht. Darum werden wir erst. So war das doch, wenn ich mich recht erinnere.«

»Ja, ja. Bloch. Das hilft jetzt auch nichts.« Sailer brummte vor Ärger. »Ich brauche deine Intuition. Hör zu.«

Er erzählte ihr von Rechs Akte und schilderte das Erstgespräch, das ihm nun, wie er sagte, nach fast zehn Jahren wieder deutlich vor Augen stehe. »Außerdem«, schloss er, »ist Eile geboten. Wir haben Samstag. Der Täter ist auf den Wurstmarkt fixiert. Wenn der noch einmal etwas anrichtet, dann tut er es auf den Sonntag hin, verstehst du.«

»Was meinst du mit ›auf den Sonntag hin‹?«

»Die Leichen wurden an den letzten beiden Sonntagen gefunden. Der Täter hat sie dafür hergerichtet. Er hat sie geradezu ausgestellt. Dazu jedes Mal eine Weinflasche präsentiert. Ein Arrangement wie beim Erntedankfest, vorn in der Kirche, wo es alle sehen sollen. Wenn er also das Wurstmarktspublikum noch einmal für seine Inszenierung haben will, muss die nächste Leiche am Sonntag oder Montag bereitliegen, so makaber das klingen mag. Danach ist der Wurstmarkt nämlich vorbei. Und heute ist Samstag«, schloss Sailer.

Karin schwieg eine Weile.

»Ruf die Polizei noch mal an«, sagte sie dann. »Ich kann dir folgen, ich glaube, es ist ziemlich plausibel, was du eben gesagt hast.«

»Tja«, knurrte Sailer. »Hier gilt schon eher Bloch. Was mein Verhältnis mit Federer anbetrifft, meine ich. Wir haben uns nicht, wir beide. Verstanden nämlich. Ob daraus noch was wird, das bezweifle ich. Der hält mich für einen abgedrehten Spinner.«

»Was hast du vor?«

»Ich habe bei ihm zu Hause angerufen vorhin, bei Rech. Und mit seiner Mutter gesprochen, jedenfalls vermute ich, dass sie es war. Die war ausgesprochen misstrauisch. Nachdem sie mir mitgeteilt hatte, er sei im Wald bei seinen Schafen, konnte ich nicht mehr herausbekommen, wo das ist. Sie hat einfach aufgelegt. Wollte noch wissen, ob ich von der Landeck sei. Das ist die Psychiatrie, in der ihr Sohn behandelt wurde. Wahrscheinlich habe ich sie noch misstrauischer gemacht mit meiner Fragerei.«

»Und nun?«

»Ich werde jetzt alle Metzgereien im Umkreis von zwanzig Kilometern um Weisenheim anrufen und ein halbes Lamm bestellen. Fragen, woher das Fleisch kommt. Das ist die letzte Chance, schnell an ihn ranzukommen.«

»Ziemlich verrückt, mein Lieber. Kann ich dir irgendwie helfen?«

»Du hast mir schon geholfen. Ich brauchte jemanden, der mir zuhört und kluge Bemerkungen macht. Bloch und so, du weißt schon. Noch habe ich ihn nicht, diesen Hans-Dieter Rech. Als Täter meine ich. Vielleicht ist er ein armer Hund, der vollends zugrunde geht, wenn man ihm jetzt das SEK auf den Hals schickt. Schließlich war er früher mal mein Patient und nicht mein Delinquent. Am liebsten würde ich ihn mir noch einmal ansehen, bevor ich versuche, Federer auf ihn zu hetzen. Außerdem habe ich bis jetzt keine Beweise. Was in meiner Akte steht, reicht nie und nimmer, ihn zu verhaften. Federer würde nur die Augen verdrehen. Kurz und gut, ich will ihn sehen. Und weil er nicht zu mir kommen wird, gehe ich zu ihm.«

»Na schön. Da du mich als bloße Zuhörerin gebucht hast, wird dir meine Meinung dazu nicht so wichtig sein.«

»Doch, natürlich«, beeilte er sich zu versichern.

»Die Metzgereien schließen am Samstag um eins. Zumindest bei euch da draußen auf dem Land. Und außerdem: Pass gut auf dich auf, Sebastian. Falls du recht haben solltest.«

»Stimmt. Den Ladenschluss habe ich glatt übersehen. Ich versuche es trotzdem. Das Telefon steht bei denen meistens nicht im Laden, sondern im Haus. Was das Aufpassen anbelangt – ich komme als Wanderer in den Abendstunden vorbei, ganz zufällig. Und wenn ich ihn bei seinen Schafen gefunden habe, frage ich ihn als Feinschmecker nach Lammfleisch. Was soll mir passieren?«

»Nimm dein Handy mit. Und ruf mich an, wenn du ihn gefunden hast.«

12

Lange war es still geblieben. Wie lange, wusste Katja nicht mehr. Ihr Aufbegehren war verbraucht, eine Weile hatte sie noch gerufen, wenn man das so nennen konnte. Eine Weile geweint. Nun lag sie ruhig da, in einer Stellung, in der die Stricke am wenigsten in ihre Gelenke schnitten. Sie abzustreifen war unmöglich, das hatte sie aufgegeben. Sie fror. Sie wünschte sich die Decke, die bei ihren Befreiungsversuchen heruntergerutscht war, zurück, aber mit den gefesselten Händen konnte sie sie nicht mehr über sich ziehen.

Der Schäfer. Er würde irgendwann kommen und sie vergewaltigen. Sie musste Kraft sammeln, sich konzentrieren, um die Chance zu nutzen, wenn sie losgebunden wurde. Unter dem Sack konnte sie leidlich durch die Nase atmen. In der Dunkelheit hatte sie versucht, zu hören und zu fühlen, wo sie war. Es war hier so kalt wie in einem Keller. Und draußen war ein heißer Tag. Ihre Hände hatten gestampften Lehmboden ertastet. Ein Keller, dachte sie. Irgendein Haus mit einem Keller. Aber das Haus musste weit draußen im Wald liegen. Der Schäfer hatte sie doch am Pferch vorbeigeschleppt, deutlich waren die Schafe zu hören gewesen. Danach war sie nicht mehr weit getragen worden, vielleicht zehn Minuten entfernt von der Wiese hatte er sie abgesetzt und hier hineingeschleift.

Draußen hörte man die Vögel zwitschern, gedämpft, aber man hörte sie. Es war immer dieselbe Art von Vögeln, sie antworteten einander, schufen ein akustisches Gebäude, das endlos schien. Sie befand sich tief im Wald. Tief im Wald, aber nur eine Viertelstunde entfernt von normalen Menschen, die um diese Zeit vor dem Fernsehgerät saßen oder ihr Abendbrot aßen, wenn sie sich nicht auf dem Wurstmarkt amüsierten. Mama war vermutlich zu Hause und organisierte ihre nächsten Termine, Papa war wie immer unterwegs. Man würde sie nicht vermissen, ehe es wirklich spät wurde. Und dann ihre Freundinnen nacheinander anrufen. Vor morgen früh würde nicht ernsthaft nach ihr gesucht werden.

In dem Raum, in dem sie war, herrschte Stille. Eine Stille, die mit ständigen leisen Geräuschen aufgeladen war. Ein paarmal hörte Katja kleine Füße über den Boden tappen, eine Maus vermutlich. Wie zur Bestätigung kamen für eine Weile Nagegeräusche hinzu. Dann wieder das kaum hörbare, flinke Tappen dicht am Boden. Ab und zu ein leises Knacken von Holz. Alte Balken vielleicht, die in dem schimmeligen Moder, den man hier deutlich roch, verfaulten. Nie war es ganz still, immer rührte sich etwas. Schließlich verlor sie das Gefühl für die verstreichende Zeit. Es schien ihr, als höre sie die Bäume wachsen, langsam, Millimeter für Millimeter. Die zwei Düsenflugzeuge, die plötzlich über ihr die Luft auseinanderrissen und wieder zischend in der Ferne verschwanden, waren fast eine Erlösung, ein Beweis dafür, dass die Zivilisation noch existierte.

Wieder einmal drehte sie sich, suchte eine weniger schmerzhafte Position. Ein Drang zum Wasserlassen deutete sich an. Sie konnte sich doch nicht in die Hose machen. Bei der Drehung landete sie auf dem Bauch. Sie rollte sich weiter auf dem kalten, lehmigen Boden. Es gelang ihr, sich so weit zu bewegen, bis sie mit dem Kopf an ein Hindernis stieß. Sie schob sich ganz an die Wand heran und richtete sich zum Sitzen auf. An ihrem Rücken spürte sie runde Pfähle. Als sie schließlich aufrecht saß, bewegte sie den Kopf hin und her, so weit sie es vermochte, ohne wieder umzufallen. Sie hoffte auf eine Unebenheit, an der sie den Sack lockern, ihn gar abstreifen konnte. Tatsächlich blieb der Sack irgendwo hängen. Sie reckte sich vorsichtig mit den gebundenen Händen bis auf die Knöchel hoch, um mit dem Kopf nachzufühlen, und spürte schließlich etwas wie einen kleinen, vorstehenden Ast. Sie hakte den Sack daran fest und zog vorsichtig. Der Ast hielt. Sie schaffte es, einen Triangel in den Rupfenstoff zu reißen. Gleichzeitig hatte sie einen Kratzer an der Schläfe bekommen. Aber nun drang etwas Licht in den Sack. Katja tastete noch einmal nach dem Ast und wandte den Kopf vorsichtig ein Stück nach rechts. Der Sack gab weiter nach.

Diesmal handelte sie sich einen Kratzer an der Stirn ein, aber nun konnte sie sehen, wo sie war.

Im ersten Moment glaubte sie zu träumen. Sie befand sich in einem kleinen, von Dämmerlicht erhellten Stübchen. Durch einen halb geschlossenen Fensterladen fiel Licht herein. Vor sich sah sie einen Tisch, ein Hocker stand davor, beides sah selbst gezimmert aus und, das begriff sie erst nach ein paar Herzschlägen, die Möbel waren so klein, dass sie anscheinend für ein Kind gemacht worden waren. Auch die Decke hing so niedrig über ihr, dass sie in dem Raum nicht hätte stehen können. Der Geruch nach Erde und Moder war ohne den Sack mit seinem penetranten Schafsgestank stärker geworden. Die Wände dieser Hütte bestanden aus runden Pfählen, dazwischen steckte Flechtwerk, aus dem überall die blanke Erde herausquoll. Büschel von Wurzeln zwängten sich wie krause Zöpfe hindurch, hier und dort wucherten blasse, grüne Blättchen daran. Auf dem Tischchen, ebenfalls aus Bohlen gezimmert, stand eine volle Flasche Wein ohne Etikett. An der Wand dahinter hing eine Reihe brauner, verwitterter Tierschädel, mit Nägeln grob durch den Knochen an die Pfähle geheftet. Dazwischen hingen dicht beieinander seltsame, knorrig gewachsene Äste, die aussahen wie höhnische Gnome mit verzerrten Fratzen und theatralisch ausgestreckten Armen. Ein ausgestopftes, vom Mottenfraß geschecktes Eichhörnchen hockte auf einem Brettchen. Es drehte den Kopf herüber, die Glasaugen fingen ein wenig Helligkeit ein. Sie glommen im Halbdunkel, als brenne darin ein schwaches elektrisches Licht. Unter dem seltsamen Wandschmuck hatte jemand mit Reißzwecken eine Fotografie und einige Papierblätter befestigt. Es schienen Zeichnungen zu sein.

Katja legte sich wieder auf den Boden und rollte zu dem Tisch hinüber. Als sie an das Stühlchen stieß, fiel es mit einem Poltern um. Von draußen antwortete sofort ein Knurren, kurz darauf ein Bellen. Ein Hund. Das Bellen näherte sich der Hütte. Katja fuhr zusammen. Sie suchte nach einer Tür, die in den Raum hereinführen musste. An der Stirnseite der Hütte entdeckte sie den Einlass. Geschlossen, zum Glück. Eine aus Brettern zusammengezimmerte Eingangstür. Die würde ihr höchstens bis zum Gürtel reichen. Ein Zwergenhaus. In ein gottverdammtes Zwergenhaus hatte dieser Schäfer sie eingeschlossen. Und vor der Tür wartete ein Hund. Katja stieß im Liegen mit den Füßen zwei-, dreimal gegen die Wand und löste damit erneut ein Grollen vor der Hütte aus, das in Bellen überging. Dann schob sie sich wieder an der Wand neben dem Tischchen hoch und starrte im Sitzen auf die Bilder, die aus der Nähe besser zu erkennen waren. Ihr Kopf befand sich eine Handbreit über der niedrigen Tischplatte, auf der neben der Flasche Wein, der Farbe nach war es Rotwein, ein paar abgebrannte Kerzenstummel klebten.

Das Foto an der Rückwand zeigte eine alte Frau mit einem Dutt, die im Garten zwischen hochgewachsenen, blau blühenden Ritterspornstauden stand und lächelte. Hinter ihr der Giebel eines Bauernhauses mit abgeplatztem Putz, der ein paar rote Backsteine sehen ließ. Ein Stück von einem Rosenspalier war mit auf das Bild gekommen. Die Farben waren schon verblichen, das Foto von der Feuchtigkeit gewellt, an einer Ecke von Schimmel überzogen, der die Emulsionsschicht aufzufressen begann.

Die Geräusche draußen im Wald klangen inzwischen anders, das Licht in der Hütte begann, zu verblassen. Es musste längst Abend sein. Die Nacht rückte näher. Katja schob sich ein Stück weiter an der Wand entlang, um die beiden Zeichnungen neben dem Bild besser erkennen zu können, sie erschienen ihr frischer als die alte Fotografie. Es waren zwei Buntstiftzeichnungen, ziemlich geschickt gemacht, mit Märchenszenen darauf, wie ihr schien. Die eine Zeichnung erinnerte an Rotkäppchen. Ein Mädchen, im Profil, stand am Rand einer Waldlichtung. Es trug einen Rock und eine Weste. Sein Blick war auf eine Herde Schafe gerichtet, die auf der Wiese dicht zusammenstanden, eine gelbe Linie führte um sie herum. Der Zaun. Natürlich. Es war die Lichtung da drüben, die sie bereits kannte. Alles mit sicherem Strich gezeichnet, die Kiefern am Waldrand ebenso gut getroffen wie der Weidezaun, der zu dem Stall führte, in dem Olaf stand. Das andere Bild konnte sie nicht genau erkennen, sie musste ein Stück nach vorn rutschen. Es zeigte ein

Pferd, ein schwarzes Pferd, das durch den Wald galoppierte, ein Reiter saß darauf. Nein, eine Reiterin. Katja schoss es heiß durch die Adern, als sie erkannte, dass sie selbst es war. Die wehenden blonden Haare, ihre Jeansjacke mit den Metallknöpfen daran, die Reitstiefel. Das war sie auf Olaf bei einem Ritt durch den Wald. Es schauderte sie.

Noch etwas fiel ihr auf, als sie die Bilder näher betrachtete. Auf beiden Bildern war ein Augenpaar zu sehen, große, fahlgelbe Augen leuchteten im Hintergrund. Dort, wo der dunkle Wald in eine Schraffur aus Bleistiftstrichen überging. Unheimlich, bedrohlich. Katjas Blick streifte die Flasche auf dem Tisch, die kein Etikett trug. Warum Wein? Wollte er Wein trinken, der Schäfer? Während sie noch auf die Flasche starrte, in der der rote Wein im letzten Licht zu leuchten begann, das in die Hütte hereinfiel, begriff sie. Erst jetzt begriff sie alles. Ihr war wieder eingefallen, was sie in der Zeitung gelesen hatte. Worüber alle redeten. Dass bei den beiden Leichen der vergangenen Sonntage ein Flasche Wein gefunden worden war. Eine Flasche Wein ohne Etikett.

***

Nachdem Sailer an diesem Nachmittag fast zwei Stunden lang mit sechs verschiedenen Metzgern und drei Gaststätten gesprochen hatte, hatte er gelernt, seine Fragen präziser zu formulieren. Nicht nur, weil er damit überflüssige Betrachtungen am Telefon vermied, sondern weil die Zeit drängte. Er fragte jetzt nach Lammfleisch, das koscher geschlachtet worden sei. Ein paarmal wurde er auf die jüdische Gemeinde in Ludwigshafen verwiesen. Das habe er schon probiert, sagte er dann, im Prinzip könnten die zwar liefern, aber eben nicht für morgen noch, und er habe gehört, es gebe jemanden hier ganz in der Nähe, der Lammfleisch liefere, auf koschere Art geschlachtet. Von einigen Metzgern wurde er belehrt, das sei verboten, das dürften nur die Juden und die Moslems und überhaupt sei das Tierquälerei, ein paar andere zeigten sich selbst interessiert, wussten aber nichts Näheres.

Bis er die Metzgerei Hensel in Herxheim am Telefon hatte.

Ja, da kenne er jemanden, sagte der Metzger. Ihm liefere der zwar nicht, aber das Gasthaus Bauer, der »Rebstock«, habe schon bei ihm gekauft. Er habe mit dem Wirt schon mal darüber gesprochen, das sei ja doch ungewöhnlich in der Gegend hier. Ob er wisse, wo die Schafe gehalten würden, fragte Sailer.

»Vielleicht kann ich den Besitzer direkt dort antreffen. Ich bin wirklich ziemlich in Verlegenheit, ich habe meinen jüdischen Freunden doch fest zugesagt.«

»Irgendwo dort oben im Herxheimer Wald muss das sein. Beim Ungeheuersee oder beim Rehbrünnchen oder dazwischen. Rufen Sie doch noch beim ›Rebstock‹ an, vielleicht wissen die mehr.«

Sailer fragte im Gasthaus Bauer erst einmal an, ob man dort für eine größere Feier ausgerüstet sei, um den Fuß in die Tür zu bekommen. Dann, als der Wirt aufgetaut war, kam er auf den Metzger Hensel zu sprechen und stellte seine Standardfrage. Er erfuhr, dass man schon länger kein Fleisch mehr von dem Herrn Rech bekommen habe, der Wirt wusste aber, wo die Schafe gehalten wurden.

»Sie fahren in Leistadt oben die letzte Straße links hoch, da kommen Sie durchs Naturschutzgebiet zu den Wochenendhäusern. Wenn die aufhören, geht es noch ein Stück Richtung Ungeheuersee bis fast zum Rehbrünnchen, dann kommt die Schranke. Von der aus gehen Sie zu Fuß weiter, das sehen Sie dann gleich. Der hat bestimmt zwanzig, dreißig Schafe dort.«

Sailer schnippte mit den Fingern. Er machte sich erst einmal ein Käsebrot, nachdem er den Kühlschrank inspiziert hatte. Außer einem Päckchen hart gewordenem Emmentaler fand er nichts Essbares darin. Nach dem Telefonieren hatte ihn plötzlich ein Bärenhunger überfallen. Einen Kaffee konnte er auch noch gebrauchen. Überhaupt fühlte er sich nicht besonders fit. Die zehn Stunden im Keller und die drei Viertel Wein vom Vorabend, gemischt aus Riesling und Dornfelder, hockten ihm noch im Leib. Wie gut, dachte er, dass ich nicht auch noch Achterbahn gefahren bin. Nach dem ersten Käsebrot fühlte er sich besser. Er trank den Kaffee, holte seine Wanderkarte und eine

Taschenlampe, die warme Jacke. An dem zweiten Käsebrot kauend verließ er die Praxis.

Es dämmerte schon, als Sailer nach Leistadt hochfuhr. Die Sonne hatte sich bereits im Westen hinter die Berge gesetzt. Sie beleuchtete die Odenwaldgipfel über der Rheinebene im Osten, an der Bergkante an der Haardt zogen sich bereits blaue Schatten in die Täler hinunter, die sich in der Nacht in Nebel verwandeln konnten.

Der alte Diesel nagelte durch die ansteigenden Weinberge, vorbei am Annaberg, die Kehren hinauf nach Leistadt. Dort musste er hinter einem der Kleintraktoren durch das enge Dorf schleichen, einen Wagen voller dunkelblauer Trauben hinter sich. Wo an einer Hausecke Platz war, wurden Äpfel, Birnen, Wein und Schnaps angeboten. Die offenen Hoftüren gaben kurze Blicke frei auf eine strickende alte Frau mit einem sehr blauen Kopftuch, auf einen Jungen, der auf seinem Hocker hinter den Obstpyramiden auf seinen Gameboy starrte. Unter Hundegebell erreichte Sailer den Ortsrand, wo der Traktor abbog und ihm den Weg freigab. Hier war bereits die Abzweigung. Es ging steil den Berg hinauf, der Wald begann. Ein paar gut versteckte Wochenendhäuser säumten die Straße, die sofort schlechter wurde, als die Weinberge endeten. Sailer musste langsam fahren, um nicht mit dem Wagenboden zwischen den tief ausgefahrenen Spurrillen aufzusetzen. Schließlich fuhr er durch lichten Kiefernwald, in dem die Dämmerung sich ausbreitete. Der Dieselmotor schickte sein Gerassel in die Stille. Er klingt inzwischen eher wie ein Traktor als wie ein Auto, dachte Sailer. Wenn Rech gute Ohren hatte, wusste er längst, dass jemand in den Wald hinauffuhr. Nach zwei Kehren kam die Schranke. Sailer fuhr seinen Wagen an den Wegrand und stellte den Motor ab. Er blieb bei offenem Fenster im Wagen sitzen.

Die Stille kehrte zurück, mit den leisen Geräuschen, die zum Wald gehören, wenn es Abend wird. Geräusche aus zwei Etagen. Von den Vögeln aus den Baumkronen und von unten, vom Boden, von der lebendigen Decke aus Blättern und Zweigen, die immer fester wird, bis die Wurzeln der Bäume darin Halt finden. Mäuse waren dort unterwegs, eine späte Schwarzdrossel hüpfte auf der Suche nach Insekten über die trockenen Blätter. Ein paar rasche Sprünge eines Eichhörnchens kamen dazu. Das Geraschel eines Igels. Uhlenflucht. So hatte Sailers Vater diese Zeit immer genannt. Die merkwürdige Zwischenzeit zwischen Tag und Nacht, in der der Wald sich umstellt, die Vögel den Fledermäusen Platz machen, die Zeit, in der die Füchse und Marder aufbrechen, die Zeit der Jäger. Sailer überlegte einen Moment, wo wohl Benders Revier liegen mochte, und hoffte, ihm nicht vor die Flinte zu laufen.

Er stieg aus. Die Autotür machte er leise zu, zuvor hatte er das Fenster hochgekurbelt. Er wollte keinen Lärm mehr machen. Ab jetzt galt es, die Geschichte vom verirrten Wanderer glaubhaft zu gestalten. Er warf einen Blick auf den Wegweiser an der Schranke, der geradeaus wies. »Ungeheuersee« stand darauf. Sailer nahm seine Karte und legte sie auf die Motorhaube. Links von ihm lag der Herxheimer Wald. Er ließ seinen Blick über den Weg schweifen, der hinter der Schranke in die Dämmerung unter den Kiefern führte. Rech musste mit dem Auto zu seinen Schafen kommen. Also brauchte er von hier aus nur dem fahrbaren Weg zu folgen. Sailer überprüfte seine Ausrüstung. Die Jacke zog er an, die Lampe kam in die Außentasche. Das Handy? Hatte er vergessen. Er wusste genau, wo es lag, in seiner Schreibtischschublade nämlich. Einerlei. Er konnte nachher von der Praxis aus telefonieren.

Was will ich eigentlich herausfinden?, dachte er, während er dem Weg folgte, auf dem deutlich das Reifenprofil frischer Fahrspuren zu erkennen waren. Ich will wissen, wer das ist, antwortete er sich selbst und war dennoch wenig überzeugt. Man kann das nicht erklären, schloss er. Schon gar nicht einem Federer. Dass um einen Menschen etwas ist, was ihn deutlicher werden lässt, was man nur spürt, wenn man ihm nahe ist.

Es roch nach Kiefernharz, nach der steigenden Feuchtigkeit des Abends, nach Erde. Sailer blieb auf dem Weg, dort würde man ihn nicht hören, aber sehen. So, wie es zu seinen Absichten passte. Auch er würde sehen, wo er hinkam. Im Wald, wo trockenes Laub lag, wäre er viel lauter gewesen. Als er der nächsten Wegbiegung folgte, sah er die Schafe. Sowie sie ihn bemerkten, rannten sie im Schweinsgalopp davon und sammelten sich auf einer Wiese, wo sie sich zu einem Trupp zusammendrängelten, aus dem immer wieder ängstliche Köpfe zu ihm herübersahen. Dazu blökte es klagend in unterschiedlichen Stimmlagen. Sailer ging an einem alten, zerfallenen Weidezaun aus gespaltenen Robinienpfählen entlang. Nicht weit entfernt sah er ein Auto stehen. Einen roten Kombi mit einem Behindertenzeichen an der Heckscheibe und einer Dürkheimer Nummer. In dem Wagen befand sich niemand. Ein zusammengeklappter Rollstuhl lag auf der hinteren Ladefläche. Der rote Lack an den Seiten des Wagens war vielfach zerkratzt von den Ästen, die daran gestreift hatten. Sailer beugte sich hinunter und warf einen Blick auf die Räder. Grobstollige Geländereifen. Der Fahrer musste viel im Wald unterwegs sein. Sailer blieb am Weidezaun stehen, um sich zu orientieren. An beiden Enden der großen Wiese, die in einer Waldlichtung lag, gab es einen Schuppen. Der eine, dessen Dach schon gefährlich durchhing, gehörte offenbar zu den Schafen, der andere war noch jünger und an verschiedenen Stellen ausgebessert worden. Ein frischer Stapel Bretter lag noch daneben. Sailer schlenderte am Zaun entlang auf den Schuppen zu. Beim Näherkommen roch es immer deutlicher nach Pferd, nicht nach Schafen. Als er schließlich neben dem Schuppen stand und eine Weile horchte, hörte er tatsächlich darin ein Pferd schnauben. Sailer bückte sich unter dem Zaun hindurch und ging zu dem Schuppen. Ein Wanderer konnte schon einmal neugierig zu einem Pferd hineinsehen, warum nicht? An der Türfüllung befand sich ein Spalt, der groß genug war, nur war es stockdunkel in dem Schuppen. Sailer hielt seine Taschenlampe an den Spalt und ließ sie aufleuchten. Er sah einen schwarzen Pferdehintern und die Hälfte eines Sattels daneben an der Wand hängen. Das Pferd wieherte leise und trat auf der Stelle hin und her, irritiert von dem plötzlichen Lichtschein. Sailer schaltete die Lampe aus. Dort drin war niemand.

Nun stand er auf der Waldwiese, bereits jenseits des Zauns. Er begann, die Wiese zu überqueren und überlegte sich eine passende Ausrede dafür. Ein Wanderer in der Dämmerung, der sich für Schafe interessiert, das konnte auch ein Dieb sein. Unsinn, dachte er und sah an sich herunter. Hatte er sich nicht mit Bundhosen und Wanderschuhen eine vertrauenswürdige Kostümierung ausgesucht? Der Wald am jenseitigen Rand der Wiese bildete eine abweisende, dunkle Mauer aus Stämmen, dazwischen Brombeerranken und Haselbüsche. Sailer ging an den ängstlich blökenden Schafen vorüber, ständig gewärtig, Rech mit einer Hacke in der Hand irgendwo auftauchen zu sehen. Aber er blieb allein auf der Wiese, während er auf den baufälligen Schuppen zusteuerte.

Die Tür war nur angelehnt. Nachdem er sie geöffnet hatte, beleuchtete die Taschenlampe einige Rollen gelben Elektrodraht und Bündel von schwarzen Kunststoffpfählen. Ein dickes Brett lehnte an der Wand. Ein Hackklotz, darin steckte ein Beil. Ein paar Schüsseln aus Kunststoff, eine alte aus blauem Email. Benzinkanister, ein halbes Dutzend verrostete Gartengeräte. Nichts Besonderes dabei.

Sailer trat wieder auf die Wiese hinaus. Neben dem Schuppen bemerkte er am Waldrand eine schmale Lücke im Brombeergestrüpp. Er ging näher heran und entdeckte einen schmalen, ausgetretenen Pfad, der hier begann. Er atmete tief ein. Warf einen Blick hoch zu den bedrohlich schwarzen Kiefernhäuptern, die über ihm schwebten wie das Unheil selbst, aber sein Instinkt sagte ihm nichts anderes als: Geh rein. Es wird schon nichts passieren. Ich könnte mich verlaufen haben, dachte er. Ihn fragen, wo der Weg nach Leistadt hinunter geht, ein bisschen dabei schwäbeln, damit ich als Fremder durchgehe. Ach, ganz in der Nähe, sagen Sie? Vielen Dank auch. So ähnlich.

Nachdem er den Wald betreten hatte, beruhigten sich die Schafe, sie hörten auf zu blöken. Hier drinnen herrschte bereits Finsternis, in der Nacht würde es kaum dunkler werden. Sailer ging den Pfad entlang. Laut hörte er das Rascheln seiner Schritte im Laub. Nach ein paar Minuten blieb er stehen und horchte. Hatte er da nicht eben etwas gehört? Etwas, was nicht hierher passte? Nun war wieder Stille. Er folgte dem Pfad noch ein gutes Stück weiter. Nun achtete er darauf, keinen Lärm mehr zu machen. Das war nicht schwer, das Unterholz hatte sich gelichtet, der Pfad bestand jetzt aus festgetretenem Sandboden, nur ab und zu lagen ein paar Zweige darauf, die knackten, wenn er auf sie trat.

Da war es wieder. Sailer blieb erneut in der Dunkelheit stehen. Zwischen den Kieferwipfeln blinkte ein einzelner Stern zu ihm herunter. Da sang doch jemand. Während er noch horchte, löste sich ein Schatten aus dem Dunkel über ihm und ruderte zwischen den dunklen Säulen der Baumstämme davon. Das Käuzchen ließ seinen hohlen Ruf erst hören, als es ein Stück entfernt war. Uhlenflucht.

Der Gesang war einen Moment verstummt, klang jetzt wieder leise auf. Wie weit mochte das weg sein? Sailer machte noch ein paar vorsichtige Schritte, dann sah er Feuerschein zwischen den Bäumen. Ein rötlicher Fleck waberte an der Unterseite der Kiefernwipfel, die waren hier dicht zusammengewebt wie eine Decke. Er ging leise auf die Stelle zu. Um ihn knackte und raschelte es. Die Nachtwesen hatten den Wald wieder in Besitz genommen. Seine leisen Schritte gingen darin unter. Hinter einem Baumstamm blieb Sailer stehen. Eben hatte das Singen wieder angefangen. Er sah nun auch den Lichtschein der Flammen, den Sänger, der am Feuer hockte, ihm den Rücken weisend.

»Ein Lämmlein geht und trägt die Schuld
Der Welt und ihrer Kinder;
Es geht und traget in Geduld
Die Sünden aller Sünder.«

Hier verhielt der Sänger. Er stocherte im Feuer, Funken flogen auf, stiegen im rötlichen Licht nach oben und verlöschten. Dann wandte er sich halb um, und Sailer sah im Feuerschein Rechs Profil. Das kantige Bauerngesicht, die blonden Haare, die über die Stirn fielen. Mit dem alten Passionslied, das Sailer noch im Ohr hatte, wollte ihm Rechs Gesicht einen Augenblick lang gar fromm erscheinen, auf eine einfältige Weise fromm allerdings, wie auf dem Bild eines alten holländischen Malers.

»Es geht dahin, wird matt und krank«, sang Rech, dem Feuer wieder zugewandt.

»Ergibt sich auf die Würgebank,
Verzeiht sich aller Freuden;
Es nimmet an Schmach, Hohn und Spott,
Angst, Wunden, Striemen, Kreuz und Tod
Und spricht: Ich will's gern leiden.«

Das Feuer beleuchtete hinter dem Sänger einen Hügel, auf dem die Brombeeren weit über mannshoch wucherten. In dem Hügel schien, wie es Sailer vorkam, zwischen den Ranken eine Fensterscheibe im Feuerschein zu glänzen. Sailer glaubte sich in eine alte Geschichte versetzt. Ein Waldhaus und ein barocker Choral. Der Rücken des Sängers in seiner Joppe, das Feuer und der Wald ringsum passten nicht in die Gegenwart, nirgends in die Vergangenheit, rutschten durch die Zeit, dass es Sailer schwindlig werden wollte. Ein merkwürdiges Gefühl beschlich ihn. Ehe er entscheiden konnte, ob dieses Gefühl Angst war, brach er instinktiv den Bann. Er räusperte sich. Rech hörte zu singen auf und drehte sich um. Sailer kam hinter seinem Baum hervor.

»Guten Abend.«

Rech sagte nichts. Er blieb, Sailer halb zugewandt, sitzen. Sein Gesicht im Feuerschein hatte einen stumpfen, leeren Ausdruck, als begriffe er nicht, was vorging. Als Sailer näher trat, erklang ein leises Grollen. Erst jetzt sah er den Hund, der sich eben erhoben hatte. Ein großer Schäferhund, die Ohren spitz nach vorn gestellt. Seine Augen funkelten im Widerschein des Feuers. Rech gab einen kurzen Laut von sich, kein einzelnes Wort, nur einen scharfen Laut, der den Hund dazu brachte, sein Grollen abrupt zu beenden.

»Entschuldigen Sie«, sagte Sailer. »Ich wollte nicht stören. Ich habe mich verlaufen. Ich wollte nach Leistadt hinunter und muss dort hinten vom Weg abgekommen sein. Ist ja schon dunkel inzwischen. Können Sie mir vielleicht sagen, wie ich zum Weg zurückkomme?«

Rech stand auf. Er war groß, gegen einen Meter neunzig, schätzte Sailer. Aber er wirkte nicht bedrohlich. Er stand nur da, wie ein ertapptes Kind, dem man gerade befohlen hatte aufzustehen, und er sah unschlüssig an Sailer vorbei, als solle der ihm sagen, was nun zu tun sei. Oder er horchte in sich hinein, wartete auf eine Eingebung. Ein richtiger Waldläufer, dachte Sailer unwillkürlich. Natty Bumppo, der Wildtöter, der wochenlang keinen Menschen gesehen hat. Aber Sailer spürte, es war etwas ganz anderes, was in Rechs Gesicht geschrieben stand. Das brachte ihn für den Moment zum Schweigen, es fiel ihm nichts Passendes dazu ein. Der Hund schien die Spannung zu spüren, er nahm sein Grollen wieder auf, drohend kam es hinter dem Feuer hervor. Aus dem Wald mischte sich ein beständiges, leises Rascheln hinzu. Das Feuer knackte. Rech wirkte, als horche er auf die Geräusche ringsum oder noch immer nach innen, aber nicht auf das, was Sailer eben gesagt hatte. Nur der Hund beobachtete ihn aufmerksam und knurrte leise.

***

Katja war plötzlich hellwach. Als sie den Mann draußen vor der Hütte hörte, kehrte ihre Hoffnung zurück. Sie versuchte, mit dem Kopf gegen die Wand aus Erde zu schlagen, aber sie brachte nur ein dumpfes Klopfen zustande. Von dem Gespräch vor der Hütte verstand sie nichts, sie hatte nur die fremde Stimme gehört, die etwas fragte. Den Schäfer hatte sie nicht sprechen hören. Wenigstens hatte er seinen Singsang unterbrochen, das blödsinnige Kirchenlied, das sich, nachdem sie es eine Stunde oder länger hatte hören müssen, in ihrem Kopf festgesetzt hatte wie lästige Spinnweben. Sie kannte inzwischen jedes Wort, jeden Ton der Melodie, gesungen in der kindischen, frömmelnden Manier des irren Schäfers. Der rötliche Feuerschein drang durch das Fenster herein. Der Schäfer hatte nicht nach ihr gesehen, als er wiederkam, kein Wort von sich gegeben da draußen, nur diesen Singsang. Es war noch kälter geworden, seitdem die Dunkelheit die Hütte füllte. Katja konnte sich in der Kälte kaum noch bewegen. Irgendwann hatte sie nicht mehr vermocht, ihren Urin zu halten, und seitdem saß sie in der Nässe und roch den Ammoniakgeruch, der aus ihrem Innern stammte und ihr ihre vollkommene Hilflosigkeit bewusst machte.

Sie würde das nicht überleben. Nicht mehr zurückkehren in

die Welt jenseits dieses verfluchten Waldes. Die normale Welt, in der es morgen früh Croissants zum Frühstück gab und Kaffee. In der ihre Eltern lebten, die sich irgendwann heute Nacht Sorgen um sie machen würden, wenn sie vielleicht schon tot war. Wenn der Mann draußen sie bemerken würde. Das war vielleicht die letzte Chance, die sie bekam. Katja versuchte noch einmal, so heftig sie konnte, mit dem Kopf gegen die Wand zu schlagen, es gab einen etwas lauteren Bums, danach fiel sie um. Sie horchte. Die Unterhaltung draußen war inzwischen verstummt. Der Hund knurrte. Nichts deutete darauf hin, dass sie bemerkt worden war. Irgendein Geräusch, das laut genug war, aber wie? Katja versuchte, das Zwergenstühlchen, neben dem sie auf der Erde lag, mit ihren gefesselten Beinen gegen die Wand zu stoßen, sie schob es nur ein Stück weiter in die Hütte hinein. Angestrengt horchte sie, aber sie hörte nur das laute Knurren des Hundes draußen vor der Hütte. Dann begann der Fremde wieder zu sprechen. Sie konnte ein paar Worte verstehen. Er fragte, verdammt noch mal, nach dem Weg. Hatte sich bloß verlaufen. Katja wimmerte leise vor sich hin, schlug ihren Kopf auf den gestampften Lehmboden. Alles vergebens. Er konnte sie nicht bemerkt haben, dieses Erdloch schluckte alle Geräusche wie ein Grab.

***

»Können Sie mir vielleicht den Weg nach Leistadt hinunter zeigen«, sagte Sailer noch einmal, nun etwas lauter, um Rech zu erreichen, der ihm wie in Trance schien. Dabei trat er einen Schritt vor, ohne nachzudenken, als wolle er seine Bitte bekräftigen. Der Hund sprang sofort auf und schnappte nach Sailer, der wich zurück und sah Rech entsetzt an, der ihn nun seinerseits mit weit offenen Augen direkt anstarrte. Der Hund kam langsam näher, er zeigte Sailer sein komplettes Gebiss, die Nackenhaare waren gesträubt, während er schwallartig grollende Knurrlaute von sich gab.

»Halten Sie den Hund zurück, Mensch!«

Als Rech keine Bewegung machte, um den Hund aufzuhalten, ohne dabei seinen hypnotisierten Blick von Sailer zu nehmen, drehte der sich um und begann zu rennen. Hinter ihm bellte der Hund los. Sailer rannte, was er konnte. Er hoffte, er werde in der Dunkelheit nicht gegen einen Baum rennen oder stürzen. Das Bellen blieb dicht hinter ihm.

Sailer hatte die vage Hoffnung, der Hund werde ihn nicht attackieren, wenn es ihm gelänge, weit genug vom Feuer wegzukommen. Er wagte nicht, sich im Laufen umzudrehen, um seinen Vorsprung nicht einzubüßen, wobei er wohl wusste, wie er da zwischen den gleichgültig dastehenden Kiefern hindurchrannte, dass ihn der Hund mit ein paar Sätzen erreichen konnte. Er rang nach Luft. Hörte das rasche Tappen seiner eigenen Schritte auf dem Sandboden, sein Gehör ertastete den Wald, der hinter ihm lag, um die Läufe des Hundes hören zu können, wenn er hinter ihm war. Noch blieb Zeit, noch schien der Hund nicht zum Angriff entschlossen. Sailer rannte so schnell er es vermochte.

Da war die Wiese, Sailer konnte sie bereits zwischen den Baumstämmen im Dämmerlicht liegen sehen. Doch etwas riss ihn plötzlich von den Beinen. Eine Wurzel, über die er gestolpert war. Er fiel, kollerte in ein Brombeergebüsch, die Dornen rissen ihm beim Fallen die linke Wange, die Stirn und beide Handflächen auf, weil er die Arme schützend vor sich gestreckt hatte. Er rollte sich zur Seite, schon gewärtig, den Hund über sich zu haben, und streifte sich die Ranken dabei einfach mit den Händen ab, egal, auf die paar Dornen kam es nun auch nicht mehr an.

Es war kein Hund da. Er spürte, dass ihm Blut über das Gesicht lief. Sailer rappelte sich wieder auf und versuchte, zu Atem zu kommen, aber plötzlich hatte er Mühe mit der Luft. Sein Hals kam ihm vor wie zugeschnürt, die Brust war ein enges Fass geworden. Sein Herz quälte sich darin, stolperte. Kein Platz war auf einmal unter den Rippen, ein dumpfer Schmerz breitete sich drinnen aus. Sailer fühlte eiskalten Schrecken in Armen und Beinen. Zum Auto. So schnell wie möglich. Er zwang sich dazu, langsam über die Wiese zu gehen. Aber der Schmerz in der Brust ließ nicht nach. Kein Handy dabei. Sailer drehte sich um. Die Schafe drängten sich zusammen, blökten leise. Noch immer war der Hund nicht zu sehen.

Eine Viertelstunde würde er bis zum Wagen brauchen. Wenn er es überhaupt noch schaffte. Dann hinunterfahren ins Krankenhaus. Noch einmal zehn Minuten. An den nächsten Schritt denken, dachte er. Keine Panik kriegen, jetzt nicht. Sailer fühlte feine Tröpfchen auf seiner Stirn. Er fasste unwillkürlich an die linke Brustseite, wo jemand einen Schraubstock angesetzt hatte, der begonnen hatte, ihm die Rippen zusammenzudrücken. Vor dem Hund hatte er jetzt keine Angst mehr. Er wusste, was das war in seiner Brust. Walther Marquardt fiel ihm ein. Der würde schimpfen, was würde der schimpfen, noch an seinem Grab. Unwillkürlich musste Sailer grinsen.

Der Weidezaun. Sailer tappte daran vorbei in die drohende Schwärze unter den Kiefern hinein. Noch sah er sich nicht im Wald liegen, von frühen Spaziergängern gefunden, sah nicht seine Todesanzeige vor sich, wer würde die überhaupt in die Zeitung setzen? Karin, ja, die wohl. Und Maria – seine Tochter würde all das erst viel später erfahren. Nein. Die Genugtuung wollte er Walther nun doch nicht liefern, der alten Unke. Wie zur Bestätigung schrie ein Käuzchen zweimal hinter ihm. Sailer tappte weiter, die Hand auf der Brust, ganz flach atmen, dann ging es, er pumpte sich voll mit Luft. Sauerstoff tanken, dachte er, obwohl er wusste, dass das nicht viel nützen würde. Einen Stecken hatte er sich eben abgebrochen aus einem Strunk dürrer Hasel, der half ihm, besser voranzukommen.

Er musste aus diesem Wald hinaus, der ihm mit einem Mal ein großer Friedhof schien. Gesichter stierten ihn aus dem Halbdunkel an, Totenschädel, Grabmale. Die Kiefern standen schief und krumm durcheinander, als wären sie betrunken, die dunklen Büschel der Wipfel hatten sich in die krausen, abstehenden Haarschöpfe hysterischer Geistwesen verwandelt, die gierig auf einem perversen Fest tanzten, Sailers Kreuzweg belauerten, darauf warteten, dass er fiel, dass er hier zwischen ihnen liegen blieb und jämmerlich starb. Ein plötzliches Aufschrecken mit Geraschel und langen Fluchten im Unterholz ließ ihn taumeln. Ruhig bleiben! Ein Reh, Sailer, das ist bloß ein

Reh. Der Kerl hat sein Vieh gar nicht auf dich gehetzt, keine Sorge, der wollte dich nur weghaben. Dass von Rech selbst eine Gefahr für ihn ausgehen könnte, daran dachte Sailer überhaupt nicht. Wenn er an Rech dachte, sah er einen ertappten Buben vor sich, dem nichts einfiel, was er hätte sagen können. Jetzt war er sicher. Falls das noch etwas nützte. Er hatte ihn. Auch daran dachte er ein-, zweimal, aber das war ihm jetzt nicht mehr so wichtig wie der Anblick seines alten, blauen Diesels, der hinter der Schranke stand und auf ihn wartete.

Er klemmte sich hinter das Lenkrad. Das Atmen wurde immer mühsamer. Den Puls fühlte er sich erst gar nicht, zu viel Angst hatte er vor dem, was er da würde feststellen können. Aber noch schlug sein Herz, noch pumpte es Blut durch seinen Kreislauf. Er wusste nur zu gut, dass es plötzlich stillstehen konnte, und dann würde es ganz Nacht um ihn werden. Eine Viertelstunde, vielleicht nur zehn Minuten bis zur Klinik unten in Dürkheim. Sailer fuhr los. Seine Rippen saßen wie Fassreifen um den Brustkorb. Die Beine summten, seine Knie fühlten sich merkwürdig schwer an beim Treten der Pedale. Das Atmen ging so mühsam, er kurbelte das Fenster herunter. Der schwere Wagen setzte immer wieder krachend mit dem Boden auf. Kies spritzte an den Seiten heraus, Steine knallten ans Blech. Sailer war es egal, er fuhr so schnell wie möglich zu Tal. Nach einem besonders schweren Aufsetzer verwandelte sich das Motorengeräusch plötzlich in das eines Flugzeugs. Auspuff gebrochen, konstatierte Sailer automatisch.

Als er dröhnend am Annaberg vorbei nach Dürkheim hinunterfuhr, hatte er kaum noch Kraft in den Armen. Der Schraubstock um seine Brust war weiter zugedreht worden, wollte ihn kaum mehr atmen lassen. Es kam nur wenig Luft zu ihm durch, zu wenig. Die Luft kam so spärlich, als hätte er ein Bündel Strohhalme im Mund, die nacheinander auf den Boden fielen. Es wurden immer weniger Halme. Sailer wollte die Halme nicht hergeben, er wollte die Luft behalten. Am Kreisel vor der Saline war Verkehr. Die Schlange schob sich am Wurstmarkt vorbei. Sailer hielt fünfzig Meter vor dem Kreisel die Hupe gedrückt und fuhr einfach drauflos, ohne zu bremsen. Eine

Lücke entstand, es rumste, ein Schlag am rechten Kotflügel. Zwischen den Autos durch. Eine der Blumenrabatten hatte er beim Ausweichen mitnehmen müssen. Hinter ihm ein wütendes Hupkonzert. Die hielten ihn für einen durchgedrehten Besoffenen.

Noch zwei Minuten. Sailers Augen brannten, die Luft wollte einfach nicht mehr zu ihm hinein. Es wurde ihm schwindlig. Der Kreislauf geht weg, dachte er. In seinem Mund waren nicht mehr viele Strohhalme. Der Luftstrom, der noch hindurchging, war dünn geworden, die Schraubzwingen, die vordem seine Rippen gewesen waren, hatte ein gnadenloser Tischler zugezogen. Die Ampel vor dem Krankenhaus war rot. Er hätte gar nicht mehr bremsen können, selbst wenn er es gewollt hätte. Sein rechter Fuß wog eine Tonne. Er konnte ihn noch ein Stück vom Gas nehmen und um den Parkplatz herum kurven, inzwischen sah er fast nichts mehr.

Dort, wo er das beleuchtete Schild der Notaufnahme mit den beiden roten Kreuzen rechts und links ausmachen konnte, fuhr er den Wagen unter den Augen der verdutzten diensthabenden Besatzung und dreier rauchender Patienten vor dem Portal in die Umfriedung aus Betonschüsseln mit Staudenpflanzen hinein. Es krachte, und eine Ladung neonbeleuchteter Kirschlorbeerpflanzen kippte vor seine Windschutzscheibe. Danach verlor Sailer das Bewusstsein.

13

Er schwamm unter Wasser, ohne richtig atmen zu können. Irgendetwas war mit dem Tauchgerät nicht in Ordnung. Die Maske drückte, und das Mundstück schien seinen ganzen Rachen auszufüllen. Mühevoll entrang er der Apparatur Atemzug um Atemzug. Er musste auftauchen, die Flaschen waren leer. Die Oberfläche über sich konnte er nicht erkennen, da war nur ein diffuser Lichtschein im Dunkel, er konnte nicht abschätzen, in welcher Tiefe er sich befand. Gleichzeitig glaubte er, den Wasserdruck zu spüren, der seine Lunge zusammendrückte. Panik stieg in ihm auf. Er musste nach oben. Um ihn war nur das trübe Licht, er konnte keinen Grund erkennen, kein Riff, nichts, um sich zu orientieren. Er musste von einer Strömung erfasst und abgetrieben worden sein. Er war allein. Wieso allein? Wieso tauchte er überhaupt und wo? Die Panik wuchs in ihm, er versuchte, langsamer zu atmen und sich zu drehen, um endlich die Oberfläche erkennen zu können. War er in einer Höhle, um Gottes willen, in einem Gang, in dem es kein Oberflächenwasser gab? Wie kam er da hinein? Während er verzweifelt versuchte, sich zu drehen, um sich zu orientieren, hörte er eine Stimme aus dem Nichts sagen:

»Nur ruhig. Es ist alles in Ordnung. Bleiben Sie ruhig liegen.«

In diesem Moment merkte Sailer, dass er die Augen die ganze Zeit geschlossen gehabt hatte. Langsam öffnete er sie. Sie fühlten sich geschwollen an, verklebt. Er sah ein Gesicht, das sich über ihn beugte. Es kam ihm auf eigenartige Weise bekannt vor. Hinter dem Gesicht schien ein helles Licht, in das hineinzuschauen ihm wehtat. Er sagte etwas zu dem Gesicht, das Sprechen kostete ihn Mühe. Gleichzeitig wurde ihm bewusst, dass er das schon ein paarmal versucht hatte. Den Namen mitzuteilen, den Ort. Man würde ihn nicht ernst nehmen, würde glauben, er sei nicht bei Verstand. Sailer schloss die Augen. Grenzenlos müde fühlte er sich und so schwach wie ein kleines

Kind. Er wollte wieder etwas sagen zu dem Gesicht. Dass es wirklich dringend sei, weil vielleicht Gefahr drohe, aber er schloss den Mund wieder. Es war einfach zu anstrengend.

»Nicht sprechen, Herr Sailer«, hörte er die Stimme wieder, sie klang jetzt merkwürdigerweise, als gehöre sie Menzel. »Das Wichtigste, es ist alles gut gegangen. Sie haben heute Nacht einen Infarkt gehabt. Wir haben das inzwischen im Griff. Versuchen Sie zu schlafen. Es wird Ihnen bald besser gehen.«

Sailer wollte antworten, machte den Mund nochmals auf, er war so froh, nicht ertrinken zu müssen, den nächtlichen Schrecken, den er nun Bild für Bild wieder vor sich zu sehen begann, überstanden zu haben. Er versuchte erst gar nicht zu verstehen, wieso es Menzel war, der eben mit ihm geredet hatte. Menzel ärgerte sich sicher über ihn. Er hatte ihm Unrecht getan. Musste sich bei ihm entschuldigen. Morgen, wenn er dann noch da war. Jetzt war er zu müde dazu. Kurz danach schlief er ein. Er geriet in einen bleiernen, schmerzhaften Schlaf. Auf der Brust lag ein schwerer Stein, den er nicht abwälzen konnte.

Der Stein zog ihn wieder in die Tiefe. Er sank, trieb durch einen Wald, in dem kein Lüftchen wehte. Die Bäume staken in grauem Schlamm, es sah aus, als wäre der Wald vor Kurzem noch überschwemmt gewesen, die schwarzen Wipfel verdunkelten den Himmel. Zwischen den Stämmen, deren Rinde aus grauen Schuppen von Drachenhaut zu bestehen schien, sah er plötzlich Friederike gehen mit ihrer roten Weste. Sie hatte die Gummistiefel an, die sie bei der Arbeit auf dem Hof trug, aber sie war unterwegs zum Fest, zum Wurstmarkt. Der schien weiter hinten stattzufinden, jedenfalls drehte sich dort das Riesenrad lautlos mit beleuchteten Gondeln im Kreis. Sailer wollte rufen, aber kein Ton kam von seinen Lippen. Friederike drehte sich nicht um, sie stapfte in ihren Gummistiefeln durch den Schlamm zwischen den Bäumen, deren graue Schuppen dort, wo sie sich ablösten, rote Wunden hinterließen, als bluteten sie. Sie wurde zwischen den Stämmen immer kleiner. Bald würde sie auf dem Festplatz angelangt sein. Sailer trieb noch immer zwischen den Stämmen dahin wie ein Ballon, er erreichte den Boden nicht, bekam schlecht Luft. Friederike wurde immer kleiner, hinter ihr wehte eine eisige Kälte heran, und als Sailer sich umdrehte, sah er eine Wand aus Dunkelheit durch den Wald näher kommen, eine schwarze Schleppe, die alles, was sie erreichte, in Finsternis verwandelte, als hätte es nie existiert.

Dann träumte er von Menzel. Er saß ihm gegenüber, trug seine weiße Krankenpflegermontur und hielt ein Glas Wein in der Hand, es erschien Sailer, als hätten sie sich nun doch noch einmal getroffen, um alles zu klären, nur der Wein wollte nicht dazu passen. Es war Rotwein, wie Sailer bemerkte, und eine halb leere Flasche ohne Etikett stand neben Menzel auf dem Tisch. Sailer sagte zu Menzel, der Täter heiße Hans-Dieter Rech und komme aus Weisenheim am Berg, er habe eine Waldhütte beim Schafspferch im Herxheimer Wald, nahe dem Ungeheuersee, und man müsse unbedingt die Polizei dorthin schicken. Menzel nickte nur und trank selbstvergessen von dem roten Wein, der im Glas dick und trübe wirkte, als wäre es Blut.

Wenn Sailer aufwachte, war es, weil sich jemand an seinem Arm zu schaffen machte, den Blutdruck maß, den Puls, eine Infusionsflasche gewechselt wurde, jemand sich an die Bettkante setzte, er spürte das Gewicht, mit dem die Matratze niedergedrückt wurde. Eine Hand wischte ihm mit einem Waschlappen den Schweiß von der Stirn. Das Denken war in diesen Stunden schwierig, gebremst, eine stumpfe Gleichgültigkeit in ihm wollte gar nichts wissen, sich nur diesen Händen überlassen, die um ihn waren. Er wusste, die gefährlichste Phase war vorbei, die, in der sein Herz hätte stillstehen können und ohne sofortige Hilfe auch stehen geblieben wäre. Eben das hätte ihm letzte Nacht im Wald zustoßen können. Er war unendlich dankbar, dass es nicht geschehen war. Er würde den Arzt bei der nächsten Visite nach dem Befund fragen.

Einmal, als er erwachte, war alles dunkel. Er sah die glimmenden Leuchtkäfer der Lämpchen an den Überwachungsgeräten und hörte draußen vor dem Fenster den Nachtwind in den Bäumen. Auf dem Gesicht spürte er eine angenehme Kühle. Der Schmerz in der Brust war zu ertragen, das Atmen fiel ihm immer noch schwer. Was sich geändert hatte, betraf seine

Fähigkeit zu denken. Sein Verstand arbeitete wieder, als hätte jemand eine Bremse gelöst. Er nahm an, dass man ein starkes Beruhigungsmittel abgesetzt hatte. Die Visite hatte er wohl verschlafen. Er beschloss, eine Weile wach zu bleiben. Das Kopfteil an seinem Bett war hochgeklappt, seine Arme noch fixiert, damit er sich die Kanülen nicht versehentlich aus den Venen riss. Er lag da und hörte dem Wind draußen zu. Er kam ihm unzeitig herbstlich vor, als könnte er die Blätter darin treiben sehen. Schön, dachte er, wenn Karin morgen käme, auch Walther vielleicht. Um ihn zu seiner glücklichen Rückkehr zu begrüßen. Von der großen Reise, die er nun doch noch nicht angetreten hatte. Von fern schlug eine Kirchturmuhr. Vier Schläge, dann zwei. Die Nacht dauerte noch lang. Kurz darauf schlief er ein.

***

Der Hubschrauber. Er kommt. Von Osten fliegt er heran, aus der Stadt, und er weiß, wo er suchen soll, das kann man schon ahnen an der Art, wie das Klopfen lauter wird. Schnelle, zornige Schläge schickt er in den Wald, die eilen ihm voraus. Er muss nach dem Rechten sehen, das ist seine Pflicht und Schuldigkeit, und da kommt er schon über den dunklen Berg wie eine angreifende Hornisse, ein Scheinwerfer blitzt an seinem gläsernen Leib auf, er kommt genau auf ihn zu. Der Fritz bellt, aber was kann er ausrichten gegen dieses Monstrum aus Metall, das nun in der Luft angehalten hat und mit seinem Scheinwerfer zwischen die Bäume hineingreift. Der Hans weiß, wer es war, der Dieter sagt es ihm. Der dicke Mann war es, der hat ihn geholt, den Hubschrauber. Der Mann, der aus Angst vor dem Fritz weggelaufen ist vor zwei oder drei Stunden, und da hat er gut daran getan, denn der Fritz versteht keinen Spaß, wenn es um seinen Herrn geht. Auch jetzt will er ihn schützen, steht auf den Hinterbeinen und bellt.

»Ruhig«, sagt der Hans, und der Fritz hält still. Stillhalten hat immer geholfen. Gut, dass das Feuer inzwischen aus ist, meint der Dieter. Ein Blick zur Hütte hin, auf die der Mond guckt, der zwischen den Kiefern hindurch scheint. Ein Brombeergestrüpp. Sonst kann man von dort oben nichts erkennen. Das wuchert über die Tür hinweg gerade so wie über das kleine Fenster. Du musst dich jetzt entscheiden, meint der Dieter.

Hans steht auf. Noch ist der Hubschrauber ein gutes Stück weg. Der Fritz winselt, er spürt, dass etwas nicht stimmt. Ein heller Finger durchsucht den Wald, vielleicht zweihundert Meter entfernt von hier. Die Flügel peitschen die Wipfel der Kiefern dort drüben, Zweige und Nadeln regnen herunter, Tagvögel flattern geblendet und in Panik durch den Wald davon. Du musst dich jetzt schnell entscheiden, meint der Dieter eben wieder, es bleibt kaum noch Zeit, sagt er, wenn die Sache zu Ende gebracht werden soll, und das muss sie doch. Das muss sie. Der Hans muss die Sache ja zu Ende bringen, es geht nicht anders, was immer auch passiert.

Also geht er jetzt hinein in die Hütte zu der Frau mit dem schwarzen Pferd. Schließt auf, bückt sich unter der niedrigen Tür durch, die sich quietschend wieder schließt, und bleibt vor ihr mitten in dem kleinen Raum stehen. Gebeugt, seine Schultern stoßen an die Decke, als trüge er die gesamte Hütte auf seinem Rücken. So steht er da mit herunterhängenden Armen und seinen großen, schwieligen Händen, das karierte Hemd offen, die Kordhose steif von Harz und Dreck. Da sitzt die Vogelfrau und sieht ihn an. Sie hat den Sack von ihrem Gesicht abgemacht, damit sie ihn ansehen kann. Es ist nicht sehr hell hier drin, das Mondlicht kommt herein durch die offene Tür und durch das Fenster, es fällt nur in ihre Augen. Sonst nirgendwo hin. Ihre Augen sind wieder von einem durchscheinenden Grau wie die eines seltenen Vogels. Sie ist ganz still, sie kann ja nicht sprechen, das Packband verschließt ihren Mund. Reden würde nur stören. Was jetzt geschehen muss, kann nicht ausgesprochen werden.

Auch sie weiß, dass die Zeit drängt, denn ihre Augen sind groß und weit. Er braucht ihr nicht zu erklären, dass es jetzt sein muss, er könnte es auch gar nicht. Das verstehen ihre Augen und noch mehr. Sie wissen, wie schwer die Last auf ihm liegt und dass er sie nun gleich ganz allein wird tragen müssen.

Deshalb rührt sie sich nicht und sieht ihn nur an mit ihren Augen über der groben Sackleinwand, über die ein paar blonde Strähnen heraushängen.

Er sieht in ihren Augen die Furcht, und er weiß, dass sie nun alles versteht, ebenso wie die Stumme verstanden hat und die Frau im Gewitter in dem weißen Sommerkleid.

Wenig später bückt er sich unter der Tür hinaus. Noch immer sucht der Scheinwerfer nach ihm, das Klopfen hämmert auf den dunklen Wald ein, der erträgt es gleichmütig, und noch immer hat das Insekt aus Stahl die Hütte nicht gefunden. Das ist jetzt gleichgültig, denn der Hans, der dumme Hans ist schneller. Er steckt das Messer in seine Tasche. Nimmt die Flasche mit Wein. Macht den Fritz von der Weide los, an die er ihn gebunden hat vorhin, der wedelt froh mit dem Schwanz, jetzt gehen wir, heißt das, und sie gehen los, laufen unter den dichten, dunklen Wipfeln der Kiefern weg von dem suchenden Strahl, der hat jetzt den Pferch gefunden und ängstigt die Schafe, die hört man bis hierher blöken, aber sie laufen schnell durch den Hochwald, der Hans und der Fritz.

Du weißt wohin, sagt der Dieter, der Hans weiß es und hört den Wald, der ruft jetzt laut nach ihm, wie er es sich schon gedacht hat, er kann es hören, es klingt wie laute, lang gezogene Töne aus einem tief geblasenen Horn. Die Weinflasche steckt in seiner Jacke. Er läuft, der Fritz trabt neben ihm, leicht wie ein Wolf, der Mond streut Silber auf sein Fell, und seine gelben Augen leuchten, wie er ab und zu hinaufsieht zu ihm und hechelt, die Pfoten berühren kaum das Laub und die Nadeln am Boden. Er scheint zu fliegen. Bleibt an seiner Seite, der Fritz, auch wenn da eben ein Reh aufgeschreckt querab flüchtet und laut hinter ihnen her schmält, als sie vorüber sind, auch wenn die Eule über sie hinwegflattert wie ein lebendig gewordener Kiefernwedel, der sich lautlos aus der Baumkrone losmacht, sie laufen weg. Laufen wohin der Wald es befiehlt. Der Mond leuchtet ihnen, seine Strahlen lassen die über ihnen schwebenden Wolken aus Nadeln aufglänzen, als fingen sie ein kaltes Feuer ein. Sie lassen mannshohe Gestalten in hellen Gewändern aus den Baumstämmen treten, schweigend dastehen und wieder darin versinken. Der Mond hat sein Licht in den Wald gegossen wie einen leuchtenden Regen.

Gleich werden sie da sein. Hier senkt sich der Boden bereits, und nun ist es Zeit, der Hans bleibt stehen. Sieht nach vorn, wo der Wald sich versammelt hat, die Bäume stehen im Kreis, schief und krumm, uralt und wachsam. In der Mitte haben sie eine Lücke für ihn gelassen. Grau leuchten ihre Stämme, rote Schrunden darin. Geschunden mit allem, was denkbar ist, sehen sie ihn an, ameisenhaft lugen ihre tausend Augen aus den Rissen der Borke heraus, Augen denen nichts entgeht. Sie neigen die Kronen. Da horchen die Tiere auf und verstummen.

Dieter sagt: »Tu es jetzt.«

Hans zieht das Messer, und der Fritz sieht ihn an, die Zunge hängt ihm heraus, seine Augen sind klar. Der Mond gießt sein Licht auf das Messer.

»Komm, Fritz«, sagt er. Den Wein stellt er auf den Boden, und der Fritz kommt und legt den Kopf in seine Hand. Dann geht es schnell, ganz schnell, und er macht es gut, wie er es immer gut gemacht hat, denn das Messer ist scharf.

Eine Weile wartet er. Bis der Fritz ruhig daliegt, nur ein Bündel noch, ein Bündel Hund, wie fleckige Lumpen. Sein Leben geht fort mit dem Blut, das steht wie dunkler Tau ringsum auf dem Laub. Aber sein Tod klingt noch mit einem hellen, scharfen Ton, wie eine große Glocke, man hört ihn überall, der Hans fühlt ihn am ganzen Leib. Der Tod ist eine Strömung, die an ihm zieht, als stünde er in einem Fluss. Das Messer legt er aufs Fell, er braucht es nicht mehr. Und geht vor zum Rand, dorthin, wo die Bäume eine Lücke gelassen haben, wo jäh der Fels hinunterstürzt, haustief.

Da steht er nun. Leise, damit das Flüstern des Waldes nicht von seiner Stimme überdeckt wird, wenn er singt, beginnt er:

»Ein Lämmlein geht und trägt die Schuld
Der Welt und ihrer Kinder;
Es geht und traget in Geduld
Die Sünden aller Sünder;
Es geht dahin, wird matt und krank,
Ergibt sich auf die Würgebank,

Verzeiht sich aller Freuden;
Es nimmet an Schmach, Hohn und Spott,
Angst, Wunden, Striemen, Kreuz und Tod
Und spricht: Ich will's gern leiden.«

»Mein guter Hans«, sagt da jemand hinter ihm und: »Mein armer Bub.«

»Jetzt«, sagt der Dieter.

14

Sailer erwachte davon, dass sich jemand räusperte. Er machte die Augen auf und sah einen Mann im weißen Kittel neben seinem Bett stehen, den er nicht kannte.

»Guten Morgen, Herr Sailer. Ich freue mich zu sehen, dass es Ihnen besser geht.«

Neben dem Arzt stand eine Krankenschwester.

»Doktor Mahler«, sagte der Arzt. Er drehte sich halb um, die Krankenschwester reichte ihm eine Kurve. »Das ist Frau Heinz, die Stationsschwester.«

»Freut mich«, versuchte Sailer. Das Reden klappte nicht, die Stimme krächzte furchtbar. Es war anstrengend, aber er konnte sich wenigstens verständigen.

»Ich nehme an, Sie wollen den Befund wissen, habe ich recht?« Mahler sah ihn forschend an. »Oder sollen wir das lieber später besprechen? Es sieht so übel gar nicht aus.«

»Doch. Bitte.«

»Wir haben Sie gestern Nacht aufgenommen. Mit einem Hinterwandinfarkt, klassisch, nicht sehr ausgedehnt. Sie waren einige Zeit bewusstlos, nachdem Sie unseren Vorgarten gerammt hatten. Unser Nachtdienst dachte zuerst, ein Wurstmarktbesucher habe über die Stränge geschlagen. Zum Glück hat sich die Situation sehr schnell klären lassen, es war«, Mahler warf der Schwester einen Blick zu, »nicht zu übersehen, dass Sie in einer Notlage waren. Es gab keinen Herzstillstand, zum Glück nicht. Wir haben den Kreislauf stabilisieren können, der Verlauf ist im Augenblick ohne Komplikationen und besondere Risiken. Das Ausmaß des untergegangenen Herzmuskelgewebes hält sich in Grenzen. Ich würde sagen, Sie haben Glück im Unglück gehabt, Herr Sailer. Natürlich, Infarkt bleibt Infarkt, wohlverstanden.«

»Danke.«

»Wollen Sie noch Details, oder verschieben wir das lieber auf später?«

»Später, bitte.«

Mahler wandte sich der Schwester zu und kommentierte das Krankenblatt mit einigen Bemerkungen, auf deren Inhalt Sailer nicht achtete. Er genoss mit geschlossenen Augen die Erleichterung, die Mahlers Kommentar bei ihm hervorgerufen hatte. Als er die Augen wieder öffnete, verließen die beiden gerade das Zimmer. Mahler war in der Tür stehen geblieben, Sailer sah die Stationsschwester mit ihm tuscheln. Sailer sammelte Kraft für die Frage, die er stellen wollte.

»Haben Sie«, er brauchte eine kleine Pause, »meine Nachricht bekommen?«

»Allerdings, Herr Sailer.« Mahler lächelte. »Ich glaube, Sie haben das jedem gesagt, der in der Nacht mit Ihnen zu tun hatte, stimmt's, Frau Heinz?«

Die Schwester nickte.

»Und haben Sie«, Sailer musste husten, »mir geglaubt?«

»Das erfahren Sie am besten von Ihren Besuchern. Frau Heinz hat mir eben gesagt, dass eine Dame da ist, die darauf wartet, dass Sie ansprechbar sein würden. Doktor Marquardt ist mit ihr gekommen, der wollte Sie auch gern sehen.« Zur Schwester gewandt, sagte Mahler: »Fünf Minuten.« Sailer spürte seine Freude auf ungewohnte Weise. Ihm wurden die Augen nass.

Da war Karin bereits im Zimmer.

»Sebastian!« Sie hatte seine Hand genommen, diejenige mit dem unversehrten Arm, die gleichwohl noch mit einer Mullbindenschleife am Bettrand festgebunden war. »Was machst du bloß für Sachen.«

Sailer sah, dass sie geweint hatte. Mühsam sagte er – Wort für Wort erforderte seine ganze Kraft: »Unkraut vergeht nicht.«

Als sie lachte, flossen ihr die Tränen über die Wangen. Sie drückte seine Hand. »Ich bin so froh, dass ich dich sehen kann. Ich war gestern schon hier, Walther auch, aber sie wollten uns nicht reinlassen.« Als er den Mund öffnete, sagte sie: »Nicht reden. Du drückst mir einfach die Hand, Wenn du ja sagen willst, einmal, wenn du nein sagen willst, zweimal, in Ordnung?«

Er drückte ihre Hand einmal. Glücklich roch er ihr Parfum, der Duft wirkte im Dunst der Krankenhausgerüche, die ihn umgaben, als öffne jemand plötzlich in einer muffigen Stube das Fenster in den Garten.

»Erinnerst du dich daran, was passiert ist?«

Er drückte ihr die Hand und sagte mühsam: »Teilweise.«

»Du hast die Bepflanzung im Vorgarten umgepflügt. Sie haben dich aus dem Wagen geholt, da warst du schon bewusstlos. Der Doktor Mahler hier sagt, es sei höchste Zeit gewesen.«

Langsam formte er die Worte: »Was ist mit Rech?«

»Du hast immer wieder davon gesprochen. Den Namen und die Adresse gesagt. Und sie haben dir geglaubt, du musst ausgesehen haben wie das Leiden Christi, total zerkratzt und voller Blut.«

Sie drückte die ganze Zeit schon seine Hand so fest, dass ihm die Finger wehtaten.

»Die Brombeeren«, er räusperte sich vorsichtig. »Er hat den Hund doch nicht losgelassen.« Er sammelte seine Kraft für einen weiteren Satz: »Aber ich hatte Angst.« Er machte noch eine Pause. »Dass er mich erwischt.«

»Sie suchen ihn. Man hat Rech bisher noch nicht gefasst, soviel ich weiß. Aber es gilt als sicher, dass er der Täter ist. Die Polizei war bei ihm zu Hause in Weisenheim, dort haben sie ihn nicht vorgefunden. Vielleicht haben sie ihn bereits, man erfährt im Moment noch nichts. Die Polizei will wohl keinen neuen Aufruhr am letzten Wurstmarktsonntag.«

»Der hat da oben im Wald eine Art Haus.« Das Sprechen tat weh. »Total überwuchert von Brombeeren.«

»Ach Sebastian. Nun überlass das alles der Polizei. Die sollen sich jetzt mit den Brombeeren herumschlagen. Wenn du da oben im Wald umgefallen wärst.« Sie versuchte, ihn in den Arm zu nehmen, was wegen der Schläuche und Kabel, mit denen er versehen war, nicht so recht gelingen wollte, und sagte mit neuen Tränen in den Augen: »Ach, ich rede Unsinn. Tut mir leid, ich hab solche Angst gehabt gestern, dass ich dich nicht mehr sehen würde, weißt du.«

In der Tür stand die Schwester. Karin richtete sich auf. »Ich komme wieder, sobald es geht, Sebastian. Soll ich dir was mitbringen, irgendwas für dich erledigen?«

Mühsam sagte er: »Eine Flasche Bordeaux.«

Sie lachte, während sie sich die Tränen abtupfte: »Die trinken wir später zusammen. Ich sage Walther Bescheid. Er will nachher noch zu dir rein, ja?«

Sailer machte mit der freien Hand so etwas wie eine segnende Bewegung, um seine Zustimmung zu zeigen. Es strengte ihn doch sehr an, das musste er sich eingestehen. Er hoffte, Walther würde auf eine Predigt verzichten und sich auf einen Händedruck beschränken. Vor allem hoffte er, dass er selbst nichts mehr sagen musste. Sailer schloss die Augen und wäre sofort eingeschlafen, wenn er nicht gespürt hätte, wie die Bettkante sich senkte, als Walther Marquardt sich neben ihn setzte.

»Sebastian, alter Schwede«, sagte er und drückte ihm die Hand. Sailer öffnete die Augen wieder. »Du hast uns einen schönen Schreck eingejagt.«

Walther sah wirklich besorgt aus. Als stecke er in einer schlimmen Bredouille am Schachbrett, kurz davor, Remis anbieten zu müssen, dachte Sailer froh.

»Das Schlimmste hast du zum Glück überstanden, mein Lieber.« Als ihm die Stimme zu wackeln begann, schaltete Walther auf den Hausarztton um. »Jetzt lässt du dir einfach Zeit, wieder auf die Beine zu kommen. Ich habe mit Mahler gesprochen. Der sieht keine besonderen Probleme. Ich lass dich jetzt wieder in Ruhe.«

Walther erhob sich. In alter Routine glitt sein Blick über den piepsenden Monitor an Sailers Kopfende. »Wollte mich nur davon überzeugen, dass du dich nicht einfach davonmachst.« Er lächelte: »Von Kommissar Federer soll ich dir Grüße ausrichten. Hat mich heute früh noch angerufen. Ich sei ja in diesem Mordfall der Postillon d'Amour, hat er gemeint. Er möchte sich bei dir entschuldigen. Hat dich einen kriminalistisch begabten Traumtänzer genannt. Bis morgen.«

Sailer ließ seine Augen, die nichts anderes wollten, einfach zufallen, als sich die Tür hinter Walther geschlossen hatte. Das Piepsen des Monitors rief ihm die alte Wiener Uhr ins Gedächtnis, die er wieder zum Ticken gebracht hatte. Nun werden wir beide noch eine Weile funktionieren, dachte er. Die Uhr am Ende doch länger als ich, dachte Sailer. Er versuchte, sich das ruhige Geräusch ihres Gangs vorzustellen, mischte das Ticken zwischen die elektronischen Töne der Apparaturen hinein, stellte sich vor, wie die Stahlflanken des Ankers das zierliche Messingrad hielten und freigaben. Ein altes Schlaflied kam ihm plötzlich in den Sinn, das hatte er seiner Tochter vorgesungen, damit sie einschlief, was sie ungern tat. Vielleicht hatte sich die Zeile deshalb so in sein Gedächtnis eingegraben: »Guten Abend, gute Nacht, mit Rosen bedacht …« Als er bei der Zeile angelangt war: »Morgen früh, wenn Gott will, wirst du wieder geweckt«, kam, schon im Halbschlaf, ein Gebet dazu, ein Kindergebet, so eines, das ihm geblieben war, auch wenn seine Aufgeklärtheit allen Kinderglauben auf dem Dachboden seines Selbst verstaut hatte. »Lass mich noch eine Weile am Leben bleiben.«

Sailer sehnte sich nach einem ordentlichen Frühstück. Vorhin hatte er zum ersten Mal Tee bekommen, eine Kräutermischung, die so nach Krankenhaus schmeckte, dass man davon allein wieder gesund hätte werden können. Er träumte von dem Kaffee aus seinem alten Espressokocher. Starkem italienischen Kaffee mit einer Prise Zimt. Und von einem Croissant. Der alte Kocher aus Aluminium, der Aufdruck »Zanzibar« schon fast nicht mehr lesbar, ein Stück, das dreißig Jahre mit ihm mitgezogen war. Und die Blümchentasse mit der abgesplitterten Ecke, genau dort, wo er immer die Lippen darauf legte, um zu trinken. Schmeiß das Zeug doch endlich mal weg, hatte Karin gesagt. So einen Kocher bekomme er überall neu und sauber poliert für zwanzig Euro. Und die Tasse, na ja, dazu sage sie erst gar nichts. Das seien Objekte, die zum Weg des Tees gehörten, hatte Sailer geantwortet und ihr erklärt, dass die alten Teemeister Japans sich ausschließlich für alltägliche Dinge entschieden hätten, die ganz kunstlos und reine Form gewesen wären, und denen eifere er nach. Das gelte auch fürs Kaffeetrinken. Zufrieden erinnerte er sich an ihr fassungsloses Gesicht und an die Replik, so eine elegante Begründung für Schlamperei habe sie noch nie zu hören bekommen.

In diese Kontemplation brach Bender hinein. Er hatte eine

eingewickelte Flasche dabei, die er sich vor die Brust hielt wie einen Feuerlöscher, als er ins Zimmer trat, vermutlich um deutlich zu machen, mit welchen Absichten er kam.

»Dachte, ich sehe mal nach Ihnen, Herr Sailer. Ich logiere ja hier sozusagen um die Ecke. Sie sind richtig berühmt geworden über Nacht. Hier, sehen Sie mal.« Bender legte die »Rheinpfalz« auf Sailers Bettdecke. Er hatte bereits begonnen, den Leitartikel zu referieren, daher ließ Sailer die Zeitung erst einmal liegen.

»Wurstmarktmorde aufgeklärt. Dürkheimer Psychiater liefert entscheidenden Hinweis.« Bender schlug mit dem Handrücken auf die Zeitung. »Und ich hatte doch recht mit dem Serientäter. Geistig gestörter Mann steht da, früher in psychiatrischer Behandlung gewesen. Demnach lag ich mit dem Irren ebenfalls richtig.«

Bender sah Sailer zufrieden an, der versuchte mit einem Wedeln der rechten Hand eine konziliante Geste, die Bender prompt missverstand.

»Ich gehe gleich, Herr Sailer, will Sie ja nicht belasten. Aber meine Anerkennung aussprechen wollte ich Ihnen. Sie haben den Unhold ja schließlich zur Strecke gebracht. Die ›Rheinpfalz‹ schreibt hier: Hans-Dieter Rech wurde am Sonntagabend von der Polizei aufgefunden, als sie mit Hundestaffeln systematisch den Herxheimer Wald durchkämmte und so weiter, da steht es: Hat sich offensichtlich das Leben genommen, um der Verfolgung zu entgehen … in einen aufgelassenen Sandsteinbruch gestürzt. Na ja und dann noch das arme Mädchen.«

»Welches Mädchen?« Sailer versuchte, sich ein Stück aufzurichten, dabei kam die »Rheinpfalz« ins Rutschen, Bender fing sie am Bettrand auf.

»Na, die junge Katja Patzak. Die Eltern hatten sie am Samstagabend vermisst, sie kam nicht nach Hause. Man hat sie am Sonntag früh gefunden, oben im Wald. Die hatte ihr Pferd dort untergebracht, es stand die ganze Zeit auf Rechs Wiese. Betuchte Leute übrigens die Patzaks, Bauunternehmer hier, die kennen Sie sicher. Die ist wochenlang in Rechs Fadenkreuz gewesen, das Mädchen, und keiner hatte eine Ahnung, sie am allerwenigsten. Man hat sie in seiner Hütte gefunden. Da hat er sie gefangen gehalten und schon verschnürt, um sie als Nächstes zu schlachten! Hab ich es nicht gesagt, Herr Sailer? Wenn das mal entfesselt ist, kann es nicht mehr aufgehalten werden. Das ruht still für Jahre, und dann bricht es aus.«

Bender fixierte Sailer eingehend, als wolle er ihn gleich dazu auffordern, den Mund zur Inspektion zu öffnen.

»Ich kann«, versetzte Sailer, »noch nicht gut sprechen. Danke.«

»Nichts zu danken. Ich wüsste ja gern, was Ihre Bekannte, die charmante Dame, mit der Sie auf dem Wurstmarkt waren, dazu sagt. Frau Oppermann, oder? Für eine Psychoanalytikerin sind Triebtäter doch immer interessante Objekte. Könnte ich mir wenigstens vorstellen.«

»Für Ihren Besuch. Danke.«

Bender erhob sich von Sailers Bettkante. »Grüßen Sie die Dame von mir, Herr Sailer. Und wir beide sehen uns spätestens in zwei Monaten. Sie haben ja eine von meinen Schrauben im Oberkiefer, da soll doch noch ein Zahn drauf, oder? Haha! Aber zunächst bleiben Sie mal in den Händen der Internisten hier, die kriegen das schon hin, keine Sorge. Wussten Sie übrigens«, Bender blieb noch einmal auf dem Weg zur Tür stehen, »dass Karies zum Herzinfarkt führen kann? Wurde neulich auf einer Fortbildung heiß diskutiert. Kleinste Mikroembolisationen durch Keimbesiedelung der Koronarien. Na, ein andermal mehr darüber. Gute Besserung! Und auf Wiedersehen.«

Sailer merkte, dass er die Luft angehalten hatte, bis Bender zur Tür hinaus war. Nun atmete er weiter, es ging wieder viel besser. Die Luft kam einfach herein und strömte hinaus. Das war vielleicht das Beste, wieder richtig atmen zu können. Es kostete ihn Mühe, nicht auf das Piepsen des Monitors zu hören, der jede Herzaktion meldete, ab und zu ein Extraschlag dabei, aber sonst schön regelmäßig.

Ob Friederike auch in dieser Hütte gewesen war? Sailer versuchte, sich Hans- Dieter Rech und Friederike zusammen vorzustellen, und als er das eine Weile mit geschlossenen Augen getan hatte, kam er zu dem Ergebnis, dass sich die beiden vielleicht ganz gut verstanden haben konnten. Rech, wie Sailer ihn vor sich sah am Feuer stehend, ein Riese mit blonden Haaren und Augen, die nichts enthielten, an das ein Gegenüber hätte anknüpfen können, Tieraugen beinahe. Diesem Waldläufer, Schäfer und Schlächter war Friederike einfach zugelaufen. Vielleicht hatte sie ihm vertraut. Denn Rech hatte, da war sich Sailer ziemlich sicher, kein sexuelles Interesse an Friederike entwickelt. Er hatte sie in seine Welt aufgenommen, in die Welt, die vielleicht immer hinter den Märchen gewesen war, von der nichts erzählt werden konnte, weil man ihr nicht entkam, um zu berichten. Sailer schüttelte den Kopf. Er war müde. Nachdem er die Teetasse auf dem Schwenktisch eine Weile zweifelnd angesehen hatte, schlief er ein.

Er erwachte davon, dass ihm jemand über die Stirn strich.

»Hallo, Sebastian.«

»Du bist da«, stellte er einfältig fest und krächzte hinzu: »Schön.«

»Ich wollte dir die Neuigkeiten erzählen. Ich dachte, das wird dich sicher interessieren. Man hat Rech gefunden und sein drittes Opfer, zum Glück lebend. Eine junge Frau aus Bad Dürkheim, sechzehn Jahre alt.«

»Weiß ich«, sagte Sailer. »Bender.«

»War dein Zahnarzt etwa hier? Der vom Wurstmarkt?«

Sailer nickte und versuchte zu grinsen. »Hat gleich nach dir gefragt. Deine Telefonnummer.«

Sie lachte. Wie gern er das hörte. »Die hast du ihm sicher gegeben, wie ich dich kenne.«

»Gute Partie«, krächzte Sailer. »Viel Geld, in der Schweiz.«

»Ich dachte, dein Zahnarzt ist Kriminalist.«

»Auch.« Sailer griff nach der Teetasse, vielleicht half der Tee beim Sprechen. »Redet viel«, sagte er dann, etwas flüssiger ging es doch nach dem ersten Schluck. »Der Bender. Früher nur über Geld, jetzt über Triebtäter.«

Karin wickelte einen Strauß Blumen aus. »Ich hol mal eine Vase.«

»Rosen«, sagte Sailer. »Rote. Mein lieber Mann.«

Sie warf ihm einen Blick zu, den er spüren konnte.

»Ich bin gleich wieder da.«

Er hörte sie die Tür schließen und dachte daran, wie schön es gewesen war, als Kind krank zu sein. Die vielen Geräusche des Hauses, die dann ins Zimmer drangen, nahmen einen anderen, fürsorglichen Klang an. Das Rappeln in der Küche, die Türen, die gingen, die leise Radiomusik aus dem Wohnzimmer. Die Stimmen der Erwachsenen, gedämpft, das wunderbare Aufgehobensein im Haus. Ich sollte vielleicht meine Provisorien langsam beenden, dachte er. Seine Gedanken waren noch etwas weiter in diese Richtung gegangen, als sich die Tür wieder öffnete und er Karin mit der Vase auf sich zukommen sah, groß und elegant, ihr Lächeln reichte bis an sein Bett. Aber ob ich mich das trauen werde, weiß ich nicht, schloss er dieses Thema vorläufig ab.

»Wieso warst du eigentlich gleich so sicher, dass Rech der Täter ist?«, fragte sie. »Als du ihn im Wald angetroffen hast?«, fragte Karin. Ihre Präsenz auf der Bettkante fühlte sich eindeutig angenehmer an als die von Bender.

»Seine Augen. Ganz leer.«

Karin schüttelte den Kopf. »Verstehe ich nicht.«

»Kann ich schlecht erklären.« Sailer trank den Tee aus. »Jenseits des Menschlichen.« Er hustete. »Wenn das Menschliche heißt, man hat Gefühle. Interesse, Angst. So was.« Er machte eine Pause. »Aber ich hatte Angst. Habe ihm alles zugetraut, plötzlich. Auch, den Hund loszulassen.«

»Ein Psychopath, meinst du?«

Sailer schüttelte den Kopf. »Nicht aggressiv. Unschuldig. Keine Lust –« Er versuchte, nach der Mineralwasserflasche zu fassen, und bekam sie gereicht. Nachdem er einen Schluck getrunken hatte, ergänzte er: »Keine Lust am Bösen. Dazu braucht es einen Rest Gewissen. Rech hatte keins. Wirkte, als würde er gesteuert.« So viel zu reden machte ihm noch einige Mühe. »Gesteuert von etwas anderem.«

Karin sagte nichts. Stattdessen schenkte sie ihm ein Glas Sprudel nach. Die Kohlensäure sprudelte einen Augenblick so heftig darin, als siedete das Wasser.

»Eine Psychose?«, fragte sie dann.

»Der Wald«, sagte Sailer, nachdem er das Glas geleert hatte. »Als hätte der Wald ihn verhext. Entschuldigung«, er versuchte zu lachen. »Ist nicht besonders wissenschaftlich. Weiß ich.« Er sah sie einen Moment an. »Als ich zum Auto wollte, war der Wald furchtbar. Voller Schrecken. Ich dachte –« Er brauchte noch einmal eine Pause. »ich geh da nie wieder rein. Habe mich –« Nun musste er aufhören, es wurde zu viel. »Sehr gefürchtet.«

»Das waren also nicht Rechs Augen, die deine Patientin auf ihr Bild gemalt hat.« Karin schüttelte den Kopf, schwieg eine Weile. »Der Wald ist mir schon immer unheimlich gewesen. Und die Märchen haben mir immer Angst gemacht. Ich weiß schon, weshalb ich ein Stadtmensch geblieben bin. Man hat gestern eine dritte Flasche Wein gefunden«, setzte sie hinzu. »Oberhalb des Steinbruchs. An der Stelle, an der sich Rech vermutlich hinabgestürzt hat. Und seinen Hund hat man auch dort gefunden. Mit durchschnittener Kehle. Vielleicht hatte er ja doch ein Gewissen.«

Sailer zuckte die Achseln, so weit ihm das in seiner Lage möglich war.

»Er musste es tun«, sagte er dann. »War immer selbst schon Opfer. Sonst –« Es war schwierig, etwas so Komplexes, wie es ihm durch den Kopf ging, in ein paar Worten auszudrücken.

»Sonst?« Karin beugte sich zu ihm vor.

»Hätte er das nicht tun dürfen.«

»Du meinst, er wollte ohnehin sterben.«

»Musste. Er musste sterben.«

»Aber ist das denn kein Ausdruck von Gewissen?«

»Gott«, sagt er ohne nachzudenken. »Nur ein Gott erteilt – solche Aufträge.« Der Satz ging im Krächzen unter. Sailer zuckte hilflos die Achseln.

Karin schwieg eine Weile.

»Er hat sich den Wurstmarkt ausgesucht«, sagte sie dann. »Mir kam es gleich vor wie eine perverse Eucharistie. Mit dem Wein und mit diesem grausigen Schlachtritual. Zum größten Weinfest der Welt. In der Zeitung steht, man hat einen der Rollstühle seines Vaters in seinem Auto gefunden. Die Polizei vermutet, dass er die Leiche der ermordeten Polin damit in der Nacht über den Wustmarkt zur Geisterbahn gefahren hat, um sie dort drin aufzuhängen. Das muss zu der Zeit gewesen, als der Wurstmarkt geschlossen hat. Der Platz war bestimmt noch voller Menschen. Er hat die Tote mitten durch die Leute hindurch gekarrt.«

Dazu gab es nichts zu sagen. Sailer erinnerte sich daran, wie Rech dagestanden hatte. Ertappt bei einem Spiel, das ihm nun verdorben werden könnte. Er war sich inzwischen sicher, dass Rech ihm keinen Augenblick lang abgenommen hatte, dass er sich verlaufen habe. Er musste sofort gewusst haben, dass er entdeckt worden war.

»Ich verlasse dich jetzt wieder, Sebastian. Morgen geht es bestimmt besser mit dem Reden, da komme ich wieder um die gleiche Zeit.« Sie gab ihm einen Kuss auf die Stirn. »Übrigens würde mich sehr interessieren, was der Kommissar Federer zu deiner Vermutung über das Tatmotiv sagt. Das könnte ihn wieder aus dem Takt bringen, fürchte ich. Bis morgen.«

Er brummte etwas Freundliches. Sie winkte ihm zu. Kurz darauf war sie gegangen. Sailer sah auf die Rosen auf seinem Nachttisch, man roch jetzt deutlich ihren Duft. Karin mochte Rosen nur, wenn sie dufteten.

15

Er rannte wieder durch den nächtlichen Wald, der Hund dicht hinter ihm. Sailer hörte ihn hecheln, hörte seine Pfoten auf dem Boden, wartete auf den Aufprall des schweren Körpers an seinem Rücken, das Zupacken der Zähne an seiner Wade. Der Hund spielte mit ihm, er hätte ihn längst anfallen können, er war viel schneller. Der genoss die Jagd, wartete auf den günstigsten Moment. Er selbst kam kaum voran, verhedderte sich mehr und mehr in den Brombeeren, die erkannte man kaum in dem fahlen Licht, das hier herrschte. Er war längst vom Weg abgekommen, hatte keine Chance mehr. Er versuchte, sich umzudrehen, damit der Hund ihn nicht von hinten anfallen konnte, aber die Brombeeren wuchsen hier in einem zähen Sumpf, seine Füße steckten im Modder fest, es quatschte beim Versuch, sie herauszuziehen. Vergebens, er bekam sie nicht frei. Hinter ihm das Knurren wurde lauter. Er fiel.

Dann plötzlich Gezwitscher. Ein vielstimmiges Konzert von Vögeln ringsum. Sailer öffnete die Augen. Er musste wieder eingenickt sein. Draußen dämmerte es. Das Konzert in der Grünanlage ringsum begann, seine Besetzung zu ändern. Die Amseln übernahmen die Führung, setzten selbstbewusst ihre melodischen Strophen in den Abend, brachten die kleineren Sänger in den Hecken zum Schweigen. Ab und zu ein zorniges Keckern dazwischen, wenn sie sich gegenseitig ins Gehege kamen.

Neben dem Rosenstrauß stand eine frische Flasche Mineralwasser und ein Kännchen Tee, der Beutel noch darin. Eine Tasse dabei. Nicht immer bekam er es mit, wenn jemand das Zimmer betrat. So gesund, dachte Sailer, habe ich lange nicht gelebt. Nun drang auch das leise Piepsen des Monitors wieder an seine Ohren. Er nahm sich vor, Mahler darum zu bitten, das Ding stumm schalten zu lassen. Ärzte vertragen so was nicht, Herr Kollege, würde er sagen. Das eigene Herz zu hören, das sei ohnehin eine Zumutung für jeden Menschen. Diese Wahrnehmung sei den Zeiten vorbehalten, in denen man außer sich ist. Und die klinische Notwendigkeit sei ja inzwischen wohl nicht mehr gegeben. Mahler würde ihn verstehen. Nur war er noch immer nicht in der Lage, so flüssig zu reden, wie er es sich dafür gewünscht hätte.

Sailer schenkte sich ein Glas Mineralwasser ein, dabei führte er mit der anderen Hand vorsichtig den Infusionsschlauch mit, der in seiner rechten Ellenbeuge endete.

Jemand klopfte an die Tür.

Sailer wollte »Herein« sagen, aber es kam nur ein Krächzen heraus.

Die Tür wurde trotzdem geöffnet. Eine Frau trat ein, Sailer konnte sich nicht erinnern, sie schon einmal gesehen zu haben. Sie war von enormer Größe und so dick, dass sie für einen Moment die gesamte Türöffnung auszufüllen schien. Sie trug ein schwarzes Kleid, das wie eine Plane an ihr herabhing. Eine Riesin. Grotesk. Auch die Art, wie ihre Arme an dem enormen Leib pendelten. Ihm fiel auf, dass sie noch einen Blick auf den Flur geworfen hatte, ehe sie die Tür hinter sich schloss und ihm ihr Gesicht zuwandte. Sie nickte ihm auf eine selbstverständliche Weise zu und setzte dabei kurz ein starres Lächeln auf, als wollte sie üben, wie man das macht. Ihr Haar war zu kleinen graublonden Löckchen gedreht, es saß wie eine rüschenbesetzte Bademütze auf ihrem Schädel. Die Frau watschelte zu Sailers Bett hinüber, langte nach einem Stuhl und zog ihn zu sich heran. Als sie sich hineinsetzte, wichen die Metallbeine ein gutes Stück nach außen, aber der Stuhl hielt stand. Sie stellte die große Einkaufstasche, die sie bei sich trug, auf den Boden und holte einen Blumenstrauß heraus. Den Strauß, ein Bündel zerfranster Nelken, von denen einige die Köpfe bereits eingebüßt hatten, legte sie achtlos auf den Klapptisch, auf dem Karins Rosen standen, beugte sich hinunter und kramte weiter in ihrer Tasche. Sie mochte Mitte oder Ende sechzig sein. Schwer zu schätzen, ihre enorme Fülle und Größe ließ sie jünger wirken, als sie es wohl war.

»Guten Tag«, sagte Sailer.

Die Frau antwortete nicht. Sie war noch damit beschäftigt,

etwas in ihrer Tasche zu suchen. Ihr Atem ging mühevoll, während sie sich bückte, ein leises Keuchen war darin wie bei einer Asthmakranken. Oder einfach die Anstrengung, einen solchen Brustkorb überhaupt in Bewegung zu halten. Die hat sich in der Tür geirrt, dachte Sailer. Vielleicht ist sie auch nicht ganz richtig im Kopf.

»Wollen Sie«, er räusperte sich, »zu mir?«

Die Frau warf ihm einen kurzen Blick zu, als wäre eine solche Frage unangebracht. Dann stellte sie die Tasche auf den Boden, ohne zu antworten. Sie überflog das Arrangement aus Infusionsständern, Monitorkabeln und Schläuchen am Kopfende von Sailers Bett, als suche sie etwas darin.

»Ich heiße Sailer«, versuchte er es noch einmal. »Wollen Sie mich besuchen?«

Die Riesin ließ ihren Blick weiter über die Gerätschaften wandern. Ihre hellblauen Augen versanken zwischen kissenförmigen Wangen, auf denen viele blaue Äderchen ein Porzellanmuster gemalt hatten, dazu kontrastierte der kleine, überraschend rote Mund. Ein kleines Kinn stach aus dem beleibten Relief heraus. Nur die Haut an ihrer Stirn war nicht aufgedunsen, sie erschien zudem glatt, fast faltenlos wie bei einem Kind.

»Ich bin die Frau Rech«, sagte die Alte, ohne ihre Haltung dabei zu verändern. Sie hielt ihren Blick noch immer auf eine bestimmte Stelle gerichtet, die sich irgendwo hinter Sailers Kopf befinden musste. Auch während sie sich vorstellte, hatte sie ihn nicht angesehen. Ihre Hände lagen auf den mächtigen Knien, in der geschlossenen Rechten schien sie etwas zu halten. Etwas, das sie vermutlich eben aus ihrer Tasche geholt hatte. Die Frau Rech also. Sailer verfluchte seine Heiserkeit. Die Frau erwartete womöglich, dass er ihr sein Bedauern aussprach. Weiß der Himmel, wieso sie gekommen war. Vielleicht wollte sie von ihm etwas über ihren Sohn erfahren und traute sich nicht, es anzusprechen. Aus ihrer Miene war nichts abzulesen.

»Bitte?«, versuchte Sailer es wieder.

Die Frau warf ihm einen Blick zu. Sie wirkte unschlüssig, ob sie überhaupt etwas sagen oder lieber weiter schweigen solle.

Dennoch sah sie nicht aus, als wollte sie wieder gehen. Der Besucherstuhl war unter ihrem Körper verschwunden, man sah nur noch die dünnen Metallbeine, sie wirkten sehr strapaziert. Der zerrupfte Nelkenstrauß lag noch immer unbeachtet hinter der Riesin auf dem Nachttisch, sie schien ihn vergessen zu haben. Jetzt richtete sie ihren Blick in die Ferne, als sitze sie in einem Wartesaal und schwieg. Nur ihr Atem ging mit leisem Pfeifen, eine Maschine, die in ihr betrieben wurde und im Augenblick nicht viel zu leisten hatte.

Sailer probierte es noch einmal: »Frau Rech?«

Die Schultern der Frau begannen zu zucken, das ließ den schweren Leib erbeben bis hinunter zu den Hüften. War das ein Husten oder ein Lachen? Die Riesin beugte sich unvermittelt zu ihm hinüber, das starre Mondgesicht kam auf ihn zu, der kleine karminrote Mund öffnete sich und sagte leise:

»Der Krug geht so lang zum Brunne, bis er bricht.«

Danach lehnte sie sich wieder zurück und nickte ein paarmal bekräftigend, als habe sie damit alles gesagt. Beinahe triumphierend, so kam es Sailer vor, was ihn befremdete. Immerhin war ihr Sohn gestern tot aufgefunden worden.

»Er war krank«, brachte Sailer heraus. »Ihr Sohn.«

Die Backen mit dem Porzellanmuster darauf wölbten sich, die Frau begann zu lächeln, kaum wahrnehmbar, aber sie lächelte. Dazu schüttelte sie ein paarmal den Kopf. Das löste Wellen über den massigen Leib aus, die Fäuste saßen fest auf den breit gestellten Knien. Stützen um dieses Leibesbeben aufzuhalten. Die Frau fasste Sailer ins Auge, sie starrte ihn mit ihrer glatten, unbewegten Stirn an, dabei wanderten die blauen Augen über seinen Oberkörper. Er fragte sich schon, ob er wohl Flecken auf dem Flügelhemd hatte, das er noch immer trug, und wünschte sich zum ersten Mal einen ordentlichen Schlafanzug herbei, auch wenn dieser Besuch nicht mehr lange dauern würde, was er hoffte.

»Krank«, sagte die Alte, nachdem sie ihre Musterung beendet hatte. Ihre Brauen hoben sich. »Angeloge hawwe Sie mich. Am Telefon.«

»Tut mir leid.« Sailer tastete nach dem Handgriff am Bettgalgen und zog sich ein Stück hoch, um dieses Angestarrtwerden nicht so hilflos über sich ergehen lassen zu müssen. »Was gestern passiert ist. Das muss«, er schnaufte, das Aufrichten gelang ihm nicht so gut, »es muss schwer sein für Sie.« Abgegriffen klang das, aber mehr brachte er jetzt nicht zustande. Er wünschte, die Frau würde verschwinden. Stattdessen legte sie das, was sie in der Hand gehalten hatte, auf den Nachttisch, neben die zerrupften Nelken. Sailer konnte noch immer nicht erkennen, was es war. Ihre Fäuste hatten die Knie verlassen, sie stemmte sie jetzt in die Hüften.

»Wer andern eine Grube gräbt, fällt selbst hinein«, sagte sie bedeutsam auf Hochdeutsch, die Brauen wurden rund dabei, als wolle sie ein Kind belehren.

Sailer reichte es jetzt langsam, er griff nach dem Glas mit Sprudel auf dem Nachttisch und trank, um einen ganzen Satz sagen zu können. Die Riesin hatte keine Anstalten gemacht, es ihm zu reichen.

»Warum sind Sie gekommen?«

»Krank. Sie sind krank.« Dazu nickte sie bestätigend und maß Sailer mit einem zufriedenen Blick. Ihre Hände verließen die Hüften, weiße Kissen mit Fingern daran, legten sich auf ihren Bauch.

»Sicher. Ich habe einen Herzinfarkt«, antwortete er.

»Sie sind krank, und Sie müsse bald sterbe.«

»Hoffentlich nicht«, lächelte Sailer.

Die Riesin stand auf. Der Stuhl gab ein entlastetes Quietschen von sich, die Frau drückte sich an Sailers Bett vorbei zum Kopfende. Das Aufstehen löste eine muffige Wolke aus Schweiß und Parfum aus, ein Hauch Mottenschutz darin, die trieb an Sailers Nase vorüber. Die Frau machte sich an etwas zu schaffen, was außerhalb seines Gesichtsfelds lag. Es dauerte vielleicht zwei Sekunden. Man hörte ein Knacken, dann tauchte sie zusammen mit frischem Mottenkugelgeruch neben ihm auf und setzte sich wieder in den Stuhl, erneut wichen die stählernen Beine ein Stück unter ihrem Gewicht auseinander. Sie lehnte sich langsam zurück. Sah ihn an, der kleine Mund arbeitete, als könne sie sich das Lachen kaum verbeißen. Sailer hörte ihren

Atem pfeifen. Sie hat wirklich Asthma, dachte er. Und sie ist nicht richtig im Kopf.

»Bald«, sagte die Frau dann noch einmal und sah ihn an. Dazu war sie auf ihrem Stuhl in ein leises Schaukeln verfallen, das gab ihr etwas Lauerndes, eröffnete ein Spiel, von dem Sailer noch nicht begriff, worin es bestand. Wie eine große, fette Spinne in ihrem Netz kam sie ihm vor. Kindisch ist sie noch dazu, dachte er. Sie hat da hinten irgendwas kaputt gemacht. Auch das Lächeln war wieder da, ein Triumph lag jetzt darin und eine abgrundtiefe Zufriedenheit. Nein, entschied er, Bosheit. Eine boshafte, kindische Riesin. Das musste er sich nicht antun, Trauerkleid hin oder her.

»Gehen Sie. Bitte.« Sailer suchte nach der Klingel. »Ich rufe die Schwester.«

Die Frau rührte sich nicht. Sie schaukelte weiter und beobachtete Sailers Versuche, die Klingel zu drücken. Er tat es ein paarmal, aber weder das Signal ertönte, noch leuchtete das Schwesternschild oberhalb der Zimmertür auf. Dann begriff er endlich.

»Den Stecker. Machen Sie ihn wieder rein.«

Die Frau reagierte nicht. Sie hörte mit dem Schaukeln auf und drehte sich halb zu dem Beistelltischchen um. Griff nach dem, was sie vorhin darauf abgelegt hatte. Nun sah Sailer, dass es eine kleine Ampulle war. Sie nahm sie zwischen Daumen und Zeigefinger in die Hand, in der anderen hielt sie eine kleine metallene Ampullensäge. Ein hartes Zirpen mischte sich zu dem Piepsen des Monitors, als das Glas am Hals der Ampulle zersägt wurde.

»Sind Sie wahnsinnig?« Er konnte die Stimme kaum anheben. An Rufen war ohnehin nicht zu denken. Die Angst kam wie eine kalte Welle ins Zimmer herein aus der Nacht draußen, die die Vogelrufe inzwischen aufgesogen hatte.

Sailer versuchte, sich wieder aufzurichten, aber die Riesin legte ihm einfach die Hand auf die Brust und drückte ihn zurück. Es kam ihm vor, als hätte sie die Kraft eines Bären, das lag aber nur daran, dass er so schwach war wie ein kleines Kind. In aller Ruhe brach sie den angesägten Hals der Ampulle ab und stellte sie auf den Nachttisch. Das abgesägte Stück ließ sie in ihre Einkaufstasche fallen. Dann nahm sie eine zweite Ampulle vom Nachttisch. Wieder das schrille Geräusch der Säge, dazu der piepsende Monitor. Ein aus dem Nest gefallener Vogel, dachte Sailer, und eine giftige Grille.

»Hören Sie auf damit«, stöhnte Sailer. Er sammelte Kraft für einen ganzen Satz, aber in seinem Hals schien sich Geröll versammelt zu haben. Er musste husten.

»Ich hab Zucker«, sagte die Frau in sachlichem Ton, ein wenig Bedauern lag darin. Sie brach den Hals der zweiten Ampulle ab und stellte sie neben die erste. »Alt-Insulin«, sagte sie dann bedeutsam, die Silben einzeln betonend. »E halbe reicht für mich allein.«

Sie begann, lauter zu lachen, es fing mit einem Glucksen an, das irgendwo aus dem Berg, der vor Sailer saß, hervordrang und immer lauter wurde, bis der ganze Leib der Frau unter dem schwarzen Umhang zu tanzen begann, als wäre er mit Wasser gefüllt. »Ich pass halt net uff. Schlecht eingstellt is der Zucker. Ich brauch des öfter, des Zeug.«

Dann beugte sie sich zu Sailer vor, dabei legte sie ihm die Hand vertraulich auf die Brust, als setze sich ein Alp darauf. Er sah sich nicht dazu in der Lage, diese enorme Hand wegzuschieben, er wollte sie einfach nicht anfassen, starrte nur darauf.

»Gfährlich isses«, flüsterte sie ihm zu. »Des Insulin. Mer muss gut ufpasse, dass es net zu viel werd. Glei wieder was esse!«

Anschließend lachte sie so laut, dass es im Zimmer aufdröhnte wie in einem Keller, sofort hielt sie sich den Mund zu und warf unwillkürlich einen Blick zur Tür. Die blieb erbarmungslos geschlossen, ein weißes Viereck in der weißen Wand. Das armselige kleine Kreuz darüber mit dem Mistelzweig. Mit einem verschwörerischen Blick nahm sie wieder Blickkontakt auf, als wären sie beide dabei, einen großartigen Streich auszuhecken.

»Lassen Sie mich erklären!« Sailer betete darum, dass seine Stimme dafür reichen würde. »Ihr Sohn war krank. Er hat sich das Leben genommen. Er selbst!« Mehr ging beim besten Willen nicht. Verflucht, wie viele Worte hatte er zur Verfügung gehabt in fünfunddreißig Jahren Psychotherapie, und jetzt würden ihm vielleicht fünf Sätze das Leben retten, wenn er sie bloß aussprechen könnte. Aber die Frau schüttelte langsam den Kopf. Noch immer lächelte sie.

»Verdorbe. Habt er 'ne. In der Landeck schon, vor zehn Jahr.«

Sie beugte sich vor und kramte in der Einkaufstasche, musste wieder leise dabei keuchen. Als sie sich aufrichtete, hatte sie eine Injektionsspritze in der Hand.

»Ich bin Krankeschwester gwese. Im Diakonissen in Monnem, als junges Mädel. Weiß scho, wie die Ärzte sin.« Sie warf Sailer einen koketten Blick zu und schüttelte ein paarmal den Kopf, dann ließ ein neues Lachen ihren Körper erbeben, sie schloss dazu die Augen, als horche sie nach innen. »Nä, nä«, stellte sie fest. Schüttelte abschließend noch einmal den schweren Schädel. Dann beugte sie sich zu Sailer vor, ein Schwall aus süßem Parfum und Schweiß kam mit ihrem Kopf zu ihm heran. »Schweinigel«, zischte sie in sein Ohr. »Alle mitenanner. Schweinigel.«

Sailer griff wieder nach dem Galgen. Vielleicht gelingt es mir wenigstens, aus dem Bett zu fallen, dachte er, und man hört es draußen. Er zog sich hoch, es war als wolle er eine Tonne Mensch ohne Flaschenzug in die Höhe befördern. Aber die Hand der Riesin patschte ihm auf die Brust und zwang ihn ohne Mühe in die Kissen zurück.

»Bleib drinne, Männel«, sagte sie. »In deim Bett.« Als die flache Hand seine Brust verließ, blieb ein feister Finger stehen, richtete sich vor Sailers Augen in die Höhe.

»Der Krug geht so lang zum Brunne –«, sagte sie noch einmal bedeutsam.

Die Riesin hielt es nicht für nötig, das Sprichwort zu beenden. Sie tauchte die Nadel in eine der Ampullen und zog den Inhalt in die Spritze auf. Danach die zweite. Dann packte sie Sailers Handgelenk. Die blauen Augen, voller Gier, suchten seinen Blick, der Mund wurde kraus, schien noch röter geworden. Sailer drehte sich weg. Er versuchte gar nicht erst, sich zu wehren. Gegen die Kraft der Frau hatte er keine Chance. Nur das feiste Mondgesicht, das sich über ihn beugte, wollte er nicht sehen, während sie den Inhalt der Spritze in den Infusionsschlauch spritzte, den sie abgeknickt vor sich hielt, damit er die Dosis unverdünnt ins Blut bekam.

»Schlaf gut, Männel.«

Wieder das glucksende Lachen, dazu ein grobes Tätscheln der Schulter, dem er nicht ausweichen konnte. Dann hörte er sie gehen. Schwere Schritte entfernten sich, ein Quietschen von Gummisohlen auf dem gebohnerten Kunststoffboden. Sailer drehte sich wieder herum und sah noch, wie sie die Tür hinter sich schloss.

Schnell jetzt. Das Kabel mit der Klingel. Irgendwie an das Kabel kommen. Es wieder einstecken. Sailer versuchte, sich mit Hilfe des Griffs so weit aufzurichten und zu drehen, dass er hinter sich zum Kopfende des Betts sehen konnte. Der Monitor piepste rasch, ab und zu stolperte eine Extrasystole dazwischen. Auf dem Flur war nichts zu hören. Niemand kam, die Alte war weg. Er zwang sich, ruhig zu bleiben, eine Minute, eine halbe vielleicht nur würde ihm bleiben, ehe der Blutzuckerspiegel absackte und das Gehirn ausschaltete. Er zog sich noch ein Stück höher, das Gewicht eines Ochsen, so schien es ihm. So weit, dass er nach hinten sehen konnte.

Sie hatte das Kabel über die Sauerstoffanschlüsse an der Rückwand gehängt. Unerreichbar für ihn. Er hätte aufstehen und hinübergehen müssen. Das weiße Kabel, das da hing, sah ganz ordentlich aus. Als hätte die Putzfrau bloß vergessen, es wieder einzustecken. Ein dummer Irrtum.

Da brandete eine Woge aus Schwärze in ihm hoch mit kaltem Schweiß im Gefolge und plötzlichem Frösteln. Seine Hand ließ den Galgen los. Ein dummer Irrtum. Dieser Gedanke blieb, wollte sich nicht löschen lassen, wurde eine blasse, blaue Leuchtschrift über einem dunklen See. Ein unbekanntes Seerestaurant, das Restaurant zum dummen Irrtum vielleicht, und Sailer begriff nicht, wieso er ausgerechnet nachts schwimmen gehen wollte in dem kalten Wasser, aber er befand sich bereits darin, und das Wasser wurde rasch tiefer hier, es zog an ihm, er schauderte, aber er musste doch weiter hinein. Er hatte sich das offenbar fest vorgenommen, musste hier unbedingt schwimmen, dabei war das Wasser viel zu kalt, und – was er mit Entsetzen begriff – er war ganz allein. Da fasste ihn etwas und trug ihn weg. Seine Füße verloren den Kontakt zum Boden, und das Wasser hatte ihn vollends in der Gewalt. Jetzt hätte er schwimmen müssen, er versuchte, die Arme zu heben, aber es ging nicht, die Arme ließen sich keinen Zentimeter bewegen, sie waren festgebunden. Da ging er unter, alles wurde leiser um ihn und ganz still. Er sank in die Tiefe und ertrank.

***

Ein Päckchen geröstete Mandeln stand auf dem Beistelltisch neben der Teekanne. »Damit dir das Warten auf den nächsten Wurstmarkt nicht so schwer fällt«, sagte Karin, die es eben hingestellt hatte.

»Die werde ich mir gut einteilen müssen«, meinte Sailer. »Dauert schließlich noch ein Jahr bis dahin.« Er machte eine Grimasse und setzte die Teetasse, die er von dem Tischchen genommen hatte, an den Mund. »Prost.«

»Auf deine Gesundheit, Sebastian. Es ist zwar kein Bordeaux, aber trinken kannst du immerhin schon wieder.« Karin hob ihre eigene Tasse in die Höhe. »Und wie du siehst, stoße ich mit dir an, obwohl mich Kräutertee nicht gerade hinterm Ofen hervorlockt. Nach der Portion Glück, die du gehabt hast, würde ich mit allem, was trinkbar ist, auf deine Gesundheit anstoßen.«

»Ist er schon da?«

»Nur Geduld, Sebastian.« Sie sah auf die Uhr. »Ich nehme an, er ist pünktlich, oder?«

Sailer musste lachen. Es klang noch etwas scheppernd. »Ich hoffe es.«

»Immerhin bist du inzwischen passender angezogen. Auch für Damenbesuche tauglich, meine ich«, setzte sie hinzu. »Künftig werde ich allerdings ein Auge darauf haben müssen, welche

Damen mit welchen Absichten an dein Krankenbett kommen, mein Lieber.«

»Na ja. Wenn deine Augen nicht über mich wachen, dann tun es andere. Wie wir gesehen haben.«

Zusammenhängende Sätze wieder ohne Mühe sagen zu können tat ihm gut. Es tat so vieles gut nach diesem Wiedererwachen gestern früh. Das Dasein kam ihm vor wie frisch gewaschen. Der Morgen sah durch das offene Fenster herein mit Sonnenstrahlen, die stark genug waren, das Zimmer anzuwärmen. Er hätte sich auch bei Regen darüber gefreut, dass er noch einmal davongekommen war. Zweimal davongekommen war, um genau zu sein, und das Wetter war einfach das i-Tüpfelchen darauf, fand er.

»Soll ich ihn jetzt holen?«, fragte sie. »Ich nehme an, er ist da.«

Sailer nickte.

Sie verließ das Zimmer und kam nach einer Minute mit Menzel wieder herein.

Sailer zog sich ein Stück im Bett hoch. Es ging schon viel besser, in Zentimetern gemessen waren es zwanzig mehr, die er im Vergleich zu vorgestern Abend inzwischen zustande brachte.

»Ich möchte ihnen danken«, sagte er zu Menzel, der sich vor sein Bett gestellt hatte. Menzel trug seinen weißen Pflegeranzug, ein Stethoskop in der Tasche. Er grinste. Sailer streckte ihm die Hand hin, vorsichtig, des Infusionsschlauchs wegen. »Sie haben mir das Leben gerettet«, sagte er. »Das hat mir Frau Oppermann heute früh erzählt.«

Menzel setzte sich mit geübtem Schwung an den Bettrand. Auch er hatte den Routineblick der Leute, die in Krankenzimmern zu arbeiten gewohnt sind. Seine Augen überflogen Sailers Infusion, die still vor sich hin tropfte, die Monitore, das Bett. Vielleicht ist er auch verlegen, dachte Sailer, der einfach Menzels Hand gefasst hatte und sie drückte, so fest er konnte.

»Ja«, sagte Menzel dann und räusperte sich. »Vielleicht kann man das so sehen.« Dann sah er Sailer an: »Ich war Ihnen auch was schuldig.« Sailer hob die Augenbrauen. »Ich habe Ihr Angebot seinerzeit nicht angenommen, die Behandlung fortzusetzen. Wahrscheinlich war das ziemlich unhöflich von mir.«

Karin fragte: »Wollen Sie eine Tasse Tee? Wir trinken Herrn Sailer zuliebe heute nichts anderes. Aber«, fügte sie hinzu, während sie einschenkte, »wir möchten Sie gern zum Essen einladen, wenn es ihm wieder besser geht. Dazu gibt es dann keinen Tee.«

»Danke.« Menzel nahm die Tasse und stellte sie auf das Nachttischchen neben Sailers Bett. Er trank einen Schluck Tee. »So schlecht ist er gar nicht, wenn man sich an ihn gewöhnt hat. Der Tee meine ich.«

Er wandte sich Sailer zu, der inzwischen seine Hand wieder losgelassen hatte.

»Als Sie mich vor ein paar Tagen in der Therapie gefragt haben, ob ich mich für behinderte Frauen interessierte, da hätte ich Ihnen am liebsten eine verpasst.«

»Sie wollten aber nicht mehr mit mir darüber reden?«, fragte Sailer.

Menzel schüttelte den Kopf. »Ich hatte Angst. Ich dachte, Sie hätten mich im Verdacht, das arme Mädchen umgebracht zu haben. Und das Nächste wäre wieder eine Gerichtsverhandlung. Ich habe mir geschworen, vor Gericht gehe ich nicht noch einmal. Es war ein Kurzschluss. Ich wusste nicht, worauf das Ganze hinauslaufen würde.«

»Aber ich, ich wusste gleich, dass ich mich in dieser Stunde ziemlich dumm angestellt habe«, sagte Sailer.

Menzel zuckte die Achseln. Er griff nach der Teekanne und füllte die beiden Tassen auf dem Beistelltisch.

»Als Sie dann bei uns auf der Wachstation eingeliefert wurden, Samstag in der Nacht, da hat mich das Ganze nochmals beschäftigt. Ich habe mir vorgenommen, mit Ihnen zu reden. Wenn es Ihnen besser gehen würde.«

»Wie sind Sie dieser boshaften Riesin auf die Spur gekommen?«, fragte Sailer. »Ich dachte, mit mir ist es aus, als die mir das Zeug gespritzt hat. So sicher wie das Amen in der Kirche.«

Menzel sah erst zu Karin und dann wieder zu Sailer hinüber.

»Ich bin ein guter Beobachter, wenn es darum geht, zu sehen ohne gesehen zu werden, wenn ich das mal so ausdrücken darf. Und ich kenne die Örtlichkeiten hier ziemlich genau.« Er dachte einen Moment lang nach. »Außerdem kam mir diese Dame komisch vor. Nicht nur, dass sie ein unglaubliches Schwergewicht war, sie hat mich auch gleich an meine Mutter erinnert. Die stand auch immer unter Dampf, wie eine Lokomotive. Ich sah sie also über den Flur gehen und in Ihrem Zimmer verschwinden. Vorher hat sie sich noch mal umgesehen, auf so eine Art –« Menzel zog mit dem Finger sein rechtes Unterlid ein Stück nach unten. »Verstehen Sie? Die führt was im Schilde, dachte ich. Ich bin rüber auf die ›C‹, das ist die Nachbarstation. Die Balkone stoßen aneinander. Und in dem Zimmer, das direkt angrenzt, schlief ein Patient. Sehr tief, der wäre nicht aufgewacht, wenn ich laut gesungen hätte. Also – Balkone sind es ja nicht, eher so eine Art Vorbauten vor den Fenstern. Nicht dazu gedacht, sich draufzustellen. Man kann das aber tun. Von draußen konnte ich dann am Fenster hören, was Sie drin geredet haben. Jedenfalls das Wesentliche«, schloss er. »Ich habe mein Hörgerät bis zum Anschlag aufgedreht.«

»Und als diese Frau Rech hinausging, wussten Sie da, was zu tun war?«, fragte Karin.

»Sicher. Ich habe ja gehört, was sie gesagt hat. Sie hat ihm Insulin gegeben, Alt-Insulin. Ich habe einfach eine Infusion mit Glucose angehängt. Zuckerlösung. Und dann haben wir, die Nachtschwester und ich, den Blutzucker von Herrn Sailer wieder auf die Reihe gebracht. Das war Routine, das machen wir jeden Tag.«

»Für mich war es alles andere als Routine«, meinte Sailer.

»Hätten Sie denn eingreifen können?«, fragte Karin.

Menzel schüttelte den Kopf. »Es ging zu schnell. Zuerst dachte ich, die Alte hat bloß einen Sparren ab, ich wusste auch gar nicht, wer sie ist. Der Name sagte mir nichts. Ich habe erst kapiert, was die vorhat, als sie an der Ampulle gesägt hat.« Er grinste. »Das hat sie ziemlich schlau eingefädelt. Man hätte wahrscheinlich nichts gemerkt, wenn ihr Plan aufgegangen wäre.« Menzel warf einen Blick auf Sailer. »Von da draußen jedenfalls hätte ich nicht ins Zimmer gekonnt, ich hätte die Scheibe einschlagen müssen, und dazu hatte ich nichts mit. Also musste ich außen herum. Aber nachdem ich das mit dem Insulin gehört hatte, wusste ich, dass ich genug Zeit haben würde. Fünf Minuten hatte ich schon noch, um zu reagieren.«

»Das wird alles schwer zu beweisen sein, oder?«, meinte Karin.

»Zwei Zeugen«, sagte Menzel. »Das reicht. Die Nachtschwester hat schließlich auch alles mitbekommen. Und ich gehe mit vor Gericht, diesmal schon.«

»Was wird mit ihr?«, wandte sich Karin an Sailer. »Glaubst du, man wird sie verurteilen?«

„Ich vermute nicht.« Sailer schüttelte den Kopf. »Sie wird am Ende in die Landeck kommen. In die forensische Psychiatrie, wenn ich das richtig einschätze. In die Klinik, die sie für alles verantwortlich gemacht hat.«

»Dabei ist mir auch wohler«, meinte Karin.

»Mir auch«, stimmte Sailer zu. »Obwohl ihre Bosheit mich nicht so sehr das Fürchten gelehrt hat wie ihr Sohn, der sanfte Waldmensch.«

»Der dir gar nichts getan hat?«

»Hat er nicht. Aber in seinem Blick war etwas, was grässlich war, im Licht des Feuers habe ich es gesehen.«

»Was hast du gesehen?«

»Nichts«, erwiderte Sailer. »Es war, als sähe man zwischen die Sterne in einer klaren Nacht und führte sich vor Augen, dass dort im Orbit nichts mehr ist. Es gibt nichts, was schrecklicher ist, als so eine schwarze, leere Pupille.«

Karin stupste ihn an. »Komm zurück auf die Erde. In die schöne Pfalz, Sebastian. Bald wirst du wieder wandern gehen. Und ich komme vielleicht sogar mit. Allerdings nicht, um das Fürchten zu lernen. Wandern Sie gerne?«, wandte sie sich an Menzel.

»Nein. Ich habe zwar eine gewisse Vorliebe für Gebüsch, würde ich sagen«, dabei streifte er Sailer mit einem Blick, »aber zum Wandern fehlt mir die Ausdauer.«

»Die Pfalz besitzt das größte Waldgebiet Deutschlands«, sagte Sailer, der Menzels Blick erwidert hatte. »Genau richtig für Waldläufer. Zwanzig Kilometer von hier steht übrigens Natty Bumppo, der richtige, aus Bronze an einem Brunnen. Coopers Vorbild für den Wildtöter im ›Lederstrumpf‹ war nämlich Johann Adam Hartmann aus Edenkoben, ausgewandert im achtzehnten Jahrhundert nach Amerika.«

Menzel reichte Sailer die gefüllte Teetasse. »Zucker, Herr Sailer?«

»Danke. Ich zehre noch von der Portion, die Sie mir vorgestern verpasst haben, mein Lieber.«

Sailer richtete sich noch ein paar Zentimeter mit Hilfe des Galgens auf und hob die Tasse in die Runde. »Wie sagt man doch? Zur Gesundheit!«

ENDE